IVRESSE DE LA MÉTAMORPHOSE

Dans Le Livre de Poche :

Dans la série « La Pochothèque »

STEFAN ZWEIG

Ivresse de la métamorphose

TRADUIT DE L'ALLEMAND PAR
ROBERT DUMONT

BELFOND

Édition établie par Knut Beck

Ce livre a été publié sous le titre original
RAUSCH DER VERWANDLUNG
par Fischer Verlag GmbH, Francfort-sur-le-Main

Un bureau de poste en Autriche se distingue peu d'un autre : qui en a vu un les connaît tous. Datant du règne de François-Joseph, dotés du même mobilier médiocre, tous du même modèle, ils exhalent toujours la même impression maussade de morosité administrative, et, jusque sous le souffle des glaciers, dans les villages les plus reculés du Tyrol, ils conservent obstinément cette odeur bureaucratique, très vieille Autriche, reconnaissable entre toutes, remugle de tabac froid et de poussière de dossiers. Partout la disposition du local est identique : dans une proportion minutieusement prescrite, une paroi de bois verticale percée de vitres le divise en deux domaines distincts, l'un accessible à tous, l'autre réservé au service. Que l'État attache peu d'importance à une attente plus ou moins longue de ses administrés saute aux yeux, vu l'absence de tout siège et d'un quelconque confort. Dans cette partie, le seul meuble est un pupitre bancal accoté modestement au mur, recouvert d'une toile cirée rayée, noircie par d'innombrables gouttes d'encre, bien que personne ne puisse se souvenir d'avoir trouvé dans l'encrier encastré autre chose qu'une bouillie épaisse, granuleuse, rebelle à l'écriture, et si, par hasard, une plume est disponible dans l'évidement creusé à cet effet, elle se révèle à coup sûr émoussée et inutilisable. L'administration économe n'accorde pas plus d'intérêt à la beauté qu'au confort. Depuis que la république a enlevé le portrait de François-Joseph, on pourrait tout au plus considérer comme ornementation artistique les affiches aux couleurs criardes qui, sur le mur sale, invitent à visiter des expositions depuis longtemps terminées, à acheter des billets de loterie, et même, dans certains bureaux oubliés, à souscrire à l'emprunt de guerre. Avec cette décoration peu coûteuse et l'injonction de « ne pas fumer » que personne ne respecte, la générosité de l'État envers le local public est épuisée.

En revanche, de l'autre côté de la cloison, l'atmosphère commande plus de respect. Ici, en ordre serré, l'État déploie symboliquement les signes distinctifs de sa puissance et de son empire. Dans un coin abrité un coffre-fort apparaît, et les barreaux des fenêtres font supposer qu'il renferme parfois d'importantes sommes. Sur le comptoir, objet d'apparat, un appareil en laiton bien astiqué resplendit ; plus modeste, le téléphone sommeille à côté sur son berceau de nickel noir. On leur a attribué respectueusement un espace confortable : ne relient-ils pas, attachés à leurs fils de cuivre, le minuscule village perdu aux espaces de l'Empire ? Les autres instruments du trafic postal doivent se tasser : bascule, sacs postaux, registres, dossiers, cahiers, archives, balances et poids, crayons noirs, bleus, rouges, violets, agrafes, trombones, ficelles, cire à cacheter, éponge, tampon buvard, gomme arabique, couteau, ciseaux, plioir, tout le matériel divers de la poste est amassé dans un désordre inquiétant sur l'espace étroit du bureau, et dans les nombreux tiroirs et classeurs s'empile une quantité incroyable d'autres papiers et formulaires. Mais ce déploiement, prodigue d'apparence, n'est en vérité qu'illusion, car l'État tient secrètement un compte rigoureux de chaque unité de ces modestes accessoires. Il exige de ses employés pour chaque crayon usé, pour chaque timbre déchiré, pour chaque buvard effrangé, pour chaque savon fondu dans la cuvette de métal, pour chaque ampoule qui éclaire le bureau, jusqu'à la clé qui le ferme, des comptes draconiens. Près du poêle de fonte est suspendu un inventaire tapé à la machine, muni d'un cachet officiel authentifié par une signature illisible. Il répertorie avec une rigueur mathématique la présence de l'objet le plus petit, le plus insignifiant du bureau de poste. Aucun objet ne doit s'y trouver qui ne figure sur cet inventaire, et, inversement, chaque objet qu'il a une fois enregistré doit être là, disponible. Ainsi le veut le service, l'ordre et l'honnêteté.

Devrait figurer également, au sens strict, dans cet inventaire dactylographié, la personne qui, tous les matins à huit heures, ouvre le guichet et donne vie aux objets jusqu'alors endormis ; celle qui ouvre les sacs postaux, timbre les lettres, paie les mandats, remplit les reçus, pèse les paquets, qui trace sur le papier avec les crayons bleus, rouges, violets des signes mystérieux, qui décroche le téléphone et enclenche la bobine de l'appareil morse. Cependant, pour quelque motif de considération, cette personne, appelée souvent par les usagers auxiliaire des postes ou postière, ne figure pas sur la liste. Son nom est consigné sur une autre feuille de service, dans un autre bureau de la direction des postes, mais de la même manière étiquetée, révisée, contrôlée.

A l'intérieur de ce bureau, sous le haut patronage de l'aigle autrichienne, on ne note jamais de changement visible. L'éternelle loi de la croissance et du déclin se brise devant la barrière administrative ; tandis que dehors, autour du bâtiment, des arbres fleurissent et se dépouillent, des enfants grandissent et des vieillards meurent, des maisons s'écroulent pour renaître sous d'autres formes, l'administration prouve sa puissance surnaturelle par son invulnérabilité au temps. Car chaque objet à l'intérieur de cette sphère qui s'use ou qui disparaît, qui se transforme et se désagrège, est commandé et remplacé par un autre exemplaire exactement du même modèle par l'autorité supérieure, donnant ainsi au caractère éphémère du reste du monde un exemple de la suprématie de l'État. Le contenu s'écoule, la forme demeure immuable. Au mur est accroché un calendrier. Chaque jour on arrache une feuille, sept dans la semaine, trente dans le mois. Quand au 31 décembre le calendrier est épuisé, on en commande un autre de format identique, de semblable impression. L'année a changé, le calendrier est resté le même. Sur le bureau un livre de comptes à colonnes. Une fois l'addition terminée sur la page de gauche, le calcul reprend sur celle de droite et ainsi de feuille en feuille. Lorsque la dernière est remplie et le livre terminé, on en commande un nouveau du même modèle, de même format. Ce qui disparaît est remplacé le lendemain, uniforme comme le service, et c'est ainsi que sur la même planche reposent immuablement les mêmes objets, toujours les mêmes feuilles, agrafes, crayons, formulaires, toujours nouveaux et toujours les mêmes. Rien ne disparaît dans ce local administratif, rien ne s'y ajoute, une vie qui ne connaît ni floraison ni déclin règne ici, ou plutôt une mort permanente. Seul le rythme de l'usure et du renouvellement de la rangée d'objets variés se modifie, pas son destin. Un crayon dure une semaine, puis, usé, est remplacé par un nouveau, identique ; le livre de la poste dure un mois, une ampoule électrique trois mois, un calendrier une année. On accorde trois ans au siège de paille avant le renouvellement, et celui qui l'occupe le fera durant trente ans de service, puis une nouvelle personne s'y assiéra. Ce qui ne fait aucune différence.

Au bureau de Klein-Reifling, un village sans importance non loin de Krems, à environ deux heures de train de Vienne, cette fourniture interchangeable qu'est le fonctionnaire appartient en l'année 1926 au sexe féminin et a reçu de l'administration, car ce poste fait partie d'une catégorie inférieure, le titre d'auxiliaire des postes. A travers le carreau, on ne distingue qu'un profil de jeune fille terne mais sympathique, des lèvres un peu minces, des joues un peu pâles, des yeux un peu cernés ; le soir, quand elle doit allumer la lampe à la lumière crue, un regard attentif observe déjà sur le front et les tempes quelques légères marques et rides. Cependant, avec la mauve à la fenêtre et l'épais bouquet de sureau qu'elle a dressé dans le lavabo de métal, cette jeune fille représente, de loin, l'objet le plus attrayant du bureau de poste de Klein-Reifling ; on peut lui prédire encore au moins vingt-cinq années de service. Des milliers et des milliers de fois cette main aux doigts pâles lèvera et baissera le guichet grinçant, elle pourra jeter sur le pupitre, du même mouvement, des centaines de mille, peut-être des millions de lettres et du même bruit sec abattre le tampon sur les timbres. L'articulation bien rodée fonctionnera probablement de mieux en mieux, plus mécanique-

9

ment, de plus en plus inconsciemment, comme détachée du corps. Aux cent mille lettres succéderont sans cesse d'autres lettres, mais toujours des lettres, aux timbres d'autres timbres, mais toujours des timbres, aux jours d'autres jours, mais chacun de huit heures à douze heures, de deux heures à six heures et pendant toutes les années de maturité, puis de déclin, le service toujours le même, le même, le même.

Songe-t-elle, l'auxiliaire des postes à la chevelure blond cendré, assise derrière sa fenêtre par cette matinée d'été silencieuse, à de telles perspectives d'avenir ? Peut-être s'abandonne-t-elle simplement à la rêverie. En tout cas ses mains inactives ont glissé de la table sur ses genoux, elles y reposent, jointes, minces, fatiguées, pâles. Un mois de juillet à midi dans l'éclat bleu du ciel et la chaleur étouffante, la poste de Klein-Reifling n'a pas à craindre trop de travail, le service de la matinée est terminé, le facteur bossu, mâchonnant sa chique, a depuis longtemps distribué le courrier, pas de paquets ni d'échantillons de l'usine à expédier ; quant aux villageois, ils n'ont ni le temps ni l'envie d'écrire. Les paysans sarclent loin là-bas entre les vignes, protégés par d'immenses chapeaux de paille ; plus d'école, les enfants pataugent, jambes nues, dans le ruisseau, la rue pavée devant la porte s'étend brûlante sous les effluves ardents de midi. Il est bon maintenant d'être chez soi, bon de pouvoir rêver. Dans l'ombre des stores baissés, les papiers, les formulaires dorment dans leurs tiroirs, et sur les étagères le métal des appareils étincelle, paresseux et mat dans la pénombre dorée. Le silence repose comme une poussière d'or sur les objets ; seuls entre les fenêtres, les violons grêles des mouches et le violoncelle brun d'un bourdon, orchestre lilliputien, exécutent une musique d'été. La seule chose toujours en mouvement dans la pièce fraîche est la pendule de bois murale placée entre les fenêtres. A chaque seconde elle avale d'une petite gorgée sonore une goutte de temps, mais ce bruit léger, monotone, endort plus qu'il ne réveille. La postière reste ainsi assise dans une sorte d'engourdissement vigilant et délicieux au milieu de son petit univers somnolent. Elle avait bien eu l'intention de prendre un travail de couture, l'aiguille et les ciseaux sont là, tout prêts, mais la broderie est tombée chiffonnée sur le sol sans qu'elle ait la volonté ou la force de la ramasser. Alanguie, presque sans souffle, elle s'appuie au dossier, et, les yeux fermés, se laisse parcourir par le sentiment rare et délicieux d'une oisiveté bien gagnée.

Et soudain : Tac ! Elle sursaute. Et de nouveau ce battement dur, métallique, impérieux : tac ! tac ! tac ! L'appareil morse frappe impatiemment, le mécanisme ronronne : un télégramme — visiteur peu fréquent à Klein-Reifling — exige d'être reçu avec respect. D'un bond la postière s'arrache à sa torpeur, se précipite au bureau et enclenche la bande. Mais à peine a-t-elle déchiffré les premiers mots du texte qui se déroule que le sang lui monte aux tempes. Car, pour la première fois depuis qu'elle est en service ici, elle voit son propre nom sur un télégramme. Elle lit une fois, deux fois la dépêche sans en comprendre le sens. Comment ? Quoi ? Qui lui télégraphie de Pontresina ? « Christine Hoflehner, Klein-Reifling, Autriche. Bienvenue, t'attendons à tout moment, à ton jour, annonce seulement avant arrivée par télégramme, affectueusement, Claire-Anthony. » Elle réfléchit : Qui est cette Claire ou cet Anthony qui l'attend ? Un camarade se serait-il permis une plaisanterie stupide ? Puis elle se souvient subitement que sa mère lui a dit, il y a des semaines, que sa tante viendrait cet été en Europe, et, en vérité, elle s'appelle bien Clara. Anthony doit être le prénom de son mari, sa mère l'a toujours appelé Antoine. Oui, et maintenant elle se souvient mieux : il y a quelques jours elle a, elle-même, apporté à la maison une lettre de Cherbourg, et sa mère a pris un air mystérieux et n'a pas voulu la lui communiquer. Pourtant le télégramme lui est bien adressé. Est-ce qu'elle devrait aller à Pontresina voir sa tante ? Il n'en a jamais été question. Elle n'arrête pas de fixer la formule encore ouverte, le premier télégramme qui lui soit adressé ici personnellement, une fois de plus elle relit le message, déconcertée, intriguée, incrédule, troublée. Non, impossible d'attendre jusqu'à midi, il lui faut tout de suite demander à sa mère ce que cela signifie. D'un geste brusque, elle prend la clé, ferme le bureau et court jusqu'à la maison. Dans son émotion, elle oublie d'abaisser le levier du télégraphe. Si bien que dans la salle vide, furieux de cette négligence, le marteau de cuivre continue de frapper, rageur, tac, tac, tac, sans rien marquer sur la bande vierge.

La vitesse de l'étincelle électrique, plus rapide que notre pensée, nous semble toujours inimaginable. Car ces simples mots, déchirant comme la lueur d'un éclair l'atmosphère lourde d'un bureau autrichien, avaient été écrits quelques minutes auparavant, à trois contrées de distance, dans l'ombre fraîche des glaciers sous un ciel d'Engadine d'un pur bleu gentiane, et l'encre n'était pas encore séchée sur la formule de l'expéditeur que déjà son message et son appel bouleversaient un cœur.

Voici ce qui s'était passé : Anthony Van Boolen, Hollandais établi depuis de nombreuses années au sud des États-Unis dans le commerce de la laine, Van Boolen donc, un brave homme flegmatique et au fond très insignifiant, venait de terminer son petit déjeuner sur la terrasse — toute de verre et de lumière — du Palace Hôtel. C'était maintenant l'heure du gros havane, couronnement du breakfast, apporté spécialement de son pays d'origine dans un étui métallique. Pour en savourer la première, la plus délicieuse bouffée, avec la jouissance raffinée d'un fumeur expérimenté, cet homme un peu corpulent avait appuyé ses jambes sur un fauteuil d'osier placé vis-à-vis, puis, ayant déployé la large voile rectangulaire du *New York Herald*, s'embarquait avec lui dans la mer immense des chiffres des cours de Bourse et des cotes des courtiers. Son épouse, assise en face de lui, Claire, appelée autrefois plus simplement Clara, disséquait, l'air ennuyé, le grape-fruit matinal. Plusieurs années d'expérience lui avaient appris que toute tentative pour engager la conversation avec son mari à travers ce mur de papier était absolument vaine. Aussi vit-elle avec plaisir l'amusant petit groom aux joues pomme d'api, coiffé de sa toque brune, se diriger vers eux avec le courrier du matin. Le plateau ne portait qu'une unique lettre. Son contenu cependant parut l'absorber intensément, car, en dépit des multiples expériences passées, elle tenta d'interrompre la lecture matinale de son mari. « Anthony, un moment, pria-t-elle. (Le journal ne bougea pas.) Je ne veux pas te déranger, Anthony, écoute-moi seulement une seconde, c'est urgent. Mary (elle prononça le mot involontairement à l'anglaise) m'a écrit. Elle ne peut pas venir bien qu'elle en ait très envie, mais son cœur est malade, gravement malade, et le médecin pense qu'elle ne supporterait pas les deux mille mètres. C'est tout à fait exclu. Mais, si nous étions d'accord, elle nous enverrait à sa place pour quinze jours Christine, tu sais bien, la plus jeune, la blonde. Tu as reçu avant la guerre sa photo. A vrai dire, elle travaille au Post Office, mais elle n'a jamais pris un vrai congé ; si elle en fait la demande, elle l'obtiendra, cela lui ferait très plaisir, après tant d'années, "de pouvoir, chère Clara, faire ta connaissance et celle d'Anthony, etc., etc." »

Le journal ne bougeait pas. Claire s'impatienta. « Alors, qu'en penses-tu ? Doit-on l'inviter ?... Cela ne serait pas mauvais pour cette pauvre petite de prendre un bol d'air frais, et puis cela se fait. Puisque je suis venue ici, il faut bien que je fasse connaissance de la fille de ma sœur, on n'a plus vraiment aucun contact. Cela te contrarie que je lui dise de venir ? » Un froissement de journal. Puis, au-dessus du bord blanc, un cercle de fumée s'éleva tout rond, tout bleu, suivi d'une voix lourde et indifférente. « Not at all, why should I ? » Cette remarque laconique mit fin à la conversation et engagea un destin. Des liens étaient renoués par-delà les décennies, car, en dépit de la consonance presque noble du nom, le « Van » étant commun en Hollande, et en dépit de l'usage de l'anglais par le couple, cette Claire Van Boolen n'était rien d'autre que la sœur de Marie Hoflehner et indubitablement la tante de la postière de Klein-Reifling. Son départ d'Autriche, il y avait plus d'un quart de siècle, résultait d'une assez sombre histoire dont — la mémoire étant une servante docile — elle ne se souvenait que vaguement et dont sa sœur n'avait jamais donné une explication précise à ses filles. L'affaire avait bien fait alors pas mal de bruit et aurait eu des suites plus graves si des gens avisés et habiles n'avaient su à temps la soustraire à la curiosité publique. A cette époque, Mme Claire Van Boolen n'était que Mlle Clara, simple essayeuse dans un élégant salon de mode au Kohlmarkt. Délurée et séduisante, elle avait fait grande impression à un industriel d'un certain âge qui accompagnait sa femme aux essayages. Avec l'ardeur désespérée de celui qui court sa dernière chance, le riche négociant, encore assez bien conservé, s'enticha en quelques jours de cette blonde appétissante au caractère enjoué et dont la liberté d'allure, inhabituelle même en de tels milieux, favorisa l'intrigue. Bientôt, à la grande indignation d'une respectable famille, l'essayeuse de dix-neuf ans put sortir en voiture, parée des plus belles robes et fourrures qu'elle n'avait fait jusqu'alors que présenter devant la glace à des clientes critiques et le plus souvent fort exigeantes. La passion de son protecteur grandit à la mesure de son élégance, et plus elle séduisait le négociant tout troublé par cette idylle inespérée, plus il la comblait de cadeaux. Après quelques semaines, elle l'avait si bien pris en main qu'une procédure de divorce était déjà engagée en secret ; elle était sur le point de devenir une des femmes les plus riches de Vienne, lorsque l'épouse, avertie par des lettres anonymes, intervint avec une énergie maladroite. Furieuse de se voir, après trente années d'un mariage sans histoire, soudain dételée comme un cheval fourbu, elle acheta un revolver et surprit le couple à l'heure du berger, dans un pied-à-terre nouvellement aménagé. Sans autre forme d'introduction, folle de colère, elle tira deux coups de feu sur sa rivale : l'un la manqua, l'autre l'atteignit en haut du bras. La blessure se révéla tout à fait insignifiante, mais plus graves, en revanche, furent les inévitables répercussions : des voisins qui accourent, des appels au secours, des fenêtres brisées, des portes forcées, des explications orageuses, des médecins, la police, les constatations, et derrière tout cela, en apparence inévitable, un procès redouté également par toutes les parties à cause du scandale. Il existe heureusement pour les gens riches, et pas seulement à Vienne mais partout, des hommes d'affaires retors, exercés à camoufler des cas épineux, et leur maître à tous, le conseiller Karplus, para immédiatement au danger. Il convoqua Clara dans son bureau. Elle apparut particulièrement élégante, avec un pansement avantageux ; elle lut avec intérêt le contrat par lequel elle s'engageait à partir pour l'Amérique avant la convocation des témoins ; en plus d'un dédommagement définitif, elle toucherait le premier du mois pendant cinq ans, si elle se tenait tranquille, une certaine somme déposée chez un notaire. Clara, qui n'avait guère envie, après ce scandale, de redevenir essayeuse à Vienne, et qui de plus avait été chassée par sa famille, parcourut sans s'émouvoir les quatre feuilles de contrat, calcula rapidement la somme dont le montant élevé la surprit, et, à tout hasard, ajouta une demande de mille florins. Ceux-ci lui furent également accordés. Et c'est ainsi qu'elle signa, souriant furtivement, le contrat, franchit la Grande Bleue et n'eut pas à regretter sa décision. Déjà, pendant la traversée, toutes sortes de possibilités de mariages se présentèrent, mais la rencontre décisive eut lieu à son arrivée : dans une boarding-house de New York, elle fit la connaissance de Van Boolen, alors simple commissionnaire pour une maison d'exportation hollandaise mais bien décidé, grâce au petit capital qu'elle lui apportait, et dont il ne devina jamais l'origine romantique, à s'établir à son compte dans le Sud. Au bout de trois ans, ils eurent deux enfants, au bout de cinq une maison, au bout de six une solide fortune : la guerre qui, en Europe, avait furieusement détruit les biens acquis les fit remarquablement prospérer sur les autres continents. Parvenus à l'âge adulte et doués pour le commerce, les deux fils s'occupaient des affaires de courtage du père, ce qui permettait au couple âgé de s'offrir, libéré de tous soucis, un grand voyage en Europe dans les meilleures conditions. Et, chose étrange, au moment où du brouillard surgirent les côtes basses de Cherbourg, en l'espace d'une seconde, Claire éprouva un choc : devenue depuis longtemps profondément américaine, voilà qu'elle ressentait soudain, devant cette bande de terre qui représentait l'Europe, une bouffée inattendue de mal du pays, nostalgie de sa propre jeunesse : la nuit elle rêva des petits lits de fer dans lesquels elles dormaient, sa sœur et elle ; des milliers de détails lui revinrent à l'esprit, et soudain elle eut honte de ne pas avoir, pendant des années, écrit une seule ligne à sa sœur devenue veuve. Elle ne put attendre. Déjà, du débarcadère, elle envoya cette fameuse lettre qui contenait un billet de cent dollars et la prière de venir les voir.

Puisque l'invitation était reportée sur la fille, Mme Van Boolen n'avait plus qu'un signe à faire, et, déjà, rapide comme un trait, le groom chamarré se précipitait, puis, instruit en deux mots, courait chercher un formulaire de télégramme, enfin, la toque bien ajustée, filait jusqu'au bureau de poste avec le texte rédigé. Quelques minutes plus tard les signes crépitaient sur l'appareil morse et du toit gagnaient les lignes de cuivre ondulantes ; et, plus véloce que les trains grondants, indiciblement plus rapide que les autos dans leurs nuages de poussière, le message parcourait d'une seule étincelle les mille kilomètres de fil. Un instant, la frontière était franchie, un instant, et les milliers de sommets de Vorarlberg, le minuscule Liechtenstein, les nombreuses vallées du Tyrol étaient parcourus, et déjà la parole, dans sa conversion magique, tombait du haut des glaciers dans la vallée du Danube, puis à Linz dans un transformateur. Là, après quelques secondes de repos, en moins de temps qu'il n'en faut pour prononcer le mot « vite », elle gagnait le commutateur du toit de Klein-Reifling, descendait dans le récepteur réveillé en sursaut et provoquait dans un cœur étonné, troublé, une onde brûlante de désir.

Christine tourne le coin, traverse la rue, grimpe le sombre escalier de bois aux degrés grinçants et la voilà chez elle dans la pièce mansardée aux petites fenêtres qu'elle partage avec sa mère dans une maison campagnarde à l'étroite façade et au toit largement débordant où la neige s'accumule en hiver et qui de toute la journée interdit la moindre apparition du soleil. Le soir seulement un mince rayon, déjà épuisé, se glisse parfois jusqu'aux géraniums sur l'appui de la fenêtre. Il flotte toujours dans la pièce une odeur lourde, fétide, odeur de poutres pourries, de linges moisis, de remugles très anciens, tapis comme des champignons dans le bois ; vraisemblablement, en des temps normaux, cette pièce ne servait que de grenier. Mais l'époque d'après-guerre avec sa terrible crise du logement avait rendu les gens modestes, satisfaits de pouvoir placer quelque part entre quatre murs ne serait-ce que deux lits, une table et un vieux bahut. Même le fauteuil de cuir, hérité des parents, prenait trop de place ; un brocanteur l'emporta pour un prix modique, ce qui se révéla une lourde erreur, car, lorsque maintenant la vieille Mme Hoflehner ne peut plus se tenir sur ses pieds gonflés par l'hydropisie, il ne lui reste pour se reposer que le lit, toujours le lit.

Ces jambes malades enflées en gros poteaux qui, sous les bandages de flanelle, montrent des veines bleues inquiétantes, cette femme usée, vieille avant l'âge, les doit à son service de deux ans dans la salle du bas d'un hôpital militaire dressé à même le sol. Elle y était employée — il fallait bien gagner sa vie — comme gardienne. Depuis, pour elle, marcher, c'est se traîner péniblement, le souffle court, et, quand de son allure pesante elle fait un effort ou s'énerve, elle porte soudain la main à son cœur. Elle sait qu'elle ne vivra pas vieille. Encore une chance qu'après la débâcle le beau-frère, conseiller aulique, ait pu dans la confusion générale dénicher pour Christine une place d'auxiliaire à la poste, bien sûr misérablement payée et dans un trou perdu. En tout cas, c'est toujours un peu de sécurité, un mauvais toit sur la tête, un bout de pièce pour y respirer, tout juste de quoi vivre, plutôt déjà l'apprentissage du cercueil.

Dans l'étroit logement cela sent toujours le vinaigre et l'humidité, la maladie, les longues stations au lit, et du réduit minuscule pour la cuisine passent par la porte — elle ferme mal — l'odeur fade et la vapeur de mets réchauffés comme une nappe de buée tiède. Le premier réflexe de Christine à peine entrée est d'ouvrir toute grande la fenêtre fermée. Le bruit sec réveille la vieille femme allongée sur le lit, elle gémit. Elle n'y peut rien, il faut qu'elle gémisse à chaque mouvement, comme un coffre fendu grince avant qu'on ne le touche, du simple fait de l'approcher : une crainte prémonitoire, dans ce corps rhumatisant, de la douleur qui accompagne chaque mouvement. Elle commence donc par gémir, la vieille femme, puis après ce soupir inévitable elle se relève, chancelante, et demande : « Qu'est-ce qu'il y a ? » Même dans son somme elle sait confusément qu'il n'est pas midi, pas l'heure du repas. Quelque chose de particulier a dû se produire. Alors sa fille lui tend le télégramme.

Avec précaution, car chaque mouvement fait mal, la main fatiguée cherche à tâtons les lunettes sur la table de nuit ; il lui faut du temps pour découvrir la monture d'acier sous le fatras des médicaments, et la chausser. Mais à peine la vieille femme a-t-elle déchiffré le télégramme que le corps lourd sursaute comme sous le coup d'une décharge électrique, se redresse, oppressé, cherche son souffle, trébuche et, de tout son poids, se précipite sur Christine. Elle se cramponne étroitement à sa fille effrayée, frisonne, rit, halète, veut parler et ne le peut pas encore, finalement la vieille femme, les mains pressées sur le cœur, se laisse tomber épuisée sur un siège, respire profondément et, une minute durant, recherche son souffle. Alors un flot de paroles saccadées, balbutiantes, à moitié étouffées, des lambeaux de phrases s'échappent tumultueusement de la bouche frémissante, édentée, submergés à tout moment par un rire convulsif et triomphant ; tandis qu'au lieu de se faire comprendre elle bégaie et gesticule de plus en plus fort, voilà que de grosses larmes coulent sur ses joues jusque dans la bouche fanée, tremblante. Elle assaille d'un discours confus, agité, sa fille totalement désemparée à la vue de ce déchaînement lamentable. Dieu soit loué, tout se termine bien, elle peut maintenant mourir tranquille, elle, pauvre femme malade et inutile. C'est dans cette intention qu'elle avait fait un pèlerinage, le mois précédent, pour demander au ciel une seule chose : que sa sœur Clara revienne au moins une fois avant sa mort pour prendre soin de sa pauvre enfant. Maintenant elle est en paix. Et c'est écrit là, oui, là, non pas seulement écrit, mais télégraphié — et cela coûte cher —, que Christine doit les rejoindre à l'hôtel, et qu'elle avait déjà envoyé cent dollars, qu'elle avait toujours eu un cœur d'or, la petite Clara, toujours si bonne, si affectueuse. Et cent dollars sont plus que l'argent du voyage, elle pourra avant de partir se parer comme une princesse pour rendre visite à sa tante dans cette élégante station balnéaire. Pour sûr, elle ouvrira de grands yeux, elle verra comme ils ont la vie facile, les gens distingués, les gens qui ont de l'argent. Pour une fois, Dieu merci ! elle pourra être aussi heureuse que les autres, et, par tous les saints, elle l'a bien mérité. Que lui a apporté la vie jusqu'ici ? Rien, toujours le travail, le service à la poste, et les tracas quotidiens, et en plus le souci pour une vieille femme malade, inutile, désagréable, dont la place devrait déjà depuis longtemps être sous terre, et qui n'a rien de mieux à faire qu'à plier bagage. Pour l'amour d'elle et à cause de cette maudite guerre, Christel a gâché sa jeunesse, ce qui lui avait à elle, pauvre vieille, toujours brisé le cœur, la voir ainsi perdre ses plus belles années. Maintenant elle pouvait saisir sa chance. Qu'elle soit bien polie avec l'oncle et la tante, toujours polie, et modeste, et qu'elle n'ait pas peur de tante Clara, qui a un cœur d'or, qui est bonne, et qui l'aidera certainement à sortir de ce trou étouffant, de cette huche de paysans, quand elle-même reposera sous la terre. Non, qu'elle n'ait pas de scrupules, si finalement la tante lui offre de partir avec elle, qu'elle quitte cet État ruiné, ces êtres minables, et qu'elle ne se soucie pas d'elle. A l'asile elle trouvera toujours une place et d'ailleurs, pour combien de temps... Ah oui ! maintenant elle peut mourir en paix, maintenant tout est bien.

Boudinée dans ses châles et ses jupons, la vieille femme au corps enflé par la maladie va et vient dans la pièce, trébuchant, se redressant ; elle piétine sur ses jambes monstrueuses, fait grincer les lattes du parquet. Elle porte sans arrêt à ses yeux son grand mouchoir rouge, car elle sanglote de joie et gesticule de plus en plus, et il lui faut de temps en temps faire une pause dans cet enthousiasme délirant, pour s'asseoir, gémir, se moucher et reprendre sa respiration pour un nouveau flot de paroles. Et toujours survient une idée nouvelle, et toujours elle parle et parle, mêle des exclamations de joie bruyantes aux soupirs et aux sanglots, se félicite de cette surprise si réussie. Soudain, dans une pause due à l'épuisement, la mère remarque que Christine, à qui toute cette allégresse est destinée, reste là, très pâle, troublée, mal à l'aise, avec des yeux étonnés ou plutôt hagards, ne sachant pas ce qu'elle doit répondre. La vieille femme en est contrariée. Rassemblant encore une fois ses forces elle se relève, va vers sa fille désemparée, la prend tendrement dans ses bras, la couvre de baisers bruyants et humides, la presse contre elle, la secoue comme si elle voulait la tirer du sommeil : « Eh bien, pourquoi ne dis-tu rien ? C'est de toi qu'il s'agit, qu'est-ce qui te prend, petite sotte ? Tu te tiens là comme une bûche, sans une phrase, sans un mot, et une chance pareille ! Mais sois donc heureuse, pourquoi n'es-tu pas heureuse ? »

Le règlement interdit formellement à tous les employés de s'absenter pour quelque temps du bureau pendant les heures de service, et même le motif privé le plus important ne trouve pas grâce devant la loi : d'abord le service, puis l'individu ; d'abord la lettre, puis l'esprit. Aussi, après une brève absence, l'auxiliaire des postes de Klein-Reifling, en fonctionnaire disciplinée, est de nouveau assise quelques minutes plus tard derrière son guichet. Personne ne l'a demandée dans l'intervalle. Endormis comme précédemment, les formulaires épars reposent sur le bureau abandonné, l'appareil télégraphique débranché qui lui avait causé une telle émotion, muet maintenant, jette un éclat jaunâtre dans la pénombre de la pièce. Dieu soit loué, personne n'est venu, aucun manquement à se reprocher. La conscience tranquille, la postière peut maintenant méditer cette nouvelle stupéfiante qu'elle n'a encore pas bien saisie dans l'effarement de la surprise, nouvelle pénible ou agréable portée par les fils télégraphiques. Peu à peu, elle met de l'ordre dans ses pensées. Ainsi il faut partir, quitter sa mère pour la première fois, pour quinze jours, peut-être pour plus longtemps, pour aller chez des étrangers, non, chez tante Clara, la sœur de sa mère, dans un hôtel chic. Elle va prendre des vacances, de vraies vacances bien gagnées, elle pourra après de nombreuses années se reposer, voir le monde, découvrir du nouveau, une autre vie. Elle ne cesse de réfléchir, c'est certainement une bonne nouvelle et sa mère a raison, elle a vraiment raison de s'en réjouir. Honnêtement, c'est bien la meilleure nouvelle venue depuis des années à la maison. Pour la première fois, pouvoir se décharger du service, être libre, voir de nouveaux visages, un coin de monde, n'est-ce pas un cadeau inespéré ? Et soudain retentit à son oreille la question étonnée, inquiète, presque irritée de sa mère : « Eh bien, pourquoi n'es-tu pas heureuse ? »

Elle a raison sa mère, tout à fait raison. Pourquoi ne se réjouit-elle pas ? Pourquoi cela n'éveille-t-il rien en moi, ne me saisit pas, ne me bouleverse pas ? Elle reste attentive dans l'espoir d'entendre en elle une réponse à cette bonne surprise tombée du ciel... Mais non : elle ne ressent que trouble et crainte. Étrange, pense-t-elle, pourquoi ne suis-je pas heureuse ? Cent fois, quand je tirais du sac postal des cartes pour les classer, et les regardais, des fjords gris de Norvège, les boulevards parisiens, la baie de Sorrente, les pyramides de pierre de New York, ne les ai-je pas reposées avec un soupir : Quand irai-je, moi ? Quand ? Que n'ai-je rêvé pendant ces longues matinées vides, rêvé d'être un jour délivrée de ma chaîne, de ces manipulations sans intérêt, de cette course mortelle avec le temps. Pouvoir un jour se reposer, avoir tout son temps au lieu qu'il vous file entre les doigts. Échapper un jour à la routine quotidienne, au réveille-matin qui vous poursuit, le bandit, dans votre sommeil, qui vous bouscule, vous fait lever, vous habiller, allumer le poêle, aller chercher le lait, aller chercher le pain, faire du feu, tamponner, écrire, téléphoner, et puis, dès le retour à la maison, repasser, préparer le repas, laver, repriser, s'occuper de la malade, pour finalement sombrer, morte de fatigue, dans le sommeil. Mille fois j'en ai rêvé, cent mille fois, ici, à cette table, dans cette cage délabrée, et, d'un coup, cela se réalise enfin, je puis voyager, partir, être libre, et pourtant — ma mère a raison — pourquoi ne suis-je pas heureuse ? Pourquoi ne suis-je pas prête ?

Les yeux fixes, les épaules basses, la voilà assise

fixant le mur hostile et froid, et elle attend, elle attend dans l'espoir que, si désirée, une joie tardive se manifestera peut-être. Inconsciemment elle retient son souffle et écoute comme une femme enceinte son propre corps, écoute et se penche au tréfonds d'elle-même. Mais rien ne bouge, une impression de silence et de vide comme une forêt sans oiseaux. De toutes ses forces elle cherche à se souvenir, à vingt-huit ans, quelle sensation est-ce, la joie. Et elle constate avec épouvante qu'elle ne la connaît plus. C'est comme une langue étrangère, apprise dans l'enfance, qu'on a oubliée et qu'on sait seulement avoir connue. Elle réfléchit : quand me suis-je réjouie pour la dernière fois ? Elle réfléchit intensément et deux petites rides se croisent, sévères, sur son front incliné. Peu à peu elle se souvient : comme d'un miroir voilé une image se détache, celle d'une fillette blonde aux jambes fluettes balançant effrontément sa sacoche d'écolière sur sa jupe de cotonnade. Puis la ronde d'une douzaine d'images : une partie de ballon dans un jardin du faubourg de Vienne. A chaque instant un fou rire sonore éclate, une fusée de joie qui monte avec la balle, maintenant elle se souvient comme alors ce rire jaillissait léger, spontané de sa gorge, il était toujours proche, vous chatouillait sous la peau, il ruisselait, bouillonnait dans le sang, il n'y avait qu'à se secouer et déjà il déferlait sur les lèvres, toujours si prêt à s'échapper de sa gorge, presque trop prêt. A l'école il fallait se cramponner des deux mains au banc et se mordre les lèvres pour qu'il n'éclate pas au milieu de la classe de français à cause d'un mot amusant ou pour quelque bêtise. Car un rien provoquait alors ce rire fou de fillette, un rire qui s'enivrait de sa propre joie. Un maître butait sur un mot, une grimace devant le miroir, un chat courbant comiquement la queue, un officier qui vous regardait dans la rue, un rien, le plus petit, le plus insignifiant motif d'amusement. Une telle charge de rire, pleine à ras bord, qui explosait à la moindre étincelle. Il était toujours là, toujours prêt, ce rire facile de gamine ; même dans son sommeil, il dessinait une légère arabesque sur la bouche enfantine.

Et soudain tout était noir, éteint comme une mèche écrasée. 1914, le 1er août. L'après-midi elle était allée à la piscine ; quittant rapidement sa chemise, elle avait eu dans un éclair lumineux la vue de son corps ferme et nu de seize ans, harmonieux, blanc, chaud, souple et sain. Elle l'avait délicieusement rafraîchi, éclaboussant, nageant, faisant la course avec ses amies sur les planches grinçantes — elle entend encore rire et pouffer cette demi-douzaine de fillettes. Puis on était rentré au trot, vite, vite, à pas rapides, car naturellement on avait oublié l'heure, et elle devait aider sa mère à faire les valises. Dans deux jours, elles partaient pour les vacances d'été dans le Kamptal. Montant les marches trois par trois, elle était entrée, essoufflée. Mais, chose étrange, à son arrivée, le père et la mère interrompaient leur conversation, et tous deux affectaient manifestement de ne pas la voir. Son père, qu'elle avait entendu parler d'une voix inhabituellement forte, se plonge dans le journal avec une attention suspecte, sa mère a dû pleurer, car elle serre nerveusement son mouchoir et va rapidement à la fenêtre. Qu'est-il arrivé ? Se sont-ils disputés ? Non, jamais, ce n'est pas cela, car maintenant le père se tourne brusquement vers la mère et pose sa main sur son épaule tremblante, elle ne l'a jamais vu si tendre. Mais la mère ne relève pas la tête, son tremblement convulsif n'en devient que plus fort à ce contact muet. Qu'est-il arrivé ? Aucun des deux ne se soucie d'elle, aucun des deux ne la regarde. Aujourd'hui, après douze ans, elle se souvient encore de son effroi d'alors. Lui en veulent-ils ? Est-ce qu'elle aurait fait quelque chose de mal ? Effrayée — un enfant est toujours rempli de sentiment de crainte et de culpabilité —, elle se glisse dans la cuisine. Là, Bozena, la cuisinière, lui donne l'explication : Geza, l'ordonnance de l'officier, leur voisin, a dit, et il doit le savoir, que cette fois c'était décidé, et qu'on allait étriller ces maudits Serbes. Otto, sous-lieutenant de réserve, doit partir et aussi le mari de sa sœur, tous les deux, voilà pourquoi le père et la mère sont bouleversés. De fait, le matin suivant, son frère Otto apparaît soudain en uniforme de chasseur bleu brochet, l'écharpe en travers de la poitrine et à son sabre le porte-épée doré. D'habitude il s'habille, comme répétiteur de lycée, d'une redingote noire, mal brossée ; ce noir pompeux le rend presque ridicule, lui, le garçon pâle, maigre, dégingandé, les cheveux coupés en brosse et le léger duvet blond aux joues. Mais maintenant, avec ses lèvres nerveusement serrées qui se veulent énergiques, raide dans son uniforme serré à la taille, il semble à sa sœur un autre homme, un homme nouveau. Dans un mouvement de fierté puérile, ridicule, digne d'une fillette, elle le contemple et bat des mains. « Bon sang ! Tu en as de l'allure ! » Alors sa mère, d'habitude si douce, d'une bourrade l'envoie donner du coude contre le bahut. « N'as-tu pas honte, fille sans cœur ? » Mais cette explosion de colère n'était qu'un dérivatif à une douleur long-temps contenue, voilà qu'un profond sanglot s'échappe de sa bouche tremblante ; avec des cris aigus, déchirants, elle se précipite désespérée sur son

jeune fils, se cramponne à lui qui tourne énergiquement la tête et s'efforce de garder une attitude virile,
parlant de la patrie et du devoir. Le père s'est
détourné, il ne peut supporter ce spectacle, il faut
que le jeune homme, blême, les dents serrées, se
détache avec force de l'étreinte impétueuse de la
mère. Soudain il l'embrasse rapidement et s'échappe,
serre en hâte la main de son père, planté là dans une
attitude raide, peu naturelle, et passe devant Christine avec un bref « salut ! », et déjà le sabre tinte le
long de l'escalier. L'après-midi, le mari de la sœur
vient prendre congé, magistrat de son état et adjudant au train des équipages. Là, c'est plus facile, il
sait qu'il ne court aucun danger, fait l'important,
prend la chose comme une plaisanterie, console, très
à son aise, par quelques bons mots, et part. Mais derrière les deux mobilisés restent deux ombres, la
femme du frère, enceinte de quatre mois, et la sœur
avec un petit enfant. Tous les soirs, les deux femmes
partagent leur table et il semble que la lueur de la
lampe soit de plus en plus sombre. Quand Christine
innocemment raconte quelque chose de gai, immédiatement tous les yeux la fixent sévèrement, et, au
lit, sous la couverture, elle en a encore honte, elle
se sent mauvaise et peu sérieuse, une enfant encore.
Involontairement elle devient silencieuse. Le rire a
disparu de la maison et le sommeil y est devenu
léger. Ainsi la nuit, quand il lui arrive de se réveiller,
elle entend parfois de la pièce voisine un bruit léger,
continu, inquiétant, comme des gouttes d'eau, c'est
la mère qui des heures durant — elle ne peut pas
dormir — prie à genoux pour son frère devant
l'image de la Vierge.

Et puis 1915, dix-sept ans. Les parents plus vieux d'une décennie. Le père, comme rongé par quelque poison intérieur, se rapetisse, le teint jaune, voûté, il erre comme une âme en peine d'une pièce à l'autre et tout le monde sait que ses affaires lui donnent du souci. Depuis soixante ans, depuis l'époque du grand-père, il n'y a eu personne dans toute la monarchie pour traiter les cornes de chamois et pour empailler avec art les trophées de chasse comme Boniface Hoflehner et fils. Il en avait préparé pour les châteaux des princes Esterhazy, Schwarzenberg, et même des archiducs, travaillé avec quatre, cinq compagnons, sérieux, soigneux, consciencieux du matin jusque tard dans la nuit. Mais, en ces temps de meurtres où l'on ne tire plus que sur des hommes, la poignée du magasin ne bouge pas des semaines entières ; par ailleurs les couches de la belle-fille et la maladie du petit-fils coûtent de l'argent. Les épaules de l'homme taciturne se voûtent de plus en plus, et, un jour, elles s'affaissent complètement à l'arrivée d'une lettre de l'Isonzo qui n'est pas de l'écriture d'Otto, le fils, mais de son capitaine, ils ont déjà compris : Mort au champ d'honneur à la tête de sa compagnie, profonds regrets, etc. La maison devient de plus en plus silencieuse ; la mère a cessé de prier, la lampe au-dessus de l'image de la Vierge est éteinte, elle a oublié de remettre de l'huile.

1916, dix-huit ans. Voici qu'un mot nouveau revient sans cesse dans la conversation : trop cher. C'est pitié de voir la mère, le père, la sœur, la belle-sœur chercher une solution à leurs soucis dans des calculs ; du matin jusque dans la nuit, ils refont les comptes de leur pauvre vie quotidienne. Trop chère la viande, trop cher le beurre, trop chère une paire de chaussures ; c'est à peine si Christine ose encore respirer de peur que ce ne soit trop cher. Les choses les plus indispensables de la vie disparaissent comme effrayées et se cachent dans des repaires d'accapareurs, d'exploiteurs du marché noir. Il faut retrouver leurs traces, mendier le pain, obtenir furtivement quelques légumes chez l'épicier, aller chercher les œufs à la campagne, amener sur une charrette à bras le charbon de la gare, une chasse journalière pour des milliers de femmes souffrant du froid et de la faim, et cela pour un butin chaque fois plus maigre. En plus, le père a des maux d'estomac, il lui faut une nourriture spéciale, facile à digérer. Depuis qu'il a dû décrocher l'enseigne « Boniface Hoflehner » et vendre le local, il ne parle plus à personne, et, parfois, quand il se croit seul, il presse son ventre et ses mains et gémit. Évidemment, il faudrait appeler le médecin. Mais « trop cher » dit le père qui préfère, en cachette, se tordre de douleur.

Et 1917, dix-neuf ans. Deux jours après la Saint-Sylvestre ils ont enterré le père, il y a tout juste eu assez de l'argent de la caisse d'épargne pour faire teindre les vêtements en noir. La vie devient de plus en plus chère, ils ont déjà sous-loué deux pièces à un couple de réfugiés de Brody, mais cela ne suffit pas, cela ne suffit pas même si l'on se tue de travail du matin jusque tard dans la nuit. Finalement l'oncle, conseiller aulique au ministère, procure à la mère une situation de gardienne à l'hôpital de Korneuburg, et à elle-même un poste de secrétaire. Si seulement il ne fallait pas partir au petit matin et rentrer tard le soir dans les wagons glacés, pas chauffés. Et en rentrant faire le ménage, repriser, frotter, ravauder et coudre jusqu'à ce que, la tête vidée de toute pensée et de tout espoir, on tombe comme un sac renversé dans un mauvais sommeil dont on souhaiterait ne pas se réveiller.

Et 1918, vingt ans. Toujours la guerre, pas un seul jour sans contrainte, sans souci, même pas le temps de jeter un coup d'œil dans le miroir, de faire un saut dans la rue. La mère commence à se plaindre, ses jambes enflent dans la salle d'hôpital humide, construite à même le sol, mais Christine n'a plus la force de s'apitoyer. Logée depuis trop longtemps de plain-pied avec la souffrance, quelque chose en elle s'est engourdi depuis qu'elle doit enregistrer sur sa machine à écrire journellement soixante-dix à quatre-vingts mutilations atroces. Parfois, clopinant sur sa béquille — il a eu la jambe gauche réduite en bouillie —, un petit sous-lieutenant, originaire du Banat, entre dans son bureau. Sa chevelure a la blondeur dorée du blé de son pays, mais sur le visage un peu mou d'adolescent l'épouvante a déjà tracé ses rides. Il a le mal du pays. Dans son allemand fleurant la vieille Souabe, il lui raconte des histoires de son village, de son chien, de ses chevaux, pauvre enfant blond perdu. Un soir, ils s'embrassent sur un banc dans le jardin, deux, trois légers baisers, plus par compassion que par amour, il lui dit alors qu'il l'épousera dès la fin de la guerre. Elle l'écoute, souriante, épuisée : que la guerre puisse se terminer, elle n'ose y croire.

Et 1919, vingt et un ans. C'est vrai, la guerre est terminée mais pas la misère. Celle-ci s'est abritée sous le feu roulant des ordonnances, s'est glissée, rusée, dans les casemates en papier des billets de banque encore humides des presses, des emprunts de guerre. Maintenant elle resurgit les yeux creux, forte en gueule, affamée, insolente, et elle dévore les derniers déchets des cloaques de la guerre. Tout l'hiver tombent comme bourrasque de neige des chiffres, des zéros, des centaines de mille, des millions, mais chaque flocon, chaque billet de mille fond au contact de la main. L'argent s'évanouit pendant que l'on dort, il se volatilise pendant que l'on change les chaussures déchirées à talons de bois pour courir une seconde fois au magasin ; on court tout le temps pour arriver toujours trop tard. La vie relève des mathématiques, additionner, multiplier, une ronde folle, vertigineuse, de chiffres, de nombres, un tourbillon qui emporte les derniers objets de valeur dans son gouffre noir, insatiable. Du cou de la mère la broche en or, du doigt l'alliance, et aussi le tapis de table en damassé. Mais tout ce qu'on y jette ne sert à rien, on ne peut le combler, ce gouffre infernal, c'est en vain que l'on tricote des sweaters de laine très tard dans la nuit, que l'on loue toutes les pièces, et même que l'on dort à deux dans la cuisine. Cependant, le sommeil reste la seule chose qu'on puisse encore s'offrir, la seule chose qui ne coûte rien ; tard le soir, le corps épuisé, maigri, pâle, toujours vierge, s'écroule sur le matelas et oublie pendant six heures, sept heures, ces temps d'apocalypse.

Et puis 1920-1921, vingt-deux ans, vingt-trois ans. La fleur de la jeunesse, n'est-ce pas ce qu'on dit ? Mais d'elle, personne ne le dira, elle-même n'en sait rien. Du matin au soir une seule pensée : comment s'en sortir avec cet argent de plus en plus rare ? Un soupçon d'amélioration. L'oncle conseiller est encore une fois intervenu, a mendié auprès d'un ami au ministère, compagnon de jeu aux tarots, une place d'auxiliaire des postes, il faut dire à Klein-Reifling, un minable village de vignerons, mais c'est un pas dans la carrière, une planche de salut. Pour une personne le maigre traitement suffit, mais, comme le beau-frère n'a plus de place dans sa maison, elle doit prendre sa mère chez elle : avec un, faire deux ; et de nouveau chaque journée commence en économisant et se termine en calculant. On compte chaque allumette, chaque grain de café, chaque miette de farine dans la pâte. Cependant, malgré tout, on respire, on vit.

Et 1922, 1923, 1924 — vingt-quatre, vingt-cinq, vingt-six ans. Est-on encore jeune, devient-on déjà vieux ? Quelques rides se creusent légèrement sur les tempes, ses jambes sont parfois fatiguées, et au printemps elle souffre d'un bizarre mal de tête. Cependant on s'en sort, cela va mieux. L'argent en belles pièces rondes pèse à nouveau dans la main, elle a un emploi fixe d'auxiliaire des postes et le beau-frère envoie à la mère deux ou trois billets au début du mois. Il serait temps maintenant d'essayer tout doucement de retrouver la jeunesse ; la mère elle-même l'y encourage, elle devrait sortir, s'amuser. Finalement la mère réussit à la faire inscrire dans un cours de danse d'une localité voisine. Mais ces danses rythmées ne sont pas faciles à apprendre, la fatigue est ancrée trop profondément en elle, au point qu'elle a parfois l'impression que ses membres sont comme engourdis de froid et que la musique ne peut les dégeler. Elle travaille avec effort les pas prescrits, mais sans conviction, sans élan ; pour la première fois, elle se rend compte : trop tard, une jeunesse maltraitée, ruinée par la guerre. Un ressort en elle doit être rompu, et vaguement les hommes, eux aussi, le ressentent : aucun ne la courtise vraiment, bien que son profil blond et délicat lui confère, à côté des visages ronds et rouges comme des pommes des filles du village, quelque chose d'aristocratique. Mais ces filles de l'après-guerre de dix-sept, dix-huit ans n'attendent pas calmement, patiemment, qu'un garçon les désire, les choisisse, elles exigent leur plaisir comme un droit, l'exigent avec une telle ardeur, comme si elles voulaient vivre non seulement leur propre jeunesse mais encore celle des centaines de milliers de morts et de disparus. Christine observe avec saisissement, elle qui a vingt-six ans, l'assurance, le désir de jouissance dans l'attitude de ces filles d'aujourd'hui, leurs regards avertis et effrontés, leurs balancements provocants des hanches, leurs rires sans équivoque devant les gestes les plus osés des garçons ; elle les voit sur le chemin du retour, l'une après l'autre, chacune avec un compagnon, faire sans pudeur un crochet par le bois. Cela la dégoûte. Elle se sent terriblement vieille et fatiguée, inutile et dépassée au milieu de cette génération avide et brutale d'après-guerre, elle n'a ni la volonté ni la capacité de rivaliser avec elle. Avant tout : ne plus lutter, ne plus se donner du mal ! Seulement respirer calmement, rêver doucement, assurer son service, arroser les fleurs sur le bord de la fenêtre, ne rien vouloir, ne rien souhaiter, se garder de provoquer des changements, des émotions : frustrée par la guerre de dix années de jeunesse, elle n'a plus ni le courage ni la force de rechercher la joie.

Involontairement Christine soupire au milieu de ses pensées. Rien que de se remémorer toutes les affres de sa jeunesse la fatigue. Quelle bêtise sa mère a-t-elle manigancée là ! Pourquoi partir d'ici pour aller voir une tante qu'elle ne connaît pas, parmi des gens avec lesquels elle n'a rien de commun ? Mais, mon Dieu, que faire ? La mère le veut, c'est une joie pour elle, elle ne peut donc pas se défendre, et surtout, pourquoi se défendre ? On est si fatiguée, si fatiguée ! Peu à peu résignée, l'auxiliaire des postes prend dans le tiroir du haut du bureau une feuille format in-folio, la plie soigneusement en deux, glisse dessous un guide-lignes, et nettement, proprement, avec pleins et déliés, elle écrit à la direction des Postes de Vienne pour solliciter l'autorisation de prendre dès maintenant, pour raison familiale, son congé réglementaire et pour demander l'envoi d'une remplaçante à partir de la semaine suivante. Puis elle prie sa sœur qui est à Vienne de lui procurer un visa pour la Suisse, de lui prêter une petite valise et de venir jusqu'ici pour discuter de plusieurs choses concernant la mère. Les jours suivants, elle prépare lentement, soigneusement, dans tous les détails, son voyage, mais sans joie, sans attente, sans intérêt, comme si cela ne faisait pas partie de sa vie, mais de la seule chose qui compte pour elle : son service, son devoir.

Toute la semaine a passé en préparatifs. Le soir, avec ardeur, on coud, on répare, on nettoie, on rénove ; de plus, la sœur, en petite-bourgeoise timorée, pense qu'il vaut mieux mettre de côté les dollars envoyés plutôt que de les dépenser en achats, et elle a prêté quelques affaires de sa propre garde-robe, un manteau de voyage jaune clair, une blouse verte, une broche achetée par la mère lors du voyage de noces à Venise, ainsi qu'une petite valise en osier. Cela suffira, à la montagne on ne fait pas de toilette ; ce qui manquera à Christine, elle l'achètera sur place dans de meilleures conditions. Enfin voici le jour du départ. C'est l'instituteur de la localité voisine, Franz Fuchsthaler, qui porte lui-même jusqu'à la gare la petite valise, il ne veut laisser à personne d'autre cette preuve d'amitié. Dès la première nouvelle, ce petit homme de santé fragile aux yeux bleus, cachés craintivement derrière ses lunettes, est venu chez les Hoflehner offrir ses services ; ce sont les seules personnes avec lesquelles il soit lié dans cette localité de vignerons isolée. Sa femme se trouve, depuis plus d'un an, abandonnée par tous les médecins, à Alland, dans le sanatorium d'État, les deux enfants en pension chez des parents éloignés ; il reste donc seul presque tous les soirs dans ses deux pièces silencieuses et s'occupe sans bruit à de petits travaux exécutés avec amour. Il classe des plantes dans un herbier, calligraphie en ronde à l'encre rouge les noms latins, à l'encre noire les noms allemands sous les pétales séchés, il relie lui-même ses chers cahiers rouge brique de la collection Reklam avec du carton aux motifs colorés et imite au dos des livres, avec une plume à dessin particulièrement fine, des lettres d'imprimerie à s'y tromper. Très tard, quand il sait les voisins endormis, il joue du violon, un peu raide mais très appliqué, sur des partitions retranscrites par lui, la plupart du temps du Schubert ou du Mendelssohn, ou bien recopie sur des livres de prêt les plus beaux vers, les plus belles pensées sur des feuilles blanches in-quarto au grain délicat ; quand il en a rempli une centaine, il les relie en un nouvel album sur du papier glacé, orné d'un frontispice décoré. Comme un scripteur du Coran, il aime les arabesques délicates, l'envolée de l'écriture, alternant pour son plaisir secret pleins et déliés, un plaisir qui, discret et pourtant chaleureux, accède ainsi à la lumière. Pour cet homme modeste, tranquille, casanier, qui n'a pas de jardin devant l'immeuble où il loge, les livres remplacent les fleurs dans la maison, il aime les ordonner dans l'étagère en allées bigarrées, il veille sur chacun tendrement, tel un jardinier des anciens temps, et de ses mains fines et pâles les saisit comme des choses fragiles. Il ne met jamais les pieds à l'auberge du village. Il déteste la bière et la fumée comme l'homme pieux craint le démon ; entend-il du dehors derrière une fenêtre les voix rauques de gens qui se disputent ou d'ivrognes qu'il passe son chemin d'une marche rapide et irritée. Les seules personnes qu'il fréquente depuis la maladie de sa femme sont les Hoflehner. Il leur rend visite assez souvent le soir pour bavarder ou bien — et elles l'apprécient — pour leur faire la lecture de sa voix normalement sèche, mais que l'émotion fait vibrer comme une musique ; il lit de préférence des passages des *Fleurs des champs* du poète de leur pays, Adalbert Stifter. Son âme timide et un peu renfermée connaît insensiblement une sorte d'épanouissement quand, relevant les yeux de son livre, il voit la tête blonde, courbée de la jeune fille attentive : à sa façon d'écouter de l'intérieur, il se sent compris. La mère remarque le sentiment qui grandit en lui et comprend que, dès que le destin inéluctable de sa femme sera accompli, il tournera un regard nouveau vers sa fille dans une intention plus précise. Mais celle-ci se tait, patiente : elle a depuis longtemps perdu l'habitude de songer à elle-même.

L'instituteur porte la valise sur l'épaule droite, un peu plus basse, indifférent aux rires des écoliers. La charge n'est pas bien lourde, mais il doit pourtant, pendant tout le chemin, faire appel à tout son souffle pour rester à la hauteur de Christine, tant celle-ci se hâte, impatiente, nerveuse ; le départ l'a douloureusement bouleversée, à un degré inattendu. A trois reprises, sa mère, malgré l'interdiction formelle du médecin, a péniblement descendu les marches jusque dans l'entrée pour se cramponner à elle, prise d'une peur irréfléchie ; à trois reprises, elle a dû faire remonter l'escalier à la vieille femme pesante qui sanglotait désespérément. Et puis, il est arrivé, comme si souvent pendant ces dernières semaines, que sa mère au milieu des sanglots et des discours agités brusquement perdît sa respiration et dût être allongée, haletante. C'est dans cet état que Christine l'a quittée et elle en ressent l'inquiétude comme une faute personnelle : « Mon Dieu, s'il lui arrive quelque chose, je ne l'ai jamais vue aussi agitée, et je ne serai pas là, se lamente-t-elle. Ou si elle a besoin de quelque chose la nuit, sa sœur ne vient de Vienne que le dimanche. La fille de la boulangerie m'a bien juré ses grands dieux qu'elle resterait le soir près d'elle, mais à celle-là on ne peut pas faire confiance ; quand il s'agit de danser, elle abandonne sa propre mère. Non, je n'aurais pas dû le faire, pas dû me laisser convaincre. Voyager, c'est bon pour ceux qui n'ont pas de malades à la maison, pas pour des gens comme nous, et puis si loin ; d'où l'on ne peut rentrer à chaque instant ; que m'apportera toute cette comédie de voyage ? Pourrai-je y prendre un plaisir quelconque, me demandant à chaque minute s'il ne lui manque rien ? Et personne n'est là la nuit ; quant à la sonnette en bas, ils ne l'entendent pas ou ne veulent pas l'entendre. Ils ne tiennent pas à nous loger, les aubergistes ; s'ils le pouvaient, ils nous auraient depuis longtemps donné congé. Et puis la remplaçante qui vient de Linz, je l'ai bien priée de faire un saut chez nous midi et soir, elle s'est contentée de répondre "oui", cette personne froide et rabougrie, un "oui" dont on ne sait s'il promet ou non. J'aurais peut-être mieux fait de me décommander par télégramme. Qu'est-ce que cela peut représenter pour la tante que je vienne ou non ? Ma mère se persuade qu'ils se soucient de nous ! Si cela était, ils auraient pu nous écrire d'Amérique depuis longtemps ou bien pendant la crise nous envoyer un colis de vivres comme des milliers d'autres l'ont fait. Combien j'en ai moi-même distribué, et pas un seul pour ma mère de sa propre sœur. Non, je n'aurais pas dû lui céder, et si cela ne tenait qu'à moi je décommanderais maintenant. Je ne sais pourquoi, mais j'ai une telle peur. Il ne faut pas que je parte, je ne dois pas partir. »

Tout à son effort pour suivre sa marche hâtive, le petit homme blond, timide, à son côté, reprend cependant parfois son souffle pour la rassurer. Non, qu'elle n'ait aucun souci, lui-même, il le lui promet, ira voir chaque jour sa mère. Si quelqu'un a le droit de s'offrir une fois des vacances, c'est bien elle qui, depuis des années, n'a pas un seul jour quitté le collier. Il serait le premier à le lui déconseiller si cela était de son devoir, mais qu'elle n'ait pas d'inquiétude, il lui donnera des nouvelles tous les jours, tous les jours. A la hâte, essoufflé, il lui dit, en propos confus, tout ce qui lui vient à l'idée pour l'apaiser, et, de fait, ses propos insistants la réconfortent. Elle ne perçoit pas très nettement ce qu'il dit, elle sent seulement quelqu'un sur lequel elle peut compter.

A la gare le train est déjà signalé, son modeste accompagnateur tousse cérémonieusement pour s'éclaircir la voix. Elle remarque bien que, depuis un moment, il danse d'un pied sur l'autre, il voudrait dire quelque chose mais n'en a pas le courage. Enfin, profitant d'une pause dans la conversation, il tire timidement de sa poche intérieure une sorte d'enveloppe blanche. Qu'elle veuille bien l'excuser, ce n'est naturellement pas un cadeau, seulement une petite attention qui peut-être pourra lui être utile. Étonnée, elle déplie une longue feuille en papier de luxe. C'est une petite carte de son voyage de Linz à Pontresina qui se déplie en accordéon : tous les fleuves, toutes les montagnes et les villes le long du parcours y sont dessinés à l'encre de Chine à une échelle microscopique, la hauteur des montagnes, marquée par des traits plus ou moins serrés, est notée en chiffres minuscules, les cours des fleuves dessinés en bleu, les villes en rouge, les distances indiquées par une échelle placée à droite dans le bas de la carte, tout cela avec la précision des grandes cartes scolaires de l'Institut géographique, mais reproduit ici impeccablement par un petit instituteur stagiaire à force d'application minutieuse et de patience infinie. Involontairement Christine rougit de surprise. Sa joie insuffle du courage à son timide compagnon. Il tire encore une deuxième petite carte, celle-ci carrée et encadrée par une bordure dorée : la carte de l'Engadine, copiée sur la grande carte suisse d'état-major, sur laquelle chemins, sentiers, même les plus petits détails sont remarquablement reproduits ; et, dans le milieu, dans un minuscule cercle à l'encre rouge, un bâtiment se détache solennellement, voilà son hôtel, lui explique-t-il, là où elle logera, il l'a repéré dans un ancien guide Baedeker : ainsi au cours de toutes ses excursions, elle pourra s'orienter et ne craindra pas de se tromper de chemin. Elle le remercie avec une émotion sincère. Depuis des jours, en cachette, cet homme si touchant n'a pas dû épargner sa peine pour se procurer à la bibliothèque de Linz ou de Vienne les documents nécessaires ; il lui a fallu des nuits entières avec une patience infinie, retaillant cent fois son crayon, muni d'une plume à dessin achetée spécialement, pour reproduire et colorier ces cartes, et cela pour lui offrir en dépit de sa pauvreté une joie véritable et utile. Ce voyage qu'elle n'avait pas encore commencé, il l'a anticipé et accompagné en pensée kilomètre par kilomètre, nuit et jour, sa route et son destin ont été présents à son esprit. Comme, émue, elle lui tend la main pour le remercier, à lui encore effrayé de son propre courage, elle remarque pour la première fois ses yeux derrière ses lunettes. Un regard bleu d'enfant, doux et bon, que, tandis qu'elle l'observe, une émotion profonde rend plus sombre, plus mystérieux. Et soudain elle perçoit une chaleur inconnue, jusqu'alors jamais ressentie en sa présence, un sentiment d'affection et de confiance comme elle n'en a jamais éprouvé pour un homme. En cet instant une sensation, restée jusqu'alors très vague, entraîne une décision. Plus longuement et plus cordialement que jamais elle retient sa main en le remerciant. Lui aussi a senti son changement d'attitude, le sang lui monte aux tempes, il se trouble, respire profondément, cherche en vain le mot à dire. Mais déjà, monstre inquiétant et noir, la locomotive arrive, dans un appel d'air qui arracherait presque la feuille de la main de Christine. Juste une minute d'arrêt. Christine monte rapidement, elle n'aperçoit plus de la fenêtre qu'un mouchoir blanc agité qui disparaît bientôt dans la fumée et l'éloignement. La voilà seule, seule pour la première fois depuis des années.

Appuyée dans le coin du compartiment de bois, morte de fatigue, elle roule toute une soirée par un ciel couvert, le paysage est lugubre derrière les vitres ruisselantes de pluie. Au début, des petits villages défilent encore, indistincts dans la pénombre, comme des animaux apeurés en fuite, puis tout s'enfonce aveugle et vide dans le brouillard. Personne ne partage son compartiment de troisième classe, elle peut ainsi s'étendre sur la banquette de bois et sentir maintenant vraiment l'intense degré de son épuisement. Elle essaie de réfléchir, mais le bruit monotone des roues interdit toute pensée cohérente. Le bandeau du sommeil étreint de plus en plus son front douloureux, un sommeil de chemin de fer, lourd, engourdissant, dans lequel on est ficelé comme dans un sac de charbon, secoué dans un bruit métallique. Sous le corps emporté, inerte, les roues tournent bruyantes, rapides comme des êtres pourchassés ; sur sa tête renversée, le temps s'écoule, muet, insaisissable, sans limites. Dans sa fatigue, elle s'abandonne tellement à ce flot noir qu'elle se réveille en sursaut, effrayée, quand, au matin, la portière s'ouvre brusquement et qu'un homme, large d'épaules et moustachu, se dresse sévère devant elle. Il lui faut un moment pour reprendre ses esprits engourdis et comprendre que cet homme en uniforme ne lui veut pas de mal, ne veut ni l'arrêter ni l'emmener, mais simplement contrôler le passeport qu'elle tire de son sac avec des doigts raidis de froid. Le fonctionnaire examine une seconde la photo et la compare à son visage inquiet. Elle tremble de tout son corps, la peur venue du temps de guerre, peur absurde, et cependant indéracinable, d'un manquement quelconque à une des cent mille ordonnances, tressaille toujours dans ses nerfs : on était toujours coupable au regard de quelque loi. Mais aimablement, portant négligemment la main à son képi, le gendarme lui rend son passeport et ferme la porte plus doucement qu'il ne l'avait ouverte. Christine pourrait s'allonger de nouveau, mais la peur a chassé le sommeil de ses paupières. Curieuse, elle va à la fenêtre pour regarder au-

42

dehors. Quelle stupéfaction ! Car, derrière les vitres glacées, là où auparavant (le sommeil ne mesure pas le temps) l'horizon du pays plat se fondait comme une vague de glaise, gris dans le brouillard, des montagnes, masses rocheuses puissantes, ont surgi du sol (pourquoi, comment, elle ne comprend pas), des formes gigantesques, jamais vues, écrasantes, elle est étourdie de surprise, son regard effrayé découvre pour la première fois l'inimaginable majesté des Alpes. A ce moment, à l'est, un premier rayon de soleil pénètre par la trouée du col et se brise en millions de reflets sur les glaciers des plus hauts sommets, une lumière pure d'un blanc si aigu qu'elle aveugle. Elle doit un moment fermer les paupières. Mais cette douleur lui a justement rendu sa vivacité. Voir de plus près cette merveille ! Une secousse, un tintement, la fenêtre est ouverte, l'air s'engouffre entre ses lèvres surprises, un air nouveau, glacé, vif, à la senteur âpre de la neige, jamais elle n'a respiré ainsi à pleins poumons un air aussi pur. Dans sa joie, elle ouvre inconsciemment les bras pour accueillir profondément en soi cette première bouffée inespérée, enivrante, elle sent déjà sa poitrine se gonfler et — quel bonheur — du souffle glacé monter en elle une chaleur délicieuse par toutes ses veines. Ce n'est que maintenant, stimulée par le froid, qu'elle peut vraiment regarder à droite, à gauche, une chose après l'autre, elle observe d'un œil nouveau, de plus en plus ravie, chacune des pentes de granit depuis la base jusqu'à la crête glacée supérieure, découvrant à chaque endroit de nouvelles splendeurs, ici une chute d'eau, cabriole blanche se précipitant tête la première dans la vallée ; là, blottis comme des nids d'oiseaux dans les creux rocheux, de mignons chalets aux toits lestés de pierre ; là, un aigle planant fièrement au-dessus du plus haut sommet, et, surplombant le tout, cette onde bleue, pure, divine, impossible à imaginer d'une telle intensité vivifiante, exaltante. Échappée d'un monde étouffant, elle ne cesse de fixer ce miracle incroyable, ces tours de pierre jaillies en une nuit de son sommeil. Depuis des milliers d'années ils devaient se dresser ici, ces gigantesques châteaux granitiques, œuvres de Dieu. Ils attendront probablement encore ici des millions, des myriades d'années, inébranlables, chacun à la même place, et elle-même, sans le hasard de ce voyage, aurait pu mourir, pourrir, être réduite en cendres, et ne jamais soupçonner leur magnifique existence. On est passé à côté de tout, on n'a jamais rien vu, à peine souhaité de voir, on a végété bêtement dans l'espace le plus restreint, à peine plus large que la main tendue, à peine plus long qu'un bond de vos pieds, et à une nuit, à un jour de distance, commence l'immensité la plus variée. Soudain, pour la première fois, la conscience de tout ce qu'elle a manqué pénètre son esprit jusqu'alors indifférent ; sans désirs, pour la première fois, son être, au contact de la grandeur, découvre la force bouleversante du voyage qui, d'un seul coup, arrache du corps la dure croûte de l'habitude et en rejette l'essence nue, fertile dans le flot de la métamorphose.

Ému, passionné, curieux, pressant sa joue brûlante contre le montant de la fenêtre, c'est un être nouveau qui se tient maintenant, à cet instant décisif, devant le paysage. Plus une pensée ne se tourne en arrière. Oubliés la mère, la poste, le village, oubliée la carte tendrement dessinée dans son sac à main qui pouvait lui nommer chaque sommet et chaque torrent qui se précipite d'un trait dans la vallée, oublié le propre moi d'hier. Puiser maintenant jusqu'à la dernière goutte, saisir toute la nouveauté dans sa splendeur, s'approprier chacune des images du panorama qui défilent devant elle, et, en même temps, les lèvres entrouvertes, boire sans cesse cet air glacé, violent, âpre comme le genièvre, cet air des montagnes qui fait battre plus fort le cœur et rend plus vives les couleurs. Pendant les quatre heures du voyage, Christine ne quitte pas un instant le coin de la fenêtre, tellement subjuguée par la vue qu'elle oublie le temps et sursaute quand la machine s'arrête et que, avec l'accent du pays certes, mais sans aucun doute possible, le contrôleur crie le nom de la localité, but de son voyage. « Jésus Marie ! » D'un brusque effort elle s'arrache à son extase. Elle est déjà arrivée et n'a pensé à rien, ni comment elle saluera la tante, ni ce qu'il faut lui dire. Rapidement elle cherche sa valise, son parapluie — surtout ne rien oublier — et rejoint vivement les autres voyageurs déjà descendus. Justement la double rangée, formée comme à la parade, des domestiques des hôtels aux toques de couleurs variées se disloque, la chasse aux arrivants commence, la gare résonne d'appels de noms d'hôtels et de bruyantes salutations. Il n'y a qu'elle dont personne ne s'occupe. De plus en plus inquiète, la gorge nouée, elle regarde, cherche anxieusement de tout côté. Mais personne, rien. Tous sont attendus, tous connaissent leur chemin, sauf elle, elle seule. Déjà les voyageurs se pressent autour des voitures des hôtels qui attendent, rangée étincelante, colorée, comme une batterie prête à tirer, déjà le vide se fait sur le quai. Et toujours personne, on l'a oubliée. La tante n'est pas venue, peut-être déjà partie ou malade, on l'a décommandée et le télégramme est arrivé trop tard. Mon Dieu, pourvu qu'elle ait au moins assez d'argent pour le retour !

Mais auparavant, s'armant de ce qui lui reste de courage, elle s'adresse à un portier dont la toque porte en lettres d'or « Palace Hôtel », et demande d'une petite voix timide si une famille Van Boolen habite à l'hôtel. « Bien sûr, bien sûr », répond d'une voix gutturale le Suisse, gaillard solide au front rouge, hé oui, il a la mission d'aller chercher une jeune fille à la gare. Qu'elle veuille bien monter en voiture et lui remettre son billet pour retirer ses gros bagages à la consigne. Christine rougit. C'est seulement alors qu'elle remarque, pour sa confusion, combien la misérable petite valise d'osier qui pend à son bras trahit sa pauvreté, tandis que, près des autres voitures, s'entassent des malles flambant neuves qu'on dirait sorties tout droit du magasin, étincelantes dans leurs cuirasses de métal, dominant la foule colorée des mallettes et des sacs en cuir de Russie, en crocodile, en serpent, en chevreau glacé, pompeux étalage. Immédiatement elle sent la distance qui se révèle manifeste entre elle et ces gens-là. La honte la saisit. Vite inventer quelque chose ! Ses autres bagages n'arriveront que plus tard. Bien, alors on peut partir tout de suite, déclare — Dieu soit loué, sans marquer d'étonnement ou mépris — la livrée majestueuse, et elle ouvre la portière.

Si la fierté d'un individu a été atteinte sur un point sensible, la fibre nerveuse la plus éloignée vibre à l'unisson imperceptiblement, le contact le plus fugitif, la pensée la plus fortuite renouvelle et multiplie la souffrance éprouvée par la victime de l'affront. Dès ce premier choc, Christine a perdu toute assurance. D'un pied hésitant, elle monte à l'avant de la somptueuse voiture de l'hôtel, mais a un mouvement involontaire de recul quand elle découvre — il fait sombre à l'intérieur — qu'elle n'y est pas seule. Pas question de repartir. Il lui faut dans la pénombre traverser la voiture avec son odeur douceâtre de parfum et de cuir, frôler des genoux, repliés de mauvais gré, et, très lâchement, les épaules comme frileusement rentrées, les yeux baissés, atteindre une place du fond. Dans son embarras, elle murmure rapidement une excuse à chaque genou rencontré, comme si elle voulait, par cette politesse, faire pardonner sa présence. Mais personne ne répond. Ou bien l'examen subi devant seize regards s'est terminé défavorablement pour elle, ou bien les occupants de la voiture, des aristocrates roumains qui parlent un français rude et animé, tout à leur entrain bruyant, n'ont pas remarqué l'ombre discrète de la pauvreté qui s'est nichée, timide et silencieuse, dans le coin extrême de la voiture. Sa valise d'osier appuyée contre son genou — elle n'a pas le courage de la déposer sur une place vide —, elle reste assise, penchée en avant, par crainte d'être observée par ces gens probablement moqueurs, et pas une seule fois pendant tout le voyage elle n'osera lever les yeux, elle ne fixe que le sol ou des objets placés sur le côté de la banquette. Déjà les chaussures de luxe des dames lui rappellent les siennes, si rustiques. Quelle comparaison douloureuse quand elle regarde les jambes féminines, fermes, hautaines, croisées effrontément sous un manteau d'été d'hermine entrouvert et les chaussettes de sport, outrageusement bariolées, des hommes ; déjà ce demi-monde de la richesse lui fait monter aux joues une honte épouvantable : comment être à la hauteur d'une élégance pareille, aussi insoupçonnée ? Chaque regard jeté timidement est la cause d'un nouveau tourment. De biais en face d'elle, une jeune fille de dix-sept ans tient sur ses genoux un petit pékinois qui se vautre en jappant, sa couverture est bordée de fourrure avec un monogramme brodé, et la main fine qui lui gratte le poil a des ongles vernis roses, et, à son doigt, brille déjà un diamant. Même les cannes de golf, appuyées dans un coin, ont de dignes manteaux de cuir neuf, poli, couleur crème. Chacun des parapluies abandonnés négligemment exhibe une poignée au style recherché, extravagant ; d'un geste instinctif, elle dissimule de sa main le sien en corne terne, bon marché. Si seulement personne ne la regardait, si personne ne remarquait ce qu'elle découvre elle-même pour la première fois ! Effrayée, elle se recroqueville de plus en plus, et chaque fois qu'un rire éclate près d'elle un frisson de peur parcourt son dos courbé. Mais elle n'ose pas lever les yeux pour vérifier si ce rire lui était destiné.

Quel soulagement quand, après des minutes pénibles, les roues de la voiture crissent sur le gravier de la cour d'entrée de l'hôtel. Une sonnerie stridente comme la cloche du chemin de fer fait sortir tout un bataillon de domestiques et de grooms chamarrés qui se précipitent vers la voiture. Derrière eux apparaît, plus digne — sa fonction exige la distinction —, le chef de réception en jaquette noire, la raie de ses cheveux d'une précision géométrique. Par la porte ouverte de la voiture le pékinois saute le premier, s'ébrouant, faisant sonner son collier ; sans interrompre leur bavardage animé, les dames relèvent en descendant leurs fourrures d'été sur leurs jambes musclées de sportives ; elles laissent derrière elles une vague de parfum presque étourdissante. Maintenant la correction mondaine devrait commander aux messieurs de s'effacer devant la jeune fille qui s'est levée timidement, mais ou bien ils ont jugé son origine à sa juste valeur, ou bien ils ne l'ont pas remarquée, toujours est-il qu'ils passent devant elle sans se retourner et se dirigent vers le secrétaire de l'hôtel. Indécise, Christine reste en arrière, à la main la valise d'osier qu'elle déteste maintenant. Il vaut mieux, pense-t-elle, laisser passer les autres devant, cela détourne l'attention. Mais elle hésite trop longtemps. Car, comme elle descend difficilement le marchepied sans qu'aucun membre du personnel ne se précipite, l'homme en redingote s'est déjà éloigné, respectueux, avec les Roumains, les grooms affairés suivant avec les bagages, les valets sur le toit de la voiture manipulant avec fracas les lourdes malles. Personne ne la remarque. Visiblement, pense-t-elle, on me prend pour la domestique, tout au mieux pour la femme de chambre de ces dames, car dans une totale indifférence à son égard les domestiques passent près d'elle avec les bagages, l'ignorant, comme si elle était une des leurs. A la fin elle n'y tient plus, et, rassemblant ses forces, elle pénètre dans l'hôtel et se dirige vers le portier.

Mais un portier, en pleine saison, qui oserait l'interpeller, lui, le capitaine de ce gigantesque paquebot de luxe, lui qui se dresse à la réception et maintient, puissant, inébranlable, le cours de sa volonté dans la tempête des questions ? Une douzaine de clients l'assiègent ; autorité suprême qui de la main droite remplit des fiches et expédie d'un coup d'œil ou d'un geste les grooms, et, en même temps, distribue les renseignements à droite et à gauche avec l'écouteur à l'oreille : une machine humaine universelle aux nerfs continuellement tendus. Si, devant sa toute-puissance, des personnes bien accréditées doivent attendre, que dire d'une nouvelle arrivante, timide, inexpérimentée ? Ce maître du tumulte paraît tellement inaccessible à Christine qu'elle recule craintive dans un recoin pour attendre respectueusement que le tourbillon se désagrège et se disperse. Cependant, peu à peu, la pénible valise se fait de plus en plus lourde à sa main. En vain cherche-t-elle un banc pour la déposer, mais, comme elle regarde autour d'elle pour en trouver un, elle croit remarquer — probablement fruit de son imagination ou de sa nervosité — que, des fauteuils club du hall, déjà quelques personnes l'observent avec ironie, chuchotent et rient. Encore un instant et elle laissera tomber ce bagage odieux tant ses doigts se relâchent. Juste à ce moment critique, une dame très élégante, d'un blond artificiel, et d'une jeunesse tout aussi artificielle, se dirige vers elle d'un pas décidé, l'examine fixement de profil avant de risquer un « C'est toi, Christine ? ». Et, comme Christine spontanément soupire un « oui » plus qu'elle ne le prononce, la tante la prend dans ses bras et la gratifie d'un baiser rapide et d'un fade parfum de poudre. Mais Christine, découvrant au sortir d'une épouvantable solitude un peu de chaleur et de famille, se jette avec une telle ardeur dans les bras, ouverts seulement pour une légère étreinte, que la tante, interprétant ce besoin de secours comme de la tendresse envers une parente, en est tout émue. Doucement elle enlace les épaules tremblantes. « Oh ! moi aussi, je suis si heureuse que tu sois venue, Anthony et moi, tous deux, nous nous en réjouissons. (Puis, la prenant par la main :) Viens, tu veux certainement faire un peu de toilette, vos trains autrichiens sont, paraît-il, effroyablement inconfortables. Repose-toi, mais ne sois pas trop longue. Le gong a déjà retenti pour le lunch, et Anthony n'aime pas attendre, c'est sa faiblesse. We have all prepared — ah oui ! nous avons tout préparé, le portier va te montrer ta chambre. Et n'est-ce pas, fais vite, pas de grande toilette ; à midi, chacun s'habille comme il l'entend. »

La tante fait un signe, un groom accourt et prend la valise et le parapluie. L'ascenseur file, sans bruit jusqu'au deuxième étage. Au milieu du couloir, le groom ouvre une porte et s'efface en saluant. Voici donc la chambre. Christine entre. Mais déjà sur le seuil elle a un mouvement de recul comme si elle se trompait de place. Car, avec la meilleure bonne volonté, l'auxiliaire des postes de Klein-Reifling, habituée à un misérable environnement, ne peut s'adapter si vite, et oser croire vraiment que cette chambre lui est destinée, une chambre incroyablement spacieuse, délicieusement claire, gaiement tapissée, dont la porte-fenêtre à deux battants, ouverte sur le balcon, écluse de cristal, laisse déferler dans la pièce un flot de lumière. La vague d'or inonde, irrésistible, tout l'espace, chaque objet baigne dans cet embrasement prodigue. Les parois vernies des meubles brillent comme du cristal, sur le cuivre et le verre de joyeuses étincelles allument de vifs reflets, le tapis lui-même, avec ses fleurs incrustées, respire comme une prairie vivante. Cette chambre resplendit comme un matin au paradis, et, aveuglée par la lumière éclatante répandue partout à profusion, Christine, stupéfaite, doit attendre que son cœur retrouve son rythme normal, avant de fermer, rapidement et avec un peu mauvaise conscience, la porte derrière elle. Première surprise : que cela puisse seulement exister, tant de splendeur radieuse ! Et, deuxième pensée, depuis tant d'années attachée définitivement à tout ce qui est désirable : combien cela doit coûter, combien d'argent, quelle somme d'argent énorme ! Certainement plus pour une seule journée que ce qu'elle gagne là-bas en une semaine — non, en un mois ! Honteuse, car qui oserait se sentir ici chez soi, elle regarde autour d'elle, pose avec précaution un pied après l'autre sur le précieux tapis. Puis seulement, très respectueusement, mue par une vive curiosité, elle commence à s'approcher des diverses merveilles. Prudemment, elle tâte d'abord le lit, pourra-t-on vraiment se coucher dans cette blancheur éclatante et fraîche ? Et l'édredon, un duvet délicat à l'enveloppe de soie, décorée de fleurs, léger et doux à la main ; une pression d'un doigt, la lampe s'allume, et voilà l'alcôve dans un ton rose chaud. Découverte sur découverte, le lavabo blanc, étincelant avec des accessoires de nickel, les fauteuils souples et bas, il faut un effort pour se tirer de leur moelleuse profondeur, le bois précieux verni des meubles en harmonie avec la teinte verte printanière du papier peint, et ici sur la table, en signe de bienvenue, un bouquet d'œillets bigarrés dans un vase à long col, une éclatante fanfare d'accueil, cris des couleurs et trompette de cristal ! Quelle splendeur magnifique, incroyable ! Dans la perspective exaltante de pouvoir contempler, utiliser, posséder tout cela un jour, huit jours, quinze jours, séduite, elle s'approche timidement des objets inconnus, prend en main, curieuse, chacun l'un après l'autre, et se perd de ravissement en ravissement, quand soudain, comme si elle avait mis le pied sur un serpent, elle recule brusquement et tomberait presque, car, ayant ouvert machinalement la grande armoire murale, voilà que, de la porte intérieure rabattue démasquant un miroir, jaillit comme un diable d'une boîte un personnage grandeur nature, et dans la glace — ô stupeur — elle se voit, elle-même dans sa réalité cruelle, la seule chose inconvenante dans cette pièce où tout concourt à la distinction. Elle ressent le choc jusqu'à ses genoux, se découvrant à l'improviste avec son manteau de voyage jaune clair froissé et le chapeau de paille déformé sur son visage bouleversé. « Usurpatrice, sors d'ici ! Ne souille pas cette demeure ! Retourne là-bas où tu appartiens », semble lui dire le miroir. Vraiment, comment puis-je — pense-t-elle désemparée — avoir la prétention de vouloir loger dans cette pièce, dans ce monde ? Quelle honte pour ma tante ! Ne te mets pas en grande toilette, a-t-elle dit ! Comme si j'en avais une ! Non, je ne descendrai pas, je préfère rester ici, je préfère repartir. Mais comment se cacher dès à présent avant que l'on me voie et s'en offusque, comment disparaître à temps ? Inconsciemment, elle s'est éloignée autant que possible du miroir et s'est rapprochée du balcon. Convulsivement cramponnée à la rampe, elle fixe le vide. Un bond et ce serait la délivrance.

D'en bas voilà que le gong retentit de nouveau comme un appel aux armes. O mon Dieu ! Elle reprend ses esprits ; dans le hall, l'oncle et la tante l'attendent, tandis qu'elle perd son temps ici. Elle ne s'est même pas encore lavée, n'a même pas retiré l'affreux manteau acheté en solde. Fébrilement, elle ouvre sa valise pour en sortir ses affaires de toilette. Mais lorsqu'elle déroule la trousse de caoutchouc et dépose sur la plaque de cristal lisse le mauvais savon, la petite brosse de bois rugueuse, tout le nécessaire de toilette visiblement très bon marché, il lui semble exposer à nouveau tout son être petit-bourgeois à la curiosité malveillante d'un monde imbu de sa supériorité. Que pensera la femme de chambre en rangeant la pièce ? Sûrement, en bas, à l'office, elle se moquera de cette cliente misérable ; l'un le raconte à l'autre, bientôt tous le savent dans l'hôtel, et il faudra les croiser, les croiser tous les jours en baissant rapidement les yeux et sentir dans son dos les chuchotements. Non, la tante n'y pourra rien, on ne peut le dissimuler, cela filtrera partout. Partout, à chaque pas, une couture craquera, à chaque pas, à travers ses vêtements, ses chaussures apparaîtra, révélée à chacun, sa médiocrité. Mais, dépêchons-nous, la tante attend, et l'oncle, a-t-elle dit, n'est pas très patient. Que mettre ? Mon Dieu, que faire ? Tout d'abord elle veut enfiler la blouse, la verte en soie artificielle, prêtée par la sœur, mais elle lui semble affreusement ordinaire, vulgaire, elle qui, hier encore à Klein-Reifling, paraissait être le joyau de sa garde-robe. De préférence la blanche très simple, elle passera plus inaperçue, et puis prendre quelques fleurs du vase, peut-être celles-ci, tenues devant la blouse, par leur teinte éclatante occuperont-elles les regards. Puis, les yeux baissés, passant rapidement auprès des clients sur le palier pour en finir avec la crainte d'être observée, elle dévale l'escalier, pâle, à bout de souffle, une douleur lancinante entre les tempes, avec une sensation de vertige comme si, encore consciente, elle s'abîmait dans un gouffre mortel.

Du hall la tante la voit arriver. Qu'est-ce qu'elle a donc ? Cette façon gauche de se précipiter dans l'escalier, de croiser les gens en les regardant de côté avec embarras. Une fille nerveuse, probablement ; on aurait dû se renseigner avant. Et, mon Dieu, la voilà plantée à l'entrée, l'air emprunté, elle doit être myope ou quelque chose ne va pas. « Qu'est-ce que tu as, mon petit ? Tu es toute pâle, tu ne te sens pas bien ? »

« Non, non », balbutie Christine encore désemparée. Il y a tellement de gens dans le hall, et là-bas la dame en noir avec son face-à-main qui regarde dans sa direction ! Probablement fixe-t-elle ses lourdes chaussures ridicules. « Viens donc, mon petit », l'exhorte la tante et elle glisse son bras sous le sien sans se douter le moins du monde de l'énorme service qu'elle rend ainsi à sa nièce éperdue. Car celle-ci profite ainsi d'un pan d'ombre à l'abri duquel elle peut avancer, une couverture, une demi-cachette. La tante la couvre au moins d'un côté par son corps, sa toilette, son prestige. Grâce à sa conduite, elle réussit, en dépit de ses nerfs, dans une attitude suffisamment digne, à traverser la salle à manger et à atteindre la table où, flegmatique et lourd, l'oncle Anthony attend : maintenant, il se lève, ses joues épaisses, un peu tombantes s'animent pour un sourire bon enfant et de ses yeux aux bords rougis et pourtant clairs d'homme du Nord il regarde aimablement sa nouvelle nièce et lui tend une poignée lourde, fatiguée. La principale cause de son humeur joviale est qu'il n'aura plus longtemps à attendre devant la table dressée ; en bon Hollandais, il aime manger copieusement, confortablement. Tous les dérangements lui sont odieux, et, sans le dire, il redoutait depuis hier l'arrivée d'une de ces oies mondaines qui aurait troublé son repas par ses caquetages et ses questions. De contempler maintenant sa nouvelle nièce, embarrassée, charmante, pâle et modeste, le rassure. Avec elle, il le voit tout de suite, il sera facile de s'entendre. Il la regarde aimablement et, jovial, l'encourage : « Il faut d'abord que tu manges, nous parlerons après. » Elle lui plaît, cette petite fragile et timide qui n'ose pas lever les yeux, si différente de ces pimbêches des autres tables qu'il déteste cordialement à cause du gramophone qui braille toujours derrière elles, et de leur démarche provocante que n'oserait jamais se permettre en public une femme de la vieille Hollande. De sa propre main, bien qu'il ne puisse se pencher sans gémir, il lui verse du vin et fait signe au maître d'hôtel de servir.

Si seulement ce dernier avec ses manchettes amidonnées et son visage non moins raide ne disposait pas dans son assiette des mets aussi extravagants, tous ces hors-d'œuvre jamais vus, des olives glacées, des salades variées, des poissons argentés, des montagnes d'artichauts, une délicate mousse de foie gras, des tranches de saumon rosées ; des nourritures choisies, certainement savoureuses et légères. Mais avec lequel des douze couverts présents saisir ces choses étrangères ? Avec la petite ou la grande cuillère, avec le petit ou le grand couteau ? Comment les découper sans trahir inexorablement devant cet observateur appointé ou les voisins expérimentés que l'on déjeune pour la première fois de sa vie dans un restaurant aussi distingué ? Comment ne pas commettre une maladresse grossière ? Lentement, pour gagner du temps, Christine déplie sa serviette et louche au même moment, les paupières baissées, vers les mains de la tante, pour imiter chacun de ses mouvements. Mais, ce faisant, elle doit répondre aux aimables questions de l'oncle dont la langue, mélange de hollandais et d'allemand, réclame une oreille attentive, d'autant plus qu'il la parsème largement de bribes d'anglais. Il lui faut tout son courage pour soutenir le combat sur deux fronts, tandis que dans son complexe d'infériorité elle croit continuellement entendre des chuchotements dans son dos et imagine les regards méprisants ou compatissants du voisinage. La peur de trahir sa pauvreté, son inexpérience devant son oncle, devant sa tante, devant le maître d'hôtel, devant une quelconque des personnes de la salle, l'effort, malgré sa tension extrême, pour bavarder en même temps, l'air dégagé et même joyeux, lui font paraître cette demi-heure une éternité. Elle tient bon courageusement jusqu'au dessert ; c'est alors que la tante remarque enfin son trouble : « Mon petit, tu es fatiguée, je le vois à ta figure. Cela n'a rien d'étonnant quand on a passé la nuit dans un de ces misérables wagons européens. Non, n'aie pas honte, va tranquillement t'étendre dans ta chambre, dormir une heure et puis en route. Non, nous ne manquerons de rien, Anthony aussi se repose toujours après le repas. (Elle se lève et la prend par le bras.) Monte maintenant et étends-toi. Puis tu seras en forme et nous pourrons faire une grande promenade. » Un soupir profond et reconnaissant de Christine lui répond. Pouvoir se retrancher une heure derrière sa porte fermée, c'est une heure de gagnée.

« Alors, comment te plaît-elle ? » demande, à peine arrivée dans la chambre, sa femme à Anthony qui déboutonne déjà son veston et son gilet pour la sieste. « Très gentille, répond en bâillant le gros homme, un gentil visage viennois... Ah, passe-moi l'oreiller... vraiment très gentille et réservée. Seulement — I think so at least — je trouve ses vêtements un peu pauvres... oui, je ne sais comment dire... nous n'avons plus cela chez nous... et je pense, si tu la présentes ici aux Kinsley et à d'autres comme ta nièce, qu'il faudrait l'habiller de façon plus convenable. Ne pourrais-tu trouver dans ta garde-robe de quoi l'aider ?

— Vois, j'ai déjà la clé à la main. »

Mme Van Boolen sourit. « J'ai été moi-même effrayée quand je l'ai vue pénétrer gauchement dans l'ascenseur... C'était assez gênant. Et encore, tu n'as pas vu son manteau, jaune comme un œuf répandu, vraiment une pièce magnifique, on pourrait l'exposer dans un magasin de curiosités indiennes... Si la pauvre se doutait qu'elle est nippée comme les Botocudos... mais, mon Dieu, comment le saurait-elle... là-bas en Autriche, ils sont tous down à cause de cette maudite guerre, tu as bien entendu ce qu'elle a raconté elle-même, elle n'est pas allée à trois milles de Vienne, n'est jamais sortie dans le monde... Poor thing, on remarque bien qu'elle ne se sent pas à sa place ici, elle a toujours cet air apeuré... Mais, laisse, fais-moi confiance, je vais l'équiper convenablement, j'ai apporté suffisamment d'affaires, et ce qui manquera, je l'achèterai à la boutique anglaise, personne ne remarquera quoi que ce soit, et pourquoi la pauvre enfant ne pourrait-elle pas connaître la belle vie pour quelques jours ? »

Tandis que l'époux fatigué sommeille sur l'ottomane, elle passe en revue les deux grandes malles-armoires qui se dressent presque aussi haut que le mur, véritables caryatides, dans l'antichambre de leur appartement. Mme Van Boolen n'a pas passé ces quinze jours à Paris uniquement dans les musées, mais pour une part chez les grands couturiers : les cintres bruissent de crêpe de Chine, de soie, de batiste ; elle sort, puis replace une douzaine de blouses et de costumes, les examine, réfléchit, recompte. Promenade méticuleuse, à vrai dire divertissante, des doigts parmi les robes et les étoffes, étincelantes ou noires, légères ou lourdes, avant qu'elle ne se décide à choisir ce qu'elle abandonnera à sa nièce. A la fin, une pile vaporeuse de vêtements légers et un assortiment de bas et de petit linge se gonfle sur un fauteuil ; d'une main on peut la soulever et la porter dans la chambre de Christine. Mais lorsque la tante arrive avec sa surprise elle croit sur l'instant que la chambre est vide, déjà elle s'apprête à déposer les vêtements sur un siège quand elle découvre Christine, endormie sur le sofa. N'ayant pas l'habitude du vin, boire rapidement (pour se donner contenance) un verre que l'oncle prenait un malin plaisir à remplir lui a rendu la tête étrangement lourde. Elle a simplement voulu s'asseoir sur le sofa pour réfléchir, pour tout examiner, et, sans qu'elle s'en aperçoive, prise de sommeil, sa tête s'est renversée doucement sur les coussins.

L'attitude d'abandon, d'oubli de soi-même rend toujours émouvant un dormeur aux yeux des autres, ou bien légèrement ridicule. Comme la tante s'approche de Christine sur la pointe des pieds elle est saisie d'émotion. Dans son sommeil la dormeuse craintive a croisé ses bras sur sa poitrine comme pour se protéger. Ce simple geste produit un effet touchant, de même la bouche entrouverte, presque effrayée, comme celle d'une enfant ; la tension intérieure de quelque rêve redresse un peu ses sourcils : même dans son sommeil, pense la tante, dans une révélation soudaine, même dans son sommeil la peur ne la quitte pas. Comme ses lèvres sont pâles, ses gencives exsangues et la peau sans couleurs d'une personne toujours enfermée, et cela dans un visage encore jeune, gardant dans le sommeil une expression enfantine. Probablement mal nourrie, contrainte de bonne heure à gagner sa vie, éreintée, à bout de forces, et à peine vingt-huit ans. Poor chap ! Un sentiment proche de la honte s'éveille soudain chez la tante, brave femme au fond, à la vue de celle qui sans le savoir se trahit dans son sommeil. Vraiment, il y a de quoi rougir : si fatiguée, si pauvre, si rongée par les soucis... il y a longtemps que nous aurions dû les aider. On s'occupe de multiples œuvres de bienfaisance, on organise des charity teas et on distribue des cadeaux de Noël, on ne sait pour qui... et sa propre sœur, son sang le plus proche, on l'a oubliée pendant toutes ces années alors qu'on aurait fait merveille avec quelque cent dollars. A vrai dire, elles auraient pu écrire, se rappeler à votre souvenir, toujours cette ridicule fierté des pauvres, ce refus de demander. Une chance que l'on puisse au moins encore intervenir maintenant et procurer un peu de joie à cette fille pâle et discrète. Une émotion toujours renouvelée — elle ne sait pas pourquoi — la force à contempler ce profil étrangement rêveur. Est-ce sa propre image surgissant du miroir de l'enfance, le rappel soudain d'une photo ancienne de la mère, suspendue au-dessus de son lit d'enfant dans un mince cadre doré ? Ou bien un réveil de son propre sentiment d'abandon là-bas dans la boarding house ? En tout cas une tendresse imprévue envahit la femme mûrissante. Et, affectueusement, elle caresse d'une main légère la chevelure blonde de la dormeuse.

Aussitôt Christine se réveille en sursaut. Elle a pris l'habitude, en soignant sa mère, de répondre au moindre contact. « Est-ce déjà si tard ? » balbutie-t-elle comme une coupable. L'éternelle crainte de tous les employés d'arriver en retard partage depuis des années son sommeil et se déclenche à la première sonnerie du réveil. Toujours son premier regard interroge la pendule, « Ne suis-je pas en retard ? », toujours le premier sentiment de la journée est la peur, peur d'avoir négligé un devoir.

« Mais, mon petit, pourquoi sursautes-tu ainsi ? dit la tante d'une voix apaisante. Ici on déguste le temps en double portion, on ne sait même pas comment en venir à bout. Repose-toi si tu es encore fatiguée. Dieu sait que je ne veux pas te déranger, je t'ai seulement apporté quelques vêtements à examiner, cela t'amusera peut-être de porter l'un ou l'autre ici en haut ; j'en ai tellement ramené de Paris que mes bagages en sont pleins à craquer et j'ai pensé que tu pourrais les mettre à ma place. » Christine sent une rougeur la brûler jusque sous sa blouse. Elle l'avait tout de suite remarqué, du premier coup d'œil, qu'elle leur faisait honte avec sa pauvreté, certainement l'oncle et la tante sont humiliés à cause d'elle. Et cependant, avec quelle délicatesse la tante veut l'aider, comme elle dissimule l'aumône, comme elle s'efforce de ne pas la blesser !

« Comment puis-je porter tes robes, ma tante ? balbutie-t-elle. Elles sont beaucoup trop luxueuses pour moi. » « Ridicule ! Elles t'iront sûrement mieux qu'à moi. Anthony rouspète toujours, disant que je m'habille trop jeune. Il préférerait me voir comme sa grand-tante de Haandam, en lourde soie noire, jusqu'au ruban autour du cou, boutonnée en protestante avec sur la tête un bonnet blanc empesé de mère de famille. Tout cet attirail lui plaira beaucoup mieux sur toi. Viens, maintenant, et dis-moi ce que tu souhaites porter ce soir. »

Et d'un tour de main elle retrouve le geste aisé de présentation de son passé d'essayeuse depuis longtemps oublié, elle prend une des robes arachnéennes, la dispose habilement sur la sienne. Des tons d'ivoire avec une bordure de fleurs japonaises, un contraste printanier avec une autre en soie noire ornée des langues de flammes rouges. La troisième est d'un vert étang avec aux extrémités des veines d'argent, toutes les trois paraissent à Christine si ravissantes qu'elle n'ose penser les désirer ou les porter. Comment laisser glisser sur ses épaules nues de telles splendeurs fragiles sans une continuelle inquiétude ? Comment marcher, évoluer avec ce rêve de couleur et de lumière ? Est-ce qu'il ne faut pas apprendre à porter de tels vêtements ?

Elle est pourtant trop femme pour ne pas considérer ces robes ravissantes d'un regard humble mais lourd de désir. D'excitation ses narines frémissent et sa main commence étrangement à trembler, car ses doigts voudraient déjà palper doucement les étoiles, elle ne contient sa curiosité qu'avec peine. La tante connaît par son expérience passée cette sorte de regard avide, cette émotion presque sensuelle qui s'empare des femmes à la vue de ce luxe. Il lui faut involontairement sourire des lueurs qui s'allument soudain dans les pupilles de cette calme blondinette, d'une robe à l'autre elles papillonnent, agitées, indécises, et, en femme expérimentée, la tante sait que, quelle que soit la robe choisie, elle regrettera les autres. Cela l'amuse d'augmenter encore l'extase de sa nièce. « Eh bien, cela ne presse pas, je te les laisse toutes les trois, tu choisiras pour aujourd'hui celle qui te convient le mieux et demain tu en essaieras une autre. Je t'ai apporté aussi des bas et de la lingerie ; maintenant il ne te manque plus qu'un léger maquillage pour redonner à tes joues pâles un peu de fraîcheur et de chic. Si tu es d'accord, nous irons tout de suite dans les magasins pour acheter ce dont tu as besoin pour l'Engadine. »

« Mais, ma tante, proteste Christine inquiète dans un souffle, comment puis-je faire cela... je ne dois pas t'occasionner tant de dépenses. La chambre aussi est beaucoup trop coûteuse pour moi, une plus simple aurait bien suffi. » La tante se contente de sourire et l'examine. « Ensuite, mon petit, déclare-t-elle avec curiosité, je te conduirai à l'institut de beauté, l'esthéticienne aura des retouches à faire. Il n'y a plus que les Indiens pour porter une tresse pareille. Attends de voir comme tu te sentiras la tête plus libre quand tu n'auras plus cette crinière sur la nuque. Non, pas de protestation, je m'y entends mieux que toi, laisse-moi faire et ne crains rien. Et maintenant apprête-toi, nous avons énormément de temps, Anthony est à son poker de l'après-midi. Ce soir, nous te présenterons à lui, remise à neuf. Viens, mon petit. »

Dans le grand magasin de sport les cartons surgissent des rayonnages, on choisit un sweater aux motifs en damier, une ceinture de cuir souple qui souligne la taille, une paire de solides chaussures brun chevreuil, fleurant bon le cuir neuf, un bonnet, et toutes sortes d'accessoires ; en échange, Christine peut dans la cabine d'essayage se dépouiller comme d'une croûte sale de sa maudite blouse, ce témoin de sa pauvreté qui est fourré, invisible, dans un carton. Un étrange soulagement l'envahit en voyant disparaître ces choses affreuses, comme si sa propre peur était cachée pour toujours dans le paquet. Dans un autre magasin s'ajoutent encore une paire d'escarpins, un châle de soie vaporeux et d'autres merveilleuses choses. Dans son inexpérience Christine ouvre de grands yeux devant cette façon de faire des emplettes, acheter sans demander le prix, sans l'éternelle crainte du « trop cher ». On choisit, on prend, pas de longue réflexion, pas de souci, et déjà les paquets, ficelés et confiés aux bons soins de mysté-

63

rieux courriers, arrivent rapidement à destination. Avant qu'on ait osé formuler le souhait, le voilà exaucé ; chose troublante et cependant grisante d'une ivresse légère et heureuse. Christine s'abandonne sans autre résistance à ce monde merveilleux, elle laisse la tante diriger à sa guise et détourne seulement les yeux, inquiète, dès que celle-ci sort des bank-notes de son sac, et, en s'écartant, s'efforce de ne pas entendre le prix, car ce doit être une belle somme, une somme incroyable qui est dépensée pour elle. Quand elles sortent du magasin, elle ne peut se contenir, elle saisit, frémissante, débordant de reconnaissance, le bras de la donatrice et baise cette main généreuse. La tante dissimule son émotion dans un sourire. « Et maintenant, au tour du scalp ! Je te conduis chez la coiffeuse, pendant ce temps j'irai déposer ma carte chez des amis. Dans une heure, tu seras remise à neuf, et je viendrai te chercher. Observe comment elle te fera une beauté, tu as déjà maintenant une tout autre allure. Ensuite nous irons nous promener et nous passerons une joyeuse soirée. » Le cœur battant fort, mais heureuse, elle se laisse conduire sans protester (la tante ne lui veut que du bien) dans une pièce carrelée aux glaces étincelantes, à l'atmosphère chaude et douce, odeur de savons aux fleurs et d'essences vaporisées, et où un appareil électrique mugit comme une tempête en montagne. La coiffeuse, une Française alerte au petit nez retroussé, reçoit de multiples instructions dont Christine comprend peu de chose et ne cherche pas à saisir le sens précis. Un désir nouveau la possède : s'abandonner à tout, accepter passive toutes les surprises. On l'installe dans un fauteuil confortable, la tante disparaît. Elle se laisse aller en arrière, détendue, les yeux fermés, dans une narcose voluptueuse, elle perçoit le cliquetis d'un appareil, une fraîcheur d'acier sur sa nuque, et le babillage léger, incompréhensible de l'accorte coiffeuse ; elle respire des nuages de parfums à la douceur entêtante, sent des doigts étrangers habiles et de suaves essences glisser sur ses cheveux, son cou. Surtout ne pas ouvrir les yeux, pense-t-elle. Peut-être tout cela n'est-il pas réel. Surtout ne pas poser de questions. Seulement savourer cette impression de dimanche, pouvoir se reposer, et, au lieu de servir les autres, être servie soi-même. Se détendre délicieusement, les mains sur les genoux, accepter, accueillir tout événement heureux, goûter dans sa plénitude cet abandon exceptionnel du corps, renversée indolente dans le fauteuil, livrée à des soins diligents, un sentiment étrangement sensuel, ignoré depuis des années, des décennies. Les yeux fermés alors qu'un liquide tiède, parfumé, ruisselle sur son visage, le dernier moment semblable lui revient en mémoire : enfant, elle est restée des jours entiers au lit avec la fièvre, maintenant c'est terminé, sa mère lui apporte, blanc, sucré, du lait d'amandes, son père, son frère assis près d'elle, tous s'inquiètent pour elle, tous s'occupent d'elle, tous sont bons et tendres. Tout près le canari gazouille une vive mélodie, on a chaud dans la douceur du lit, on ne doit pas aller à l'école, auprès de vous tout n'est que tendresse, il y a des jouets sur la couverture, mais une paresse délicieuse empêche de les prendre. Non, il vaut mieux fermer les yeux et goûter profondément en soi l'inaction, l'abandon aux autres. Depuis des années, elle ne s'était rappelé ce moment détendu, heureux, de son enfance ; maintenant elle l'a soudain retrouvé, sa peau, son front baigné de chaleur se souviennent. A plusieurs reprises,

la *demoiselle*[1] l'interroge, des questions comme :
« Les souhaitez-vous plus courts ? » Elle répond seulement : « Comme vous voulez. » Et à dessein
détourne les yeux de la glace qu'on lui présente. Non,
surtout ne pas troubler cette irresponsabilité divine,
accepter le cours des événements, renoncer à toute
action et à toute volonté, quoique cela aussi serait
séduisant, une fois dans sa vie, de commander à
quelqu'un, réclamer avec autorité, exiger impérative-
ment. Voici qu'un flacon en verre taillé répand son
parfum sur sa chevelure, que la lame d'un rasoir la
chatouille délicatement, doucement, sa tête lui semble soudain étrangement légère et sa nuque dégagée,
très fraîche. En vérité, elle serait curieuse de se voir
dans la glace, mais elle se retient, les yeux fermés
prolongent délicieusement le sentiment d'un rêve
enivrant. Pendant ce temps, sans bruit, comme un
lutin, une deuxième jeune fille s'est assise près d'elle
et lui fait les ongles tandis que l'autre la coiffe artiste-
ment. A cela aussi — elle n'est même plus surprise
— elle consent docilement, et ne proteste pas lorsque
l'esthéticienne habile, après avoir relevé : « Vous êtes
un peu pâle, *mademoiselle* », avec toutes sortes de
fards rehausse l'éclat des lèvres, souligne l'arc des
sourcils et avive la couleur des joues. Elle remarque
tout cela et ne le remarque pas, avec l'impression,
dans un évanouissement bienheureux, de ne plus
participer ; en fait, étourdie par l'air lourd, humide,
saturé de parfums, elle ne sait même plus si cela lui
arrive ou à un autre moi, tout différent, tout nouveau ; elle vit cette aventure étrange comme une
vision de rêve, confuse, irréelle dans la crainte
sourde d'un brusque réveil.

---

1. En français dans le texte.

66

Enfin la tante réapparaît. « Parfait », déclare-t-elle en connaisseuse à l'artiste capillaire. Sur sa demande on fait un paquet de quelques boîtes de poudre, crayons à fard, flacons ; puis on décide une promenade. Quand elle se lève, Christine n'ose pas se regarder dans la glace, elle sent seulement sa nuque étrangement légère ; en marchant, elle jette un coup d'œil à la dérobée sur sa jupe bien tendue, ses bas écossais, ses élégantes chaussures étincelantes, et sent que son pas devient plus assuré. Tendrement appuyée sur sa tante, elle se fait tout expliquer, et tout est merveilleux : le paysage d'un vert éclatant, le panorama fermé par le cercle des sommets, les hôtels, ces châteaux prestigieux, placés haut sur les pentes dans une attitude de défi, les magasins de luxe aux étalages recherchés, excitant la convoitise : des fourrures, des bijoux, des montres, des antiquités, spectacle étrange et insolite à côté des pics glacés dans leur isolement majestueux, fantastique. Merveilleux aussi les chevaux aux harnais décorés, les chiens, les gens eux-mêmes dans leurs vêtements de couleurs variées comme les fleurs des Alpes. Toute l'atmosphère n'est que soleil et insouciance, un monde ignorant le travail, un monde ignorant la pauvreté, jamais soupçonnée. La tante lui cite les noms des montagnes, les noms des hôtels, les noms des personnalités rencontrées. Elle l'écoute respectueusement, respectueusement elle lève les yeux vers ces hôtes de marque, et sa propre présence ici lui semble d'autant plus miraculeuse. Tout en l'écoutant, elle s'étonne de pouvoir se promener ici, que ce soit toléré, et elle est de moins en moins sûre d'elle qui vit cette aventure. Finalement la tante regarde sa montre. « Nous devons rentrer. Il est temps de se changer. Nous n'avons plus qu'une heure avant le dîner. Et la seule chose qui puisse mettre Anthony en colère est l'inexactitude. »

Quand, à son retour, elle ouvre la porte de sa chambre, la pénombre a estompé l'éclat de la pièce, l'apparition précoce du soir rend toutes choses imprécises et muettes. Seul le carré de ciel nettement délimité derrière la porte ouverte sur le balcon conserve encore sa teinte bleue, soutenue, éclatante, mais à l'intérieur de la pièce les couleurs commencent à se dégrader sur les bords et à se fondre dans l'ombre veloutée. Christine passe sur le balcon, face au paysage prodigieux, observe le déploiement rapide et changeant des couleurs. Les premiers, les nuages perdent leur blancheur rayonnante pour progressivement, doucement, puis toujours plus fortement, se teinter de rouge, comme si le rapide déclin du grand astre les émouvait aussi, eux, les fiers indifférents. Puis des ombres surgissent soudain des parois rocheuses, ombres qui, de jour, se blottissaient légères, isolées, derrière les arbres ; maintenant elles s'assemblent en hordes, deviennent épaisses et hardies, déferlent, rapides, de la vallée jusqu'aux sommets comme une onde noire, et déjà l'âme ébranlée se demande avec inquiétude si l'obscurité ne va pas aussi submerger les pics et laisser l'immense cirque soudain vide et sombre ; et, en vérité, un léger souffle glacé, vague invisible, monte déjà des vallées. Mais, tout d'un coup, les hauteurs recommencent à s'illuminer d'une lumière plus froide, plus blême ; et, voyez, dans l'azur qui n'a pas, il s'en faut, fini de briller, la lune est apparue. Réverbère haut et rond, elle est suspendue dans la rue entre deux des plus imposants sommets, et ce qui avait été encore, peu auparavant, tableau aux détails colorés commence à devenir esquisse aux contours blancs et noirs avec de petites étoiles à l'éclat incertain.

Étourdie, transportée par ce spectacle nouveau pour elle, Christine fixe le changement dramatique, ce passage continu d'une couleur à l'autre sur cette gigantesque palette. De même que bourdonnent les oreilles de celui qui, habitué aux doux sons du violon et de la flûte, entend pour la première fois le grondement des tutti d'un grand orchestre, de même ses sens vibrent dans cette révélation du jeu majestueux des couleurs dans la nature. Elle fixe, fixe, les mains cramponnées au balcon. Jamais elle n'a vu de sa vie tout un paysage aussi rassemblé, jamais ne s'est abîmée à ce point dans la contemplation, jamais aussi perdue dans sa propre expérience de la vie. Dans ses yeux admiratifs se concentre toute son énergie vitale, elle n'est plus que regard et étonnement, transportée hors de son propre moi, elle se fond dans le paysage, s'oubliant elle-même, oubliant le temps. C'est une chance que, dans cet établissement bien organisé, un gardien du temps veille, le gong inexorable qui de repas en repas rappelle les clients à leur devoir particulier : être prêts à répondre aux exigences du luxe. Christine sursaute au premier grondement de bronze. Sa tante lui a expressément recommandé d'être à l'heure, vite maintenant, se préparer pour le dîner !

Mais laquelle choisir de ces nouvelles robes splendides ? Elles sont étalées côte à côte sur le lit, brillant légèrement comme des ailes de libellule. Séduisante, la robe sombre miroite dans l'ombre... Finalement elle retient pour aujourd'hui celle de ton ivoire, comme la plus discrète. Elle la soulève délicatement, timidement, et s'étonne. Dans la main elle ne pèse pas plus qu'un mouchoir ou qu'un gant. Rapidement elle retire le sweater, les pesantes chaussures en cuir de Russie, les bas de sport épais, se débarrasse de tout ce qui est lourd et solide, impatiente d'éprouver une pesanteur nouvelle, celle de la légèreté. Comme tout est délicat, doux, vaporeux ! Rien que de saisir ce linge précieux fait frémir les doigts de respect, le simple contact est merveilleux. Vite se dépouiller de son ancienne lingerie de toile si dure, le nouveau tissu glisse, soyeux et chaud, comme une mousse sur la peau nue. Spontanément elle veut donner de la lumière pour se voir, mais, au dernier moment, sa main abandonne l'interrupteur, plutôt prolonger la jouissance par l'attente. Peut-être que ce tissu léger, précieux, n'est si duveteux, si délicat au toucher que dans l'ombre et que son charme subtil disparaît à la lumière crue, brutale. Maintenant, après la lingerie, après les bas, la robe. Avec précaution — c'est qu'elle appartient à la tante —, elle passe la soie lisse et, merveille, elle glisse d'elle-même de ses épaules, descend comme un liquide tiède, étincelant, se moule, docile, au corps nu : on ne la sent pas, on va dedans comme habillée de vent, les lèvres de l'air sur la peau toujours frémissante. Mais, dépêchons-nous, il ne s'agit pas de s'abandonner trop tôt au plaisir, vite en finir pour se contempler ! Vite les chaussures, quelques gestes, quelques pas, prête, Dieu soit loué. Et maintenant — la peur fait battre son cœur — le premier regard dans la glace.

La main tourne l'interrupteur, la lumière jaillit de l'ampoule électrique, crue, éblouissante, la pièce surgit de l'ombre en un éclair, la décoration printanière des murs, les meubles miroitants, l'atmosphère distinguée. Curieuse, mais encore inquiète, elle n'ose se planter devant le miroir, jette un regard de biais à la glace révélatrice qui, placée de côté, reflète un coin du pays derrière le balcon et une partie de la pièce. Il lui manque encore le courage pour l'épreuve définitive. Aura-t-elle l'air aussi ridicule qu'auparavant dans la robe empruntée, est-ce que chacun, et elle-même, découvrira la supercherie de ce prêt ? Elle se glisse très lentement vers la glace comme pour tromper, pour séduire par sa modestie un juge impitoyable. La voici tout près du miroir redoutable, mais toujours les yeux baissés, reculant devant le dernier regard révélateur. A ce moment, en bas, pour la deuxième fois, le gong retentit. Dans un accès soudain de courage, elle reprend son souffle comme pour bondir, et lève résolument les yeux, les lève, et sursaute si fort que la surprise la fait involontairement faire un pas en arrière. Qui est-ce ? Quelle est cette dame mince, distinguée, qui, le buste en arrière, la bouche entrouverte, les yeux écarquillés, la fixe avec une surprise non feinte, indéniable ? Est-ce elle ? Impossible ! Elle ne le dit pas, elle ne l'exprime pas vraiment. Mais inconsciemment le mot est venu sur ses lèvres et, ô merveille, en face dans la glace les lèvres bougent aussi.

De surprise elle en perd le souffle. Même en rêve elle n'aurait osé s'imaginer si splendide, si jeune, si élégante ; toute nouvelle est cette bouche rouge, fermement marquée, nouveaux ces sourcils bien dessinés, nouvelle cette nuque dégagée, lumineuse sous le casque d'or des cheveux, nouvelle sa peau nue dans l'encadrement brillant de la robe. Elle s'approche de plus en plus près pour reconnaître son moi dans cette image et, quoiqu'elle se sache elle-même reflétée dans la glace, elle n'ose reconnaître cet autre moi comme authentique et durable. La crainte martèle toujours ses tempes qu'une nouvelle approche infime, qu'un mouvement brusque suffiraient pour faire s'évanouir l'image enivrante. Non, ce n'est pas possible, pense-t-elle, on ne peut pas se transformer à ce point, car, si c'était tout à fait vrai, alors je serais... Elle s'arrête, elle n'ose prononcer le mot. Mais la glace, devinant sa pensée, commence à sourire, d'un sourire d'abord léger puis de plus en plus resplendissant. Maintenant dans cette glace sombre en face d'elle les yeux rient franchement, clairs et fiers, et les lèvres rouges entrouvertes semblent reconnaître, joyeuses : « Oui, je suis belle. »

C'est exaltant de se contempler, de s'étonner, de s'admirer, de se découvrir, d'examiner son corps avec un sentiment jusqu'ici inconnu d'amour de soi, de remarquer pour la première fois comme la poitrine libérée bombe ferme et belle sous la soie, comme les formes se dessinent en une ligne à la fois mince et souple parmi les couleurs, comme les épaules nues s'épanouissent hors de la robe, légères, dégagées. La curiosité la prend d'observer ce corps en mouvement, ce corps nouveau, svelte, insoupçonné. Elle tourne lentement de côté, très lentement, et examine en même temps de profil l'effet du déplacement ; de nouveau un coup d'œil à la glace rencontre un regard de sa jumelle, fier, satisfait. Cela la rend audacieuse. Maintenant, trois pas en arrière ; également le mouvement rapide est beau. Puis elle risque une pirouette, la robe courte vole, et de nouveau le miroir sourit : « Excellent ! Comme tu es mince et légère ! » Plus que tout elle voudrait danser, les jambes la démangent, elle retourne en courant au fond de la pièce et marche encore une fois vers le miroir, et il sourit, il sourit de son propre regard ; de tout côté elle essaie, examine, cajole sa propre image, éprise d'elle-même, elle ne se lasse pas de contempler ce nouveau moi, séduisant dans ses beaux atours, jeune, recréé, sortant des profondeurs de la glace, qui vient toujours souriant au-devant d'elle. Elle voudrait l'étreindre, cet être nouveau qu'elle est devenue, elle se presse contre lui, si fort que les pupilles se touchent presque, les siennes vivantes et celles de son reflet, et, proches à les baiser, ses lèvres se rapprochent de celles de sa sœur, si proches que pour un moment le souffle de la respiration efface l'image. Admirable jeu de la découverte de soi, elle essaie toujours d'autres mouvements pour se découvrir transformée. Alors, pour la troisième fois, d'en bas le gong résonne. Mon Dieu, ne pas faire attendre la tante, elle doit déjà être furieuse. Vite, un manteau sur les épaules, un manteau du soir, léger, diapré, bordé d'une riche fourrure. Ensuite, avant de saisir l'interrupteur pour éteindre, un dernier regard d'adieu, chargé de désir, pour le miroir enchanteur, le dernier, le tout dernier. De nouveau là-bas la lueur dans le regard, de nouveau l'ardente extase dans la bouche étrangère et pourtant sienne. « Excellent, excellent ! » lui sourit le miroir. Dans une course joyeuse elle se hâte dans le couloir jusqu'à la chambre de la tante, la robe fraîche et soyeuse qui l'enveloppe fait du mouvement rapide un plaisir. Elle se sent portée comme par une vague, comme par un vent divin ; depuis son enfance sa démarche n'a jamais été si légère, si aérienne. L'ivresse de la métamorphose s'est emparée d'un être.

« Ravissant ! Cela te va comme un gant, dit la tante, c'est vrai, quand on est jeune pas besoin d'artifices. La difficulté pour un couturier, c'est ce que le vêtement doit cacher, pas ce qu'il doit montrer. Mais, plaisanterie à part, cette robe semble faite pour toi, on te reconnaît à peine, c'est maintenant qu'on va se rendre compte quelle belle silhouette tu as. Mais il te faut tenir la tête plus souple, ton allure — ne m'en veux pas de te le dire — reste si gauche, si timide, tu te recroquevilles peureusement comme un chat sous la pluie. Tu dois apprendre à imiter les Américaines, marcher légère, libre, le front haut en avant comme un vaisseau contre le vent. Seigneur ! Si je pouvais avoir ton âge ! » Christine rougit. On ne remarque vraiment rien, elle n'est pas ridicule, ne sent pas son village. Dans l'intervalle la tante a poursuivi son examen, son regard critique parcourt toute la silhouette. « Parfait ! Seulement, ici, le cou réclame quelque parure. (Elle commence à fouiller dans son coffret à bijoux.) Tiens, passe ce collier de perles, non, nigaude, ne crains rien, ce sont des fausses. Les vraies sont chez nous dans mon coffre, nous ne les emportons pas en Europe pour faire plaisir à vos pickpockets. » Froides, étrangères, les perles glissent sur la peau nue qui frissonne légèrement. La tante prend du recul. Un dernier coup d'œil d'ensemble. « Parfait, tout te va. Pour un homme ce serait un plaisir de te parer des pieds à la tête. Maintenant, viens ! Nous ne pouvons pas faire attendre Anthony plus longtemps. Il va en ouvrir des yeux ! »

Elles prennent ensemble l'escalier. Sensation étrange, cette descente dans sa nouvelle robe décolletée. Aussi légère que si elle allait nue, elle ne marche pas, elle plane, il lui semble que les marches s'élèvent à sa rencontre. Sur le deuxième palier elles croisent un homme d'un certain âge en smoking, aux cheveux blancs raides, séparés par une raie tirée au cordeau. Il salue cérémonieusement la tante, s'efface pour les laisser passer, et, dans cette courte rencontre, Christine sent un intérêt marqué à son égard, un regard masculin admiratif, presque respectueux. Une chaleur lui monte aux joues ; jamais encore de sa vie un homme d'un certain rang, un homme vraiment distingué, ne l'a saluée avec ce mélange de retenue et d'admiration. « Le général Elkins, son nom doit t'être connu du temps de la guerre, il est président de la Société géographique de Londres, explique la tante. Il a, indépendamment de son service, fait de grandes découvertes au Tibet, un homme célèbre, il faut que je te le présente, le dessus du panier, il a ses entrées à la cour. » Le cœur de Christine palpite de bonheur. Un homme aussi distingué, un grand voyageur, ne l'a pas considérée et méprisée comme une intruse, une dame de pacotille, non, il s'est incliné devant elle comme devant une femme de la noblesse, comme devant une de ses égales. A partir de maintenant elle se sent légitimée. Et, nouvelle confirmation réconfortante, à peine s'approche-t-elle de la table que l'oncle lui aussi sursaute. « Oh ! en voilà une surprise. Non, quelle réussite ! Sacrément bien, oh pardon, je voulais dire remarquablement bien, ton allure. » De nouveau Christine se sent rougir de satisfaction, elle perçoit jusque dans son dos un frisson délicieux. « Je crois bien mon oncle que tu veux me flatter », dit-elle essayant de plaisanter. « Mais certainement », réplique en riant le vieux monsieur et inconsciemment il se rengorge. Son plastron froissé se redresse, l'oncle bonhomme a disparu, dans ses petits yeux aux bords rougis, enfoncés dans ses joues épaisses, brille une lueur d'intérêt, presque de convoitise. Le plaisir de voir cette jeune fille à la beauté inattendue le rend inhabituellement joyeux et loquace. La détaillant, il se lance en expert dans tant de considérations savantes sur son apparence que la tante modère gaiement son enthousiasme un peu trop appuyé. Qu'il ne lui tourne pas la tête, de plus jeunes que lui s'en chargeront avec plus d'habileté et de tact. Dans l'intervalle les serveurs se sont approchés ; comme les ministres du culte à l'autel, ils attendent près de la table, respectueux, un signe d'assentiment. C'est étrange, pense Christine, comment ai-je pu à midi être si effrayée par eux, par ces hommes polis, discrets, remarquablement silencieux, qui ne semblent désirer qu'une chose, ne pas se faire remarquer ? Maintenant elle mange de bon appétit, la crainte a disparu, la faim après ce long voyage se manifeste énergiquement. Les légers pâtés truffés lui paraissent particulièrement savoureux, et les rôtis dans leur lit de légumes disposés avec art, et les desserts exquis, veloutés, servis délicatement dans son assiette avec des couverts en argent, elle n'a à se soucier de rien, à ne penser à rien, et, à vrai dire, elle ne s'étonne plus de rien. Tout ici est pourtant merveilleux, et la chose la plus merveilleuse est d'avoir le droit d'y être, ici, dans cette salle étincelante, silencieuse quoique pleine de gens remarquablement habillés et probablement très importants. Ce qu'elle savoure le plus, c'est le vin. Il faut qu'il soit fait avec des raisins dorés, bénis par le soleil du Sud, provenant de pays lointains heureux et beaux ; transparent comme de l'ambre, il étincelle dans les verres de cristal fin, et coule, caresse douce et fraîche, dans la gorge. Au début Christine, religieusement, ne se permet que de le goûter par petites quantités, mais, entraînée par l'oncle, ravi de sa satisfaction visible, à célébrer toujours davantage son arrivée, elle le laisse à plusieurs reprises remplir son verre. Sans le vouloir ou le savoir, ses lèvres se délient. Aussi léger et pétillant que le champagne jaillissant du bouchon, le rire fuse parfois de sa gorge et elle s'étonne elle-même t'entendre cette mousse de joie pétiller, inconsciente, entre ses paroles, comme si l'étau de crainte qui étreignait son cœur venait de se rompre. Pourquoi parler ici de crainte ? Ils sont tous si bons, la tante, l'oncle, si beaux, si élégants, ces gens raffinés, superbes qui l'entourent, le monde est beau, belle la vie.

L'oncle est assis imposant en face d'elle, son visage respire le bien-être et la satisfaction ; l'exubérance débordante de sa nièce le réjouit énormément. Ah ! redevenir jeune, pense-t-il, pouvoir serrer dans ses bras une jeune fille ardente, pétulante ! Il se sent émoustillé, égayé, rajeuni et presque audacieux ; lui d'habitude flegmatique, plutôt maussade. Il déniche dans un effort de mémoire toutes sortes d'anecdotes plaisantes, certaines un peu osées, inconsciemment il veut alimenter le feu qui réchauffe si agréablement ses vieux os. Il ronronne de plaisir comme un chat. Il étouffe dans son veston, ses joues se colorent dangereusement. Il ressemble soudain au roi de la fève dans le tableau de Jordaens, le visage rutilant de bien-être et de vin. A tout moment il porte un toast à sa nièce et il est sur le point de commander du champagne quand la tante qui le surveille, amusée, lui pose sur le bras une main réprobatrice et lui rappelle les recommandations du médecin.

Pendant ce temps parviennent du hall voisin des bruits d'orchestre. Cela tinte, grince, tambourine, coasse comme un soufflet de forge fou : musique de danse. Le vieil oncle pose son gros cigare brésilien dans le cendrier, cligne de l'œil. « Dis, je le vois dans tes yeux, tu voudrais bien danser ? » « Rien qu'avec toi, mon oncle », dit-elle, mutine, l'air enjôleur. (Mon

Dieu, ne serais-je pas un peu grise ?) Elle ne peut s'empêcher de rire continuellement, elle sent toujours en haut dans la gorge un curieux picotement, et chaque mot est suivi d'un trille joyeux irrésistible. « Ne promets rien ! grommelle l'oncle. Il y a de sacrés beaux jeunes gens qui, à trois, ne font pas mon âge, et qui, chacun, dansent sept fois mieux qu'un vieux rhinocéros goutteux. Mais tu en prends la responsabilité ; si tu en as le courage, on y va. » Il lui offre galamment le bras, à l'ancienne, elle le prend, elle bavarde et rit, elle s'agite et rit, la tante suit, amusée ; la musique résonne, la salle est éblouissante de couleurs et d'éclat, les clients observent avec une curiosité bienveillante, les serveurs déplacent une table, tout le monde est aimable, accueillant, il n'y a pas besoin de beaucoup de courage pour se frayer un chemin dans ce joyeux tourbillon. L'oncle Anthony n'est vraiment pas un champion de danse, sous son gilet un bourrelet de graisse tremblote à chaque pas, il conduit, hésitant et gauche, l'homme corpulent aux cheveux gris. Mais, à sa place, c'est la musique qui conduit, cette musique très syncopée, entraînante, cette musique endiablée, tourbillonnante, remarquablement rythmée. Chaque coup de cymbale provoque un choc jusque dans les jarrets, mais un choc délicieux ; avec quelle douceur en revanche le son du violon détend les membres ; comme on est secoué, bousculé, pétri, dominé par l'emprise brutale de la cadence impérieuse. Ils jouent diablement bien, et vraiment ils ont l'air de diables, des diables en livrée enchaînés, ces Argentins basanés dans leurs tuniques brunes, troupe folle ; là, le maigre à lunettes qui glousse et s'étrangle furieusement dans son saxophone, comme s'il voulait, ivre, le vider jusqu'à la dernière goutte, et, près de lui, encore plus exalté,

un pianiste adipeux, chevelu qui, dans un enthousiasme bien étudié, tape en apparence au hasard sur
les touches comme un bûcheron, tandis que son voisin à la denture chevaline déchaîne une fureur
incompréhensible sur la batterie et les carillons.
Tous semblent piqués par la tarentule, sans cesse ils
s'agitent et tressautent sur leurs sièges comme sous
l'effet d'une décharge électrique. Avec des mouvements simiesques et une rage affectée ils se déchaînent sur leurs instruments. Cependant ce vacarme
infernal — Christine s'en rend compte au milieu de
la danse — travaille avec la précision d'une machine
à coudre. Toutes ces extravagances, imitées des
orchestres noirs, les grimaces, les gloussements, les
attitudes, la tenue des instruments, les cris excitants
et les plaisanteries ont été étudiés devant la glace et
les partitions jusqu'au moindre détail, la fureur
simulée est digne de grands acteurs. Cela, ces femmes aux longues jambes, aux hanches minces, aux
visages poudrés, semblent aussi le savoir, car elles ne
se laissent visiblement ni prendre ni émouvoir par
cette excitation artificielle, renouvelée chaque soir.
Avec leurs sourires soulignés par les fards, leurs
mains nerveuses aux ongles rouges, elles se tiennent,
souples, dans les bras de leurs danseurs. Leurs
regards froids, fixés dans le vague, attestent qu'elles
pensent à autre chose, probablement à rien. Il n'y a
qu'elle, l'étrangère, la novice qui, dans sa surprise,
doit se garder de trahir son émotion et tempérer ses
regards. Car tout son sang est bouleversé par cette
musique cynique et passionnée, cette musique insolente au charme maléfique. Lorsque maintenant le
rythme, poussé à son paroxysme, s'arrête net et que
le silence se fait, elle respire comme échappée d'un
danger.

L'oncle, lui aussi, respire péniblement mais fièrement, il peut enfin essuyer la sueur de son front et reprendre son souffle. D'un pas triomphant il reconduit Christine à la table, et — ô surprise — la tante a déjà commandé pour eux des sorbets glacés. Christine venait justement d'en ressentir le désir plus dans son corps que dans sa pensée ; quel bonheur ce serait de pouvoir maintenant rafraîchir sa gorge, son sang ; et déjà, avant que le vœu soit formulé, elle trouve devant elle, prête, une coupe d'argent glacée, un monde de contes de fées où l'accomplissement précède le désir encore informulé. Peut-on être ici autrement qu'heureux !

Ravie, elle déguste la fraîcheur brûlante, la douceur âpre du sorbet, comme si elle aspirait par cette mince paille toute la sève et toute la douceur du monde. De joie les battements de son cœur se font plus saccadés, dans ses doigts frémit un désir de tendresse. Spontanément elle se retourne, cherchant des yeux quelqu'un ou quelque chose pour lui dédier un peu de cette plénitude intime, de cette ardente reconnaissance. Elle voit alors près d'elle son oncle, ce vieux brave homme ; il est assis un peu épuisé dans un profond fauteuil, il souffle, halète encore et essuie de son mouchoir des gouttes de sueur sur son visage. Il s'est dépensé sans compter pour lui faire plaisir, peut-être même en des efforts qui lui sont interdits ; reconnaissante, elle ne peut se retenir de caresser doucement sa main lourde, ridée, appuyée sur le bras du siège. Un sourire éclaire alors son visage et il retrouve son entrain. Il comprend ce que signifie ce geste spontané d'un être jeune, timide, s'éveillant à la vie, la gratitude émue dans le regard de sa nièce fait de lui un père comblé. Mais il serait injuste de ne remercier que lui et pas la tante, car c'est à elle qu'elle doit sa présence ici, cette protection affectueuse, la magnifique robe, et ce bonheur sans nuages dans ce monde riche, enivrant. Aussi de sa main gauche saisit-elle celle de sa tante et reste ainsi, assise, unie à tous les deux, rayonnante, dans la salle illuminée, comme une enfant sous l'arbre de Noël.

Voici que la musique reprend, plus sombre, plus lente, plus douce, elle se glisse comme une traîne de soie noire mordorée : un tango. L'oncle fait un visage malheureux, elle doit l'excuser. Ses jambes de soixante-sept ans ne peuvent suivre un rythme aussi souple. « Mais non, mon oncle, je préfère mille fois rester assise près de vous », dit-elle, et elle est sincère, tenant tendrement à droite, à gauche les deux mains. Elle se sent si bien dans la chaleur de ce cercle familial, et totalement rassurée sous leur garde protectrice. Mais une ombre passe, quelqu'un s'incline devant elle, un homme de haute taille au visage glabre de soldat, bruni par le soleil qui contraste avec la cuirasse à la blancheur de neige de son smoking. Il claque les talons à l'allemande et, avec correction, demande à la tante si elle permet. « Mais volontiers », dit celle-ci en souriant, fière elle-même du succès rapide de sa protégée. Stupéfaite, les genoux un peu tremblants, Christine se lève. La surprise d'être choisie parmi toutes ces femmes belles, élégantes, par un étranger distingué lui donne un véritable coup au cœur. Une profonde inspiration pour dissiper son trouble, et elle pose sa main tremblante sur l'épaule de son cavalier. Dès le premier pas, elle se sent conduite avec aisance et fermeté par un impeccable danseur. Elle n'a qu'à suivre la pression à peine perceptible, et déjà son corps épouse les flexions, les mouvements de son partenaire, elle n'a qu'à s'abandonner au rythme entraînant à la douceur enveloppante, et, comme par miracle, son pied exécute parfaitement le pas. Elle n'a jamais dansé ainsi, et elle s'étonne que cela lui soit si facile. Comme si un autre corps lui était échu sous un autre vêtement, comme si elle avait déjà dans un songe lointain appris et répété cet accord dans les mouvements, tellement elle se plie exactement, sans peine, à la volonté étrangère. Une impression de sécurité comme dans un rêve s'empare d'elle ; la tête renversée en arrière comme sur un coussin de nuées, les yeux mi-fermés, la poitrine légèrement agitée sous la robe de soie, détachée de tout, ne s'appartenant plus, elle se sent, à sa propre surprise, glisser aérienne à travers la salle. Parfois, quand elle s'arrache à cette houle puissante qui l'emporte et lève son regard vers le visage étranger si proche, elle croit voir briller dans ses yeux durs un sourire satisfait, approbateur, et il lui semble alors que la main qui la guide augmente, plus familière, sa pression. Une faible crainte, énervante et presque voluptueuse, parcourt, imprécise, ses veines. Qu'arriverait-il si ces dures mains masculines la pressaient plus fortement, si cet étranger au visage hautain, taillé à coups de serpe, la saisissait soudain, l'attirait à lui ? Pourrait-elle se défendre ? Est-ce qu'on ne s'abandonnerait pas et qu'on céderait comme maintenant dans la danse ? Sans qu'elle s'en rende compte, un peu de la sensualité provoquée par cette évocation vague passe dans ses membres qui suivent son cavalier avec toujours plus de souplesse. Déjà quelques personnes remarquent ce couple parfait, et elle perçoit, au milieu de la danse, la force enivrante de cette attention, de cette admiration. Elle obéit de mieux en mieux à la volonté de son partenaire, mêle son souffle au sien, épouse ses mouvements ; et la découverte du plaisir éprouvé par son corps la pénètre comme par des fibres nouvelles et hausse son âme à un sentiment jamais encore atteint.

Après la danse le grand jeune homme blond — il s'est présenté, ingénieur de Gladbach — la reconduit, cérémonieux, à la table de l'oncle. Au moment où elle abandonne son bras, la chaleur du mince contact disparaît et elle se sent plus faible et amoindrie, comme si par ce lien rompu une partie de sa force s'était échappée. En s'asseyant elle n'a pas encore recouvré ses esprits. Faible et heureuse, elle sourit à l'oncle qui l'accueille aimablement, et ne remarque pas au premier moment que déjà une troisième personne est assise à leur table : le général Elkins. Maintenant, il se lève et s'incline. Il est venu spécialement pour prier la tante de le présenter à cette « charming girl ». Il se tient devant elle, comme devant une grande dame, au garde-à-vous, son visage sérieux respectueusement incliné. Christine se trouble, cherche à se ressaisir. Mon Dieu, de quoi parler avec un homme si terriblement distingué et célèbre dont la photo, à ce que raconte la tante, a pu être vue dans tous les journaux, et même au cinéma ? Mais c'est le général Elkins lui-même qui s'excuse auprès d'elle de son misérable allemand. Il a bien étudié à Heidelberg, mais il est assez triste pour lui d'avouer de tels chiffres, il y a plus de quarante ans, et une aussi remarquable danseuse devra faire preuve d'indulgence s'il se permet de l'inviter pour la prochaine danse. Il a encore dans la cuisse gauche un éclat d'obus, souvenir d'Ypres, d'ailleurs finalement dans ce monde on ne réussit qu'avec de l'indulgence. Christine, confuse, ne sait que répondre, ce n'est que lorsqu'elle danse lentement, prudemment, avec lui qu'elle s'étonne elle-même de constater combien la conversation lui devient facile. Qui suis-je donc ? pense-t-elle, tandis qu'un frisson la parcourt à fleur de peau. Comment puis-je subitement tout réussir ? Avec quelle adresse, quelle légèreté j'évolue, moi qui étais autrefois, le professeur de danse l'avait dit, si raide, si maladroite, et maintenant, c'est moi qui conduis et non lui. Et avec quelle facilité je parle, et ce ne doit pas être trop stupide, car cet homme important m'écoute avec complaisance. Est-ce le vêtement, est-ce le monde qui m'ont transformée ? Ou bien avais-je déjà tout cela en moi, et n'ai-je pas toujours manqué de courage, été trop timide ? Ma mère me l'a souvent dit. Peut-être que la vie entière est infiniment plus simple que je ne le croyais, il ne faut qu'avoir le courage de s'examiner, de se découvrir, et alors de dons célestes insoupçonnés vous vient la force.

Après la danse le général Elkins fait avec elle le tour de la salle d'un pas lent et mesuré. Elle est fière de marcher à son bras, regardant devant elle d'un regard assuré, sa nuque se tend et elle sent que la raideur de cette attitude la rend plus jeune et plus belle. Pendant leur conversation, elle confesse ouvertement au général qu'elle ne connaît pas du tout l'Engadine, ni Maloja, ni Sils-Maria, mais cette révélation semble plutôt lui faire plaisir qu'atténuer son respect : lui permettra-t-elle de la conduire demain matin dans son auto à Maloja ? « Avec grand plaisir », dit-elle, stupéfaite de bonheur et de respect, et, reconnaissante, serre — où a-t-elle pris ce courage ? — presque en camarade la main de cet homme âgé, distingué. Elle se sent de plus en plus chez elle dans cette salle, ce matin si hostile, de plus en plus assurée depuis que tous rivalisent pour lui préparer d'heureuses surprises, depuis qu'elle voit comment ici des contacts passagers créent des liens sociaux forts et confiants, tandis qu'en bas, dans son monde étriqué, chacun envie au voisin le beurre de sa tartine et l'anneau à son doigt. Enthousiaste, elle rapporte à l'oncle et à la tante l'aimable invitation du général, mais on ne lui laisse pas beaucoup de temps pour bavarder. A la danse suivante l'ingénieur allemand vient de nouveau la chercher en traversant toute la salle ; par lui, elle fait la connaissance d'un médecin français ; par l'oncle, d'un ami américain, ainsi que d'une foule d'autres gens dont dans son émotion et son bonheur elle ne comprend pas les noms ; en dix ans elle n'a pas rencontré autant de gens sympathiques, polis, élégants que pendant ces deux heures. On l'invite à danser, on lui offre des cigarettes et des liqueurs. On lui propose des excursions, une course en montagne, chacun paraît curieux de la connaître et chacun lui prodigue cette amabilité visiblement naturelle ici à tous. « Quel succès, mon petit ! » lui murmure la tante, fière du tourbillon qui se crée autour de sa protégée, et il faut un bâillement mal dissimulé de l'oncle pour rappeler aux deux femmes que le vieil homme peu à peu s'est fatigué. Par vanité il nie d'abord son épuisement visible, finalement il cède. « Oui, il est préférable que nous allions nous reposer. Pas trop à la fois, demain aussi il fera jour et we will make a good job of it. » Christine jette un dernier regard à la salle enchanteresse, resplendissante de musique et de mouvement ; elle se sent, comme au sortir d'un bain, renouvelée, rafraîchie, tous ses nerfs vibrent de joie. Dans un élan de reconnaissance, elle offre son bras à son oncle, se penche rapidement et dans un mouvement spontané baise la main ridée.

La voilà seule dans sa chambre, étonnée, troublée, inquiète d'elle-même et du silence qui soudain l'environne ; c'est maintenant seulement qu'elle s'aperçoit combien sa peau est en feu sous la robe légère. Soudain la pièce fermée lui semble trop étroite, trop tendu son corps agité, brûlant sous l'emprise d'un sentiment écrasant. Un bond jusqu'à la porte-fenêtre, celle-ci ouverte laisse s'engouffrer la fraîcheur montant de la neige qui caresse ses épaules nues. Maintenant sa respiration est redevenue aisée, régulière, elle sort sur le balcon et frémit de bonheur dans ce face-à-face soudain entre sa propre plénitude et le vide immense du paysage, et d'entendre battre, farouche, un petit cœur terrestre, si seul sous la gigantesque voûte nocturne. Ici aussi règne le silence, mais un silence plus puissant, plus élémentaire que celui de la pièce bâtie par des mains d'hommes, un silence qui n'oppresse pas mais qui délie, détend. Muettes les montagnes auparavant étincelantes, plongées maintenant dans leur propre ombre, gigantesques chats noirs accroupis aux yeux phosphorescents de neige ; l'air est parfaitement immobile dans la lueur opaline de la lune déjà presque pleine. Elle flotte là-haut, perle jaune un peu inégale entre la jonchée de diamants des étoiles. Sa lumière blafarde ne dévoile qu'indistinctement les contours de la vallée baignée de brume. Jamais elle n'a éprouvé une telle impression de majesté, imposant sa puissance à l'âme comme à la vue de ce paysage au silence divin. Toute agitation s'apaise en elle devant ce calme absolu, elle écoute, écoute attentive, s'imprègne avidement de ce silence pour s'abîmer en lui de tout son être. Soudain, comme venant de l'univers, une onde de bronze roule puissante dans l'air glacé. En bas dans la vallée la cloche de l'église a sonné. Surprises, les parois rocheuses se renvoient à droite, à gauche, la balle d'airain. Comme si le battant de cloche avait frappé son cœur, Christine sursaute et prête l'oreille, de nouveau le grondement de bronze résonne dans la mer de brouillard, encore une fois, encore une fois. Stupéfaite, elle compte les coups : neuf, dix, onze, douze. Est-ce possible ? Il n'est que minuit ? Cela ne ferait que douze heures depuis son arrivée, timide, craintive, désemparée avec une malheureuse petite âme, toute rabougrie ; seulement une journée, non, une demi-journée ? Et, pour la première fois, à ce moment, un être, objet d'une révélation bienheureuse qui l'ébranle dans ses profondeurs, commence à entrevoir de quelle étoffe mystérieusement délicate et malléable notre âme est constituée, puisqu'un seul événement suffit pour l'agrandir à l'infini et lui faire englober dans son espace minuscule un univers entier.

Le sommeil lui-même est différent dans ce monde nouveau, plus noir, plus dense, un abandon total. Christine au réveil doit, de très loin, retrouver ses esprits, totalement noyés dans une profondeur de sommeil jamais encore connue, lentement, péniblement. Secousse par secousse, comme tirée d'un puits sans fond, la conscience engloutie refait surface. Première impression : une perception imprécise du temps. Les paupières closes le devinent : le jour se lève, il doit y avoir de la lumière dans la pièce, le jour est là. Et, tout de suite, le sentiment de peur s'attache à cette première impression vague (il s'introduit profondément dans le sommeil) : surtout ne pas manquer son service ! Surtout ne pas arriver en retard ! Automatiquement se déclenche dans l'inconscient la suite de pensées enregistrées depuis dix ans : le réveil va sonner... le devoir, le devoir, le devoir... vite se lever, le service commence à huit heures, mais auparavant allumer le feu, passer le café, aller chercher le lait, les petits pains, ranger la pièce, changer le pansement de la mère, songer au repas de midi et quoi encore ?... je dois encore faire autre chose aujourd'hui... Ah oui ! payer l'épicière, elle nous l'a déjà rappelé hier... Non, surtout ne pas se rendormir, se préparer, sauter du lit quand le réveil sonne... mais qu'est-ce qui se passe aujourd'hui... pourquoi tarde-t-il... est-il détraqué, j'aurai oublié de le remonter... pourquoi ne sonne-t-il toujours pas, il fait déjà jour dans la chambre. Mon Dieu, j'ai dormi trop longtemps, il est déjà sept heures ou huit ou neuf et les gens protestent au guichet, comme cette fois où j'ai eu un malaise, ils voulaient immédiatement se plaindre à la direction... et on renvoie maintenant tellement d'employés. Jésus Marie, ne pas être en retard, ne pas trop dormir. Jusque dans le domaine sombre du sommeil, la crainte de manquer à la ponctualité inculquée pendant des années la ronge, et cette crainte tourmente si douloureusement l'esprit troublé de Christine que la dernière mince couche de sommeil se détache brusquement, elle ouvre tout grand les yeux. Mais où — son regard cherche inquiet le plafond —, où suis-je donc ? Que m'est-il arrivé ? Au lieu de la pièce mansardée bien connue, enfumée, d'un gris sale, aux poutres brunes, elle découvre un carré brillant à la blancheur éclatante encadré de fines moulures dorées. D'où vient soudain cette abondance de lumière ? On a dû percer une nouvelle fenêtre cette nuit. Où suis-je ? Où suis-je donc ? Troublée, elle fixe ses mains. Elles ne reposent pas comme de coutume sur la vieille couverture brune, rapiécée, en poil de chameau, la couverture aussi a été changée, légère, duveteuse, bleue, brodée de fleurs rouges. Non, premier sursaut, ce n'est pas mon lit ! Non, deuxième sursaut, ce n'est pas ma chambre ! Et troisième et plus violent sursaut, un regard parfaitement clair et elle comprend tout : le congé, les vacances, la liberté, la Suisse, la tante, l'oncle, le merveilleux hôtel ! Plus de peur, plus de service, plus d'heure, plus de réveil, plus de réchaud. Finie la crainte que quelqu'un vous attende ou vous presse, la meule cruelle qui depuis dix ans broyait sa vie a cessé de tourner. On peut — comme ce lit douillet vous maintient au chaud — rester couchée, sentir son sang apaisé couler dans ses veines, deviner la lumière tapie derrière les rideaux tirés et goûter la chaleur douce que respire la peau. La paresse n'est plus interdite, on peut tranquillement refermer les yeux, rêver, se détendre, s'étirer ; on s'appartient. On peut même — maintenant elle se rappelle ce que lui a dit la tante — appuyer sur ce bouton, là à la tête du lit, sur lequel figure un serveur, format timbre-poste, ne rien faire d'autre que tendre le bras et — merveille — au bout de deux minutes on frappe, la porte s'ouvre, un garçon pénètre, déférent, poussant devant lui un mignon petit chariot aux roues caoutchoutées (elle en a admiré un chez la tante) et apporte selon votre désir café, thé ou chocolat dans de la belle porcelaine avec des serviettes blanches en damassé. De lui-même le petit déjeuner arrive, on n'est plus obligée de moudre le café, d'allumer le feu, de se démener au fourneau, les pieds nus, glacés dans les pantoufles, non, tout arrive, les petits pains blancs, le miel doré et d'autres choses délicieuses comme hier soir ; un traîneau magique les apporte jusqu'à votre lit, chaudes, moelleuses, sans qu'on se donne le moindre mal, sans bouger le petit doigt. Ou bien on peut appuyer sur un autre bouton qui représente une femme de chambre au petit bonnet blanc, et déjà celle-ci, après avoir frappé doucement, se glisse dans la chambre en tablier blanc et en robe noire et demande ce que Mademoiselle désire : doit-elle ouvrir les volets ; tirer plus ou moins les rideaux, ou préparer un bain ? Dans ce monde merveilleux on peut formuler des centaines de milliers de vœux, tous sont exaucés en un clin d'œil. Ici on peut tout vouloir et tout faire et l'on n'est pas forcé de le faire ni de le vouloir. On peut sonner ou ne pas sonner, se lever ou ne pas se lever, se rendormir ou rester allongée comme il vous plaît, garder les yeux ouverts ou les yeux fermés, et se laisser envahir béatement par des pensées agréables et indolentes. Ou bien ne penser à rien du tout, et savourer apathique son bien-être : le temps vous appartient, on n'appartient plus au temps. On n'est plus entraîné par cette course folle de l'heure, des secondes, mais on glisse les yeux fermés sur le temps, comme dans un bateau, les rames repliées. Et Christine se repose, rêve, toute à la jouissance de cette sensation nouvelle ; dans ses oreilles le sang bat doucement, délicieusement, comme dans le lointain les cloches, un dimanche.

Non, d'un mouvement énergique elle s'arrache aux couvertures, ce n'est pas le moment de trop rêver ! Ne pas gaspiller ce temps unique qui vous dispense à chaque seconde une surprise encore plus heureuse. Rêver, on peut le faire à la maison, pendant des mois, des années, dans le lit de bois fatigué, grinçant, au dur matelas, ou bien au bureau taché d'encre tandis que les paysans sont aux champs et que l'éternel tic-tac impitoyable de la pendule, surveillante pédante, résonne dans la pièce ; là rêver vaut mieux qu'être éveillée, mais le sommeil ici dans ce monde divin est gaspillage. Un dernier mouvement, elle a sauté du lit, un jet d'eau froide sur le front et la nuque, la voilà en pleine forme, vite, enfiler les nouveaux vêtements — ah ! le crissement doux de cette lingerie. Depuis hier son corps a déjà oublié cette nouvelle sensation, maintenant la peau retrouve avec bonheur la tendre et caressante étreinte de ce précieux tissu. Mais ne pas trop s'attarder à ces petits délices, ne pas traîner, vite, vite, quitter la chambre, partir n'importe où pour éprouver plus fortement son bonheur, sa liberté, pour dégourdir ses membres et combler ses yeux, être en éveil, toujours plus en éveil, avec tous ses sens, toutes ses fibres aux aguets ! En hâte elle passe le sweater, enfonce le bonnet sur sa tête et dévale l'escalier.

Les couloirs déserts de l'hôtel sont à peine éclairés par la lumière froide du petit matin ; en bas, dans le hall, des domestiques en bras de chemise nettoient avec des appareils électriques les tapis ; le portier de nuit aux yeux gonflés, à la mine maussade, considère avec étonnement cette cliente trop matinale puis, somnolent, soulève sa casquette. Pauvre garçon, lui aussi a un service dur, un travail obscur, pénible, mal payé, à l'horaire tyrannique. Mais n'y pensons plus, en quoi cela me concerne-t-il, je ne veux m'intéresser qu'à moi, à moi, à moi ; en avant, partons dans l'air froid, vivifiant, qui comme une serviette glacée vous nettoie gaiement les sourcils, les lèvres et les joues. Bon sang, comme ce souffle vif des montagnes vous saisit, vous glace jusqu'aux os, une seule ressource, courir pour se réchauffer, tout droit, le long du che-min, il conduira bien quelque part, peu importe où, ici en haut, tout est également nouveau et merveil-leux.

Marchant à grands pas, Christine, surprise, s'aper-çoit que le matin la station est vide. La foule qui, hier après-midi, se répandait par les chemins semble maintenant à six heures encore empaquetée dans les grandes caisses de pierre des hôtels, et le paysage lui-même, comme refermé, repose dans une sorte de sommeil gris, magnétique. Aucun son dans l'air, éteinte la lune hier si dorée, disparues les étoiles, passées les couleurs, les rochers immergés dans le brouillard sont ternes, livides, au reflet métallique glacial. Seulement sur les hauts sommets des montagnes glissent, agités, d'épais nuages de brouillard, quelque force invisible paraît les étirer, les déchiqueter ; par moments, l'un se détache de la masse compacte et vogue, large flocon d'ouate blanc, puis s'élève dans les claires sphères supérieures. Et plus il monte, plus une lumière irréelle baigne ses contours flottants et l'entoure d'une bordure d'or ; le soleil doit être proche, déjà actif quelque part derrière les sommets, on ne le découvre pas encore, mais déjà un souffle nouveau témoigne que l'atmosphère perçoit sa chaleur vivifiante. Allons au-devant de lui, montons ! Toujours plus haut ! Peut-être prendre ce chemin-ci qui, recouvert de gravier comme une allée de jardin, monte en lacets faciles, il ne doit pas être dur, et, en vérité, c'est un jeu d'enfant de le suivre, et d'un bon pas. Malgré son manque d'exercice, elle est tout étonnée que ses membres lui obéissent si aisément, d'avoir des genoux si souples. Comme le chemin et ses courbes commodes, comme l'air léger entraînent pour ainsi dire de soi-même le corps vers les hauteurs. Merveilleux de sentir comme un tel élan vous réchauffe. Elle retire vite les gants, le sweater, le bonnet ; non seulement les lèvres, les poumons, mais aussi la peau frémissante doit respirer cette fraîcheur stimulante. Plus elle marche vite et plus son pas se fait assuré, léger. En vérité, elle devrait s'arrêter, car son cœur frappe à coups redoublés dans sa poitrine, son pouls résonne dans ses oreilles, ses tempes battent ; pendant une seconde de repos, il est délicieux de jeter de ce lacet un coup d'œil dans la vallée, de découvrir les forêts d'où montent des traînées de brume, les routes, lignes blanches dans la verdure, le fleuve, courbe étincelante comme un yatagan, et, de l'autre côté, à travers la trouée du col, l'écluse d'or brusquement ouverte du soleil du matin. Splendide, cette montée exaltante vers les sommets, l'élan de sa course ne tolère aucune interruption, en avant, en avant ! le tambour bat la charge dans son cœur, en avant, en avant ! réclame le rythme grisant des muscles, le corps excité bondit, grimpe toujours plus loin, enivré de son propre effort, elle ne sait pas pour combien de temps, vers quelle hauteur, vers quel but. Enfin après environ une heure, parvenue à un point de vue où l'avancée de la montagne se voûte en forme de rampe, elle se jette dans l'herbe. Assez ! assez ! pour aujourd'hui. Elle se sent un peu étourdie, mais étrangement bien. L'excitation fait battre ses paupières, sa peau tendue, fouettée par le vent est brûlante, mais ces impressions physiques plutôt douloureuses, elle les éprouve dans son exaltation comme une sorte de joie inconnue, elle ne s'est jamais sentie aussi jeune et vivante que dans ce bouleversement complet de son corps. Elle ne s'est jamais doutée que son sang puisse couler si impétueux dans ses veines, elle n'a jamais éprouvé si profondément l'agilité, la vigueur de son jeune corps comme dans cette fatigue infiniment bienfaisante et grisante. Inondée de soleil, submergée par le vent tourbillonnant de la montagne, les mains délicieusement enfouies dans la mousse odorante et froide ; au-dessus d'elle des nuages dans un firmament plus bleu qu'un ciel de rêve, en bas une vue imposante ; elle reste allongée, agréablement étourdie, enivrée, éveillée et rêveuse à la fois, jouissant de l'effervescence de son moi et de la puissance impétueuse de la nature. Elle demeure là étendue une heure ou deux jusqu'à ce que le soleil se fasse trop brûlant sur ses lèvres, alors elle se relève d'un bond, cueille encore rapidement quelques fleurs glacées aux petits cristaux de rosée craquants, cachés entre les feuilles, du genièvre, de la gentiane, de la sauge, et redescend en hâte. Au début, elle va à un rythme rapide mais contrôlé, le véritable pas du touriste, mais la force de la pesanteur dans la descente l'entraîne à courir, à sauter, et elle s'abandonne à cette attirance délicieuse mais dangereuse de la pente. Toujours plus rapide, plus déchaînée, plus audacieuse, elle bondit de pierre en pierre, comme portée par le vent, joyeuse, assurée, follement heureuse, avec dans la gorge une envie grandissante de chanter, elle dévale en tourbillon, jupe et cheveux au vent, les lacets vers la vallée.

Devant l'hôtel à neuf heures, l'heure convenue, le jeune ingénieur allemand, en tenue de sport, attend le professeur de tennis pour son entraînement matinal. Il fait encore trop froid pour s'asseoir sur le banc humide. Le vent glisse ses doigts acérés dans la légère chemise de lin blanc entrouverte ; aussi marche-t-il énergiquement de long en large, les jambes raidies par l'air glacé et tourne sa raquette entre ses mains pour les réchauffer. Au diable ! le professeur ne vient pas, ne s'est-il pas réveillé ? Impatiemment l'ingénieur regarde à droite, à gauche. Puis, levant par hasard les yeux vers le sentier de montagne, il remarque en haut une chose étrange, lumineuse, virevoltante, qui dans le lointain, pas plus grosse qu'un insecte, dégringole le chemin par bonds impressionnants. Holà, qu'est-ce que c'est ? Dommage qu'on n'ait pas la longue-vue sous la main. La chose se rapproche rapidement, claire, ailée, bientôt on la distinguera mieux. Protégeant ses yeux de la main, l'ingénieur aperçoit maintenant une personne qui, à une allure follement rapide, dévale le sentier ; ce doit être une femme, une jeune fille, cheveux au vent, les bras écartés comme portée par l'air. Bon sang ! Quelle imprudence ! Prendre les courbes ainsi à pleine vitesse, une tête folle, mais c'est splendide à voir, cette descente éblouissante. Machinalement le sportif fait un pas en avant pour mieux l'observer dans sa course fulgurante. La jeune fille ressemble à une déesse de l'aurore avec sa chevelure flottante, ses bras fendant l'air comme une ménade, née de l'audace et du bond. Il ne peut encore distinguer son visage, la rapidité de la course et le reflet du soleil levant brouillent les traits. Mais il faut bien qu'elle passe devant le court de tennis si elle veut rentrer à l'hôtel, c'est ici que se termine le sentier. Elle approche de plus en plus, déjà des petites pierres détachées la précèdent, il entend ses pas dans la courbe supérieure, et soudain elle arrive en trombe, sursaute et s'arrête, surprise ; un arrêt brutal pour ne pas renverser l'homme qui s'est placé exprès sur sa route, le mouvement brusque rejette ses cheveux en arrière et plaque sa jupe contre ses jambes. Effrayée, elle se tient devant lui, haletante, à bout de souffle à un bras à peine de distance. Soudain un rire succède à la surprise, elle a reconnu son danseur d'hier soir. « Ah ! c'est vous ! s'exclame-t-elle, soulagée. Excusez-moi, pour un peu je vous renversais. » Il ne répond pas tout de suite, mais la considère avec plaisir, mieux, avec enthousiasme, comme elle est là, échauffée, tout près de lui, les joues glacées par le vent, la poitrine frémissante, encore sous l'émotion de la course rapide. En sportif l'homme est séduit par cette apparition rayonnante de jeunesse et de force, il la regarde, admiratif. Puis il se fait plus familier. « Félicitations ! J'appelle cela de la vitesse. Aucun des guides n'en ferait autant. Mais... (il l'examine de nouveau d'un regard attentif, approbateur, et encore une fois sourit) si j'avais un cou si jeune et si beau, je prendrais davantage garde de ne pas le casser. Vous êtes diablement imprudente ! C'est une chance que ce soit moi qui vous aie vue, et pas votre tante. Avant toute chose, vous ne devez pas entreprendre seule des excursions hors programme le matin. Si vous avez besoin un jour d'un accompagnateur d'expérience moyenne, le soussigné se recommande à vous tout particulièrement. » De nouveau il la fixe, et elle se sent gênée de la déclaration soudaine, inattendue, qu'exprime son regard. Jamais encore un homme ne l'a regardée avec une admiration si vive, au tréfonds d'elle-même elle perçoit l'excitation d'un plaisir nouveau. Pour se tirer d'embarras, elle lui montre son bouquet. « Regardez mon butin, cueillies toutes fraîche là-haut, ne sont-elles pas superbes ? » « Oui, superbes », répond-il d'une voix tendue, plongeant dans ses yeux par-dessus les fleurs. Elle devient de plus en plus gênée devant cet hommage appuyé, presque importun. « Excusez-moi, il faut que j'aille prendre mon petit déjeuner, je crains, de toute façon, qu'il ne soit trop tard. » Il s'incline et s'écarte, mais Christine, avec l'instinct infaillible de la femme, sent dans son dos ses regards qui la suivent. Inconsciemment elle se redresse en marchant. Et, mêlée à l'odeur vive des fleurs sauvages et au parfum tonique d'un air embaumé, pénètre en elle une sensation inespérée, la découverte surprenante qu'un homme l'admire passionnément et peut-être la désire.

Quand elle entre dans le hall son exaltation n'est pas encore tombée. Soudain l'atmosphère entre des murs lui semble insupportable, tout lui pèse, l'étouffe. Au vestiaire elle se débarrasse du bonnet, du sweater, de la ceinture, de tout ce qui serre et oppresse, elle voudrait arracher ses vêtements de sa peau frémissante. Assis à la table du petit déjeuner ses deux parents la voient avec étonnement pénétrer soudain dans la salle d'un pas assuré, rapide, les joues brûlantes, d'une certaine façon plus grande, plus vigoureuse, plus souple qu'hier. Elle pose le bouquet de fleurs bleues encore humide de rosée, étincelant de petits cristaux devant sa tante. « Cueillies pour toi ce matin tout en haut sur le... je ne sais pas comment cette montagne s'appelle, j'ai grimpé au hasard, ah ! (elle respire profondément) ce fut magnifique. » La tante la regarde, admirative. « Quel petit démon ! Partir au saut du lit dans la montagne sans prendre son petit déjeuner ! Nous aurions intérêt à l'imiter, cela vaudrait mieux que tous les massages. Mais, look, Anthony, regarde-la donc, à ne pas la reconnaître. L'air a enflammé ses joues, quelle ardeur ! Mais raconte, d'où as-tu rapporté tout cela ? » Et Christine raconte et ne remarque pas combien elle mange en même temps, rapidement, avidement en quantité un peu exagérée. Le beurre, le miel, la confiture disparaissent à une vitesse inquiétante. D'un coup d'œil l'oncle fait signe au serveur, qui sourit discrètement, de remplir à nouveau la corbeille de croissants savoureux. Dans son enthousiasme elle ne s'aperçoit pas des mines réjouies de ses deux parents devant son farouche appétit, elle sent seulement, non sans plaisir, la brûlure de ses joues encore baignées de rosée glacée. Tout à son aise, mastiquant, bavardant, riant, elle se renverse sans complexe dans le fauteuil, les visages sympathiques de ses deux vis-à-vis l'encouragent ; impétueuse, elle donne libre cours d'une voix claironnante à son enthousiasme, et soudain, oubliant les regards étonnés des voisins, elle ouvre tout grand les bras : « Ah ! ma tante, il me semble savoir pour la première fois ce qui s'appelle respirer. »

Après un si beau début, la journée s'écoule dans la joie au bord d'autres rives ravissantes. A dix heures alors qu'elle se trouve encore à la table du petit déjeuner, il n'y a plus une tranche de pain blanc dans la corbeille, sa faim de montagnarde y a fait le vide complet, le général Elkins apparaît dans un vêtement de sport à la coupe impeccable et lui rappelle la promenade en voiture promise. Marchant respectueusement en retrait, il la conduit à son auto, une marque anglaise des plus distinguées, étincelante de nickel et de laque ; le chauffeur aux yeux clairs, rasé de frais, est lui aussi un vrai gentleman. Le général Elkins l'installe, étend sur ses genoux une couverture, puis, se découvrant à nouveau, prend place à son côté. Ces manifestations de respect gênent un peu Christine, elle se sent coupable d'imposture devant cette politesse marquée, presque humble. « Qui suis-je donc, pense-t-elle, pour qu'il me traite ainsi ? Mon Dieu, s'il se doutait qu'ordinairement je suis rivée à un bureau sur un vieux siège de la poste, condamnée à des manipulations vulgaires, sans intérêt ! » Mais la voiture démarre, et la vitesse qui augmente progressivement chasse ce souvenir. Avec une fierté enfantine elle remarque que dans les rues étroites de la station où le moteur ne peut donner toute sa puissance les gens regardent, admiratifs, la marque prestigieuse qui, même ici, attire l'attention ; des yeux qui témoignent d'une légère et respectueuse envie se lèvent vers celle qu'ils tiennent pour la propriétaire. Le général commente le paysage, et, géographe de formation, se lance comme tous les spécialistes dans des explications détaillées. Penchée en avant, prêtant l'oreille, visiblement attentive, l'attitude de la jeune fille l'encourage à sa grande satisfaction. Son visage glabre, froid, perd progressivement la raideur britannique, un sourire bienveillant rend ses lèvres minces, sévères, plus aimables quand il observe ses exclamations juvéniles, ses « Ah ! », ses « Splendide ! » et sa façon de se retourner et d'admirer à chaque nouveau point de vue. A maintes reprises il contemple de profil avec un sourire presque mélancolique son frais visage, et, devant l'impétuosité de ses manifestations d'enthousiasme, sa réserve fond peu à peu. Le chauffeur conduit de plus en plus vite. La luxueuse voiture roule, confortable, silencieuse comme sur un tapis. Aucun son plus fort dans sa poitrine métallique ne trahit dans les montées le moindre effort, elle épouse en souplesse les virages les plus audacieux, et seul le bruissement d'air toujours plus violent témoigne de l'accélération, mêlant au sentiment délicieux de sécurité le plaisir de la vitesse. La vallée devient de plus en plus sombre, les rochers se rapprochent, sévères. Enfin, à un point de vue, le chauffeur s'arrête. « Maloja » annonce le général Elkins et il la fait descendre de voiture toujours aussi respectueux. Le coup d'œil dans le fond est magnifique. En lacets hardis la route dévale la pente comme un torrent. On sent ici que la montagne épuisée n'a plus la force de se dresser en pics et en glaciers ; tout d'un coup, elle se précipite dans une vallée lointaine qui s'étend à perte de vue. « Ici, en bas, dans la plaine commence l'Italie. » « L'Italie, répond Christine, surprise, elle est si proche, vraiment si proche ? » Cette exclamation étonnée trahit un désir si nostalgique que Elkins demande involontairement : « Vous n'y êtes jamais allée ? » « Non, jamais. » Et ce « non » est si accentué, dit sur un ton si passionné et si mélancolique que vibre en lui la crainte secrète : « Jamais, jamais, je ne la verrai. » Vite, elle comprend ce que ce ton avait d'excessif, elle en a honte, et, embarrassée à la pensée qu'il pourrait deviner ses sentiments les plus cachés, sa peur secrète concernant sa pauvreté, elle essaie de détourner la conversation et demande assez étourdiment à son compagnon : « Naturellement, vous la connaissez, général ? » Un sourire grave, presque mélancolique, lui répond : « Où n'ai-je pas traîné mes bottes ? J'ai fait trois fois le tour du monde. N'oubliez pas que je suis un vieil homme. » « Non, non ! proteste-t-elle tout indignée, comment pouvez-vous dire cela ! » Et cette indignation est si sincère, si authentique la protestation véhémente de la jeune fille que l'homme de soixante-huit ans sent une chaleur soudaine monter à ses joues. Il ne l'entendra peut-être jamais plus s'exprimer avec tant d'ardeur, avec une telle conviction. Spontanément sa voix se fait plus tendre. « Vous avez de jeunes yeux, Miss Van Boolen, aussi voyez-vous toutes les choses plus jeunes qu'elles ne le sont. Espérons que vous avez raison, peut-être ne suis-je pas aussi vieux, aussi gris que mes cheveux. Que ne donnerais-je pas pour voir l'Italie encore pour la première fois. » Il la regarde de nouveau, ses yeux expriment soudain une sorte de timidité humble que souvent des gens d'un certain âge éprouvent devant des jeunes filles comme s'ils sollicitaient leur indulgence pour se faire pardonner de n'être plus jeunes. Christine est étrangement touchée par ce regard. Il lui rappelle son père et comme elle aimait caresser tendrement, presque pieusement, la chevelure blanche du vieillard courbé par la maladie ; il levait alors les yeux avec la même expression de reconnaissance. Pendant le retour, Lord Elkins parle peu, il semble pensif, secrètement préoccupé. Comme ils arrivent à l'hôtel, il saute de la voiture avec une souplesse presque affectée pour précéder le chauffeur et l'aider personnellement à descendre. « Je vous remercie beaucoup pour cette belle excursion, dit-il, avant qu'elle ait pu desserrer les lèvres. C'est la meilleure que j'ai faite depuis longtemps. »

Ravie, elle raconte à sa tante pendant le repas à quel point le général Elkins fut bienveillant, aimable à son égard. Celle-ci, intéressée, approuve : « Tu as raison de le distraire un peu. Il a connu bien des malheurs. Sa femme est morte jeune pendant qu'il était en expédition au Tibet. Il a continué à lui écrire chaque jour pendant quatre mois, la nouvelle du décès ne l'ayant pas atteint, et, à son retour, il trouva le paquet de lettres non ouvertes. Son fils unique, aviateur, a été abattu par les Allemands près de Soissons, le jour où lui-même fut blessé. Maintenant il vit seul dans son vaste château aux environs de Nottingham. A mon avis, ses nombreux voyages ne sont que des fuites toujours renouvelées pour échapper à ces souvenirs. Mais n'aie pas l'air de le savoir, n'en parle pas, il a tout de suite les larmes aux yeux. » Christine l'écoute, émue. Il ne lui était pas venu à l'esprit qu'ici aussi, dans ce séjour alcyonien, le malheur pouvait sévir. A partir de sa propre expérience elle s'imaginait que tous devaient être heureux en ce lieu. Elle voudrait pouvoir se lever et serrer la main de ce vieil homme qui cache si dignement son deuil. Involontairement, elle jette un coup d'œil à l'autre extrémité de la salle. Il est assis là, raide comme au garde-à-vous, absolument seul. A ce moment, il lève aussi, par hasard, les yeux et rencontre les siens, il la salue d'une légère inclination. Elle est impressionnée par cette solitude dans cette salle éblouissante de lumière et de luxe. C'est vrai, il faut être bonne envers cet homme si bon.

Cependant l'occasion se présente peu ici de s'intéresser à une seule personne, le temps s'écoule trop vite, trop de distractions imprévues l'emportent dans un joyeux tourbillon ; pas une minute qui, dans l'écoulement de sa goutte de temps, ne reflète un nouveau bonheur. Après le repas la tante et l'oncle se rendent dans leur chambre pour une courte sieste. Christine veut rester assise tranquillement dans un de ces confortables fauteuils de la terrasse pour, en y réfléchissant, savourer sa métamorphose. A peine s'est-elle installée et a-t-elle commencé, rêveuse, à faire défiler devant elle, maintenant dans une succession plus calme, les images d'une journée surchargée d'événements que déjà son danseur d'hier, l'ingénieur allemand aux yeux vifs, se dresse devant elle, lui offre une main ferme, « Debout, debout ! », et la prie de venir à sa table, ses amis souhaitant faire sa connaissance. Elle hésite car elle redoute encore tout imprévu, mais, la crainte de paraître impolie l'emportant, elle cède et se laisse conduire à une table animée où sont réunis une douzaine de jeunes gens pour une conversation sans contrainte. Pour sa plus grande frayeur, l'ingénieur la présente à chacune des personnes comme Mademoiselle von Boolen, et il semble que le nom hollandais anobli à l'allemande provoque chez tous — elle le remarque à la façon courtoise dont les hommes se lèvent — un respect particulier, vraisemblablement ce nom éveille une réminiscence, celle de la plus riche famille allemande, celle des Krupp-Bohlen. Christine se sent rougir, mon Dieu ! que dit-il là ? Mais elle n'a pas la présence d'esprit de rectifier. Peut-on, devant ces étrangers si aimables, accuser quelqu'un de mensonge et déclarer : « Non, non, je ne m'appelle pas von Boolen, je m'appelle Hoflehner » ? Elle tolère ainsi avec mauvaise conscience et un tremblement nerveux à l'extrémité des doigts cette tromperie involontaire. Tous ces jeunes gens, une pimpante jeune fille de Mannheim, un médecin viennois, un Français, fils de directeur de banque, un Américain un peu bruyant et quelques autres dont elle ne comprend pas les noms, se mettent visiblement en frais pour elle. Chacun l'interroge, en vérité, on ne parle et ne s'adresse qu'à elle. Dans les premières minutes, Christine est mal à l'aise. Elle sursaute un peu chaque fois qu'on l'appelle Mademoiselle von Boolen, comme un coup de couteau dans un tissu nerveux sensible, puis elle se laisse gagner peu à peu par l'exubérance des jeunes gens, se réjouit d'une intimité rapidement créée, et, finalement, prend part sans complexe à la conversation ; toutes les personnes ici n'ont que de bonnes intentions à son égard, pourquoi avoir peur ? Sa tante arrive, heureuse de voir sa protégée si bien acceptée, et cligne de l'œil avec un sourire amusé lorsqu'on la gratifie d'une Mademoiselle von Boolen, ensuite elle lui rappelle la promenade commune promise tandis que l'oncle passe sa journée au poker. Est-ce vraiment la même route que celle d'hier ou bien une âme plus ouverte, plus épanouie, voit-elle les choses plus claires, plus gaies, qu'une âme étriquée ? C'est vrai, le chemin paraît tout nouveau à Christine, chemin qu'elle a déjà parcouru, le regard voilé ; l'aspect des montagnes est aussi plus coloré, plus imposant, comme si elles avaient grandi, les prairies sont plus épaisses, d'un vert malachite plus dense, l'air plus cristallin, plus dur, et tous les êtres sont devenus plus beaux, leurs yeux sont plus clairs, ils sont plus aimables, plus familiers. Tout a perdu depuis hier de son caractère étranger ; avec une certaine fierté elle considère les blocs massifs des hôtels depuis qu'elle sait qu'aucun n'est plus beau que celui dans lequel ils habitent. Maintenant qu'elle s'y entend un peu, les étalages ne lui paraissent plus si irréels, ni d'une autre caste supérieure les élégantes parfumées aux longues jambes dans leurs voitures, depuis qu'elle-même a roulé dans une aussi luxueuse. Elle ne se sent plus déplacée parmi les autres et, inconsciemment, son pas prend l'allure dégagée, insouciante, hardie des jeunes filles aux corps de sportives. On fait halte dans une pâtisserie, de nouveau l'appétit montré par Christine étonne la tante. Est-ce l'effet de l'air vif qui creuse l'estomac, ou bien la véhémence des sentiments entraîne-t-elle une combustion chimique d'énergie qui demande une compensation ? En tout cas, elle dévore sans peine avec son chocolat trois, quatre petits pains accompagnés de miel, puis encore des sucreries au chocolat et des gâteaux crémeux. Elle a l'impression de pouvoir sans cesse continuer à manger, à parler, à regarder, à savourer, comme si elle devait compenser par cette jouissance élémentaire, animale, une faim énorme, accumulée pendant des années, la faim de tout le possible. Entre-temps, elle remarque que, des tables voisines, des regards masculins aimables, interrogateurs la jaugent ; par réflexe elle bombe la poitrine, redresse la nuque, présente, curieuse elle-même, une bouche souriante à cette curiosité. Qui êtes-vous, vous à qui je plais ? Et qui suis-je moi-même ?

A six heures, après un nouveau shopping, elles sont de retour à l'hôtel. La tante a encore découvert toutes sortes de petites choses qui lui manquent. Alors l'aimable donatrice, à qui le passage stupéfiant chez sa protégée de l'abattement à l'enthousiasme procure une joie constante, lui frappe légèrement sur la main. « Maintenant tu pourrais te charger pour moi d'une mission difficile. Auras-tu le courage ? » Christine rit. Quelle chose peut être difficile ici ? Ici en haut dans ce monde béni, tout n'est qu'un jeu. « Non, pas d'illusion, ce ne sera pas facile ! Tu dois entrer dans l'antre du lion et arracher avec prudence Anthony à sa partie de baccara. Avec prudence, je te le dis, car lorsqu'on vient le déranger là il ronchonne, et parfois vigoureusement. Mais je ne dois pas céder, le médecin lui a ordonné de prendre ses pilules au moins une heure avant le repas, et puis le poker de quatre à six dans une pièce étouffante est amplement suffisant. Au premier étage nº 122, l'appartement de Mister Vornemann du grand Sprit-Trust. Tu frappes et tu n'as qu'à dire à Anthony que tu viens de ma part, il comprendra. Il va peut-être grogner un peu, non, avec toi il ne grognera pas, il te respecte. » Christine se charge de cette commission sans ardeur excessive. Si l'oncle a du plaisir à jouer, pourquoi, elle justement, doit-elle le déranger ! Mais elle n'ose protester et va doucement frapper à la porte. Tous les hommes présents autour de la table, un grand rectangle sur le tapis vert duquel figurent d'étranges cartes et des nombres, dressent la tête, visiblement peu de jeunes filles pénètrent ici. L'oncle, un instant stupéfait, part d'un large sourire. « Oh ! I see, c'est Claire qui t'envoie. Elle en use mal avec toi ! Messieurs, voici ma nièce ! Chargée par ma femme de nous signifier la clôture ; je propose (il tire sa montre) encore exactement dix minutes. Tu me le permets bien ? » Christine sourit, hésitante. « Allez, je le prends sous mon bonnet, dit-il fièrement aux autres pour montrer son autorité. Et maintenant, ne bouge pas ! Assieds-toi près de moi, et porte-moi chance, aujourd'hui j'en ai besoin. » Christine s'assoit timidement à moitié derrière lui. Elle ne comprend rien à ce qui se passe. Quelqu'un tient en main une chose longue semblable à une pelle ou un sabot, il en tire des cartes, on fait des annonces, on place çà et là des jetons ronds de celluloïd, blancs, rouges, verts, jaunes, un râteau les ramasse. Plutôt ennuyeux, pense Christine. Que des gens riches, distingués s'amusent à jouer pour de tels petits disques lui semble ridicule ; cependant elle est dans une certaine mesure flattée d'être assise dans l'ombre large de son oncle à côté d'hommes qui comptent certainement parmi les plus puissants de ce monde, on le voit à leurs traits durs, énergiques, à leurs poings aussi qu'on devine capables dans des réunions de taper sur la table comme des marteaux. Christine les regarde l'un après l'autre respectueusement, ne s'intéresse pas au jeu qu'elle ne comprend toujours pas, et ouvre des yeux effarés quand l'oncle se tourne soudain vers elle et demande : « Est-ce que je prends ? » Christine a saisi une seule chose : qu'un des joueurs est le banquier et parie contre tous les autres, et joue gros jeu. Que doit-elle dire ? Elle préférerait dire non, mon Dieu, non ! pour ne pas endosser une responsabilité. Mais elle a honte de passer pour lâche, et elle murmure un « oui » mal assuré. « Bien, dit l'oncle, tu en prends la responsabilité. Part à deux. » On recommence à abattre des cartes, elle n'y comprend toujours rien, mais croit deviner que l'oncle gagne. Ses mouvements sont plus vifs, il émet d'étranges gloussements, il semble se divertir énormément. A la fin, faisant circuler le sabot, il se tourne vers elle. « Félicitations, du beau travail ! Aussi, partageons honnêtement. Voici ce qui te revient. » Il retire quelques jetons de son tas, deux jaunes, trois rouges, un blanc ; Christine les prend en riant sans bien réaliser. « Encore cinq minutes, déclare le joueur qui a sa montre devant lui. Allons, allons ! Pas question de fatigue. » Les cinq minutes sont vite écoulées, tous se lèvent, manipulent, échangent les jetons. Christine a laissé les siens sur la table et attend modestement à la porte. L'oncle l'appelle : « Eh bien, et tes plaques, va les changer. » Christine ne comprend toujours pas, alors il la conduit vers un des messieurs qui, après un rapide coup d'œil, annonce : « Deux cent cinquante-cinq », et lui tend deux billets de cent francs, un de cinquante et un lourd thaler d'argent. Christine, étonnée, contemple les devises étrangères sur le tapis vert ; elle regarde l'oncle. « Mais prends donc, c'est ta part. Et maintenant, dépêchons-nous, il faut être à l'heure. »

Stupéfaite, Christine tient serrés entre ses doigts les deux billets et le thaler d'argent. Elle ne peut encore y croire. En haut, dans sa chambre, elle ne cesse de fixer, déconcertée, les deux rectangles de papier irisé, comme tombés du ciel dans sa main. Deux cent cinquante francs, elle calcule rapidement, en gros, trois cent cinquante schillings. Au pays il lui faut travailler quatre mois, un trimestre, pour recevoir une telle somme, et en étant assise au bureau ponctuellement de 8 à 12 et de 2 à 6, alors qu'ici on la reçoit sans effort en dix minutes. Est-ce possible, est-ce juste ? Incroyable ! Pourtant ces billets qui crissent entre ses doigts sont parfaitement valables et lui appartiennent, l'oncle l'a dit, à elle, à ce nouveau moi, à ce moi différent, inimaginable. Jamais elle n'a possédé à la fois une telle somme. Un sentiment ambigu la traverse, un frisson court dans son dos, frémissement moitié de crainte, moitié de joie tandis qu'elle serre dans sa valise avec inquiétude et tendresse les billets, les cache comme s'ils étaient volés. Car sa conscience ne peut tout à fait admettre cette anomalie qu'une telle somme, réunie péniblement à la maison, pièce par pièce, à force d'économies, puisse ainsi vous échoir, que l'argent, lourd du poids de sa sombre puissance, vienne ici à vous, capricieux, léger ; un frisson d'épouvante comme devant un crime la trouble, la perturbe au plus profond de son être, elle voudrait trouver l'explication mais n'en a pas le temps ; il faut s'habiller, choisir une robe, une des trois, descendre dans la salle, se sentir vivre intensément, plonger dans le tourbillon exaltant de la prodigalité.

La force mystérieuse de la métamorphose agit dans un nom ; comme un anneau au doigt, il semble de prime abord pur hasard, sans conséquence, mais avant que l'on ait conscience de sa puissance magique il se développe en vous, sous votre peau, et s'unit, sceau du destin, à l'existence spirituelle d'un être. Dans les premiers jours, entendre le nouveau nom de von Boolen procure à Christine une excitation secrète. (Ah ! vous ne me connaissez pas, si vous saviez !) Elle le porte étourdiment comme un masque au carnaval. Mais bientôt elle oublie l'imposture involontaire, se trompe elle-même et devient celle qu'elle devrait seulement paraître. Ce qui lui était d'abord une gêne, être considérée comme une riche et noble étrangère, lui procure déjà après une journée un plaisir piquant, et lui semble le deuxième puis le troisième jour comme allant de soi. Quand un des hommes lui demande son prénom, Christine (à la maison, c'est Christel) ne lui paraît pas assez ronflant pour le titre emprunté, audacieuse, elle répond « Christiane », et maintenant à toutes les tables, pour tout l'hôtel, elle est Christiane von Boolen. C'est ainsi qu'on la présente, qu'elle se laisse nommer ; sans effort, elle s'installe dans ce nom comme dans la chambre aux couleurs raffinées, aux meubles étincelants, comme dans le luxe et la vie facile de l'hôtel, comme dans ce monde où être riche va de soi, dans une ivresse tentatrice née de cent éléments divers. Si quelqu'un la connaissant l'appelait soudain Mademoiselle Hoflehner, elle sursauterait comme une somnambule et tomberait du haut de son rêve, tant le nom nouveau fait corps avec elle, tant elle est intensément convaincue d'être une autre, cette autre-là.

Mais n'est-elle pas vraiment devenue une autre en ces quelques jours ? L'air vif des Alpes n'a-t-il pas augmenté la pression dans ses veines, et la nourriture plus abondante, plus riche n'a-t-elle pas déjà modifié, fortifié la composition de son sang ? Indéniablement, Christiane von Boolen a changé d'apparence, plus jeune, plus fraîche que sa cendrillon de sœur, l'auxiliaire des postes Hoflehner, elle lui ressemble à peine. Le soleil de la montagne a donné à sa peau pâle, un peu cendrée, d'une personne toujours enfermée la couleur bronzée d'une Indienne, les muscles du cou sont plus fermes, une nouvelle démarche est née avec les nouveaux vêtements, plus souple aux articulations, plus détendue et sensuelle aux hanches, affirmant à chaque pas sa personnalité. Les sorties répétées dans la nature ont revivifié son corps de façon étonnante, la danse l'a assoupli, et cette vigueur redécouverte, ce capital de jeunesse insoupçonné demandent à se manifester sans cesse, car son cœur bat plus chaud dans sa poitrine, elle sent toujours en elle une effervescence stimulante, une aspiration, une tension, des courants électriques jusque dans l'extrémité des doigts, une joie étrange, nouvelle, puissante. Rester assise tranquillement, entreprendre quelque chose calmement lui devient soudain difficile ; il lui faut sortir en voiture, s'agiter, elle traverse les pièces en coup de vent, toujours occupée, toujours poussée par la curiosité, tantôt ici, tantôt là, entrant, sortant, montant, descendant les escaliers, et jamais d'un pas mesuré, prenant les marches trois par trois, comme si elle risquait de manquer quelque chose, toujours en proie à une tempête intérieure. Il faut toujours que ses mains, ses doigts saisissent quelqu'un ou quelque chose, tellement elle déborde d'activité ludique, d'un besoin de tendresse et de gratitude ; parfois, subitement, elle doit écarter les bras et respirer profondément pour ne pas éclater de rire ou crier. Si forte est la tension qui émane de sa jeunesse véhémente qu'elle se propage par vagues ; qui s'approche d'elle est pris dans un tourbillon d'agitation et exubérance. Où elle se trouve, on rit, on s'agite, il faut se mettre au diapason, chaque conversation s'enflamme, s'excite dès qu'elle intervient, toujours bouillante, toujours prête à plaisanter, et non seulement l'oncle et la tante, mais des inconnus observent d'un regard bienveillant son enthousiasme débordant. Son entrée dans le hall claque comme une pierre à travers une fenêtre, derrière elle le tambour d'entrée vigoureusement poussé tourbillonne, elle frappe joyeusement avec son gant sur l'épaule du petit groom de garde, un mouvement brusque arrache le bonnet de sa tête, un autre le sweater de son corps, tout la serre, tout entrave ses mouvements impétueux. Puis elle se place, insouciante, devant le miroir pour s'arranger, défroisser un peu sa robe, rejeter en arrière sa chevelure ébouriffée, un point c'est tout ; et dans une tenue encore assez négligée, les joues brûlantes d'avoir été fouettées par le vent, elle va droit à une table — elle connaît déjà tout le monde — pour raconter quelque chose. Elle a toujours quelque chose à raconter, elle vient toujours d'avoir une aventure quelconque, et c'est toujours splendide, merveilleux, indescriptible, elle communique à tous son enthousiasme, et même la personne la plus étrangère comprend qu'elle a affaire à un être comblé qui ne peut supporter le poids de sa reconnaissance qu'en le partageant avec d'autres. Elle ne peut voir un chien sans le caresser ; elle prend chaque enfant sur ses genoux pour l'embrasser ; pour chaque femme de chambre, pour chaque serveur, elle trouve rapidement un mot aimable. Quelqu'un est-il assis morose ou indifférent qu'elle lui redonne aussitôt de l'entrain par quelque plaisanterie innocente ; elle admire chaque vêtement, chaque bague, chaque appareil photo, chaque étui à cigarettes, elle prend chaque chose en main, l'illumine de son plaisir. Elle rit de chaque bon mot, trouve succulent chaque plat, chaque conversation amusante et chaque être bon. Tout est magnifique dans ce monde d'en haut, ce monde unique. L'élan de sa bienveillance passionnée est irrésistible, et qui l'approche est gagné à son insu par son impétuosité, même l'acariâtre conseillère aulique dans sa chaise longue prend une figure souriante quand elle l'observe derrière son face-à-main. Le salut du portier est particulièrement aimable, les serveurs guindés lui avancent, prévenants, son siège, et ce sont justement les personnes plus âgées, plus austères qui prennent du plaisir à sa gaieté, à sa réceptivité. Même si quelques traits de naïveté et d'exubérance suscitent parfois des hochements de tête, Christine rencontre de tout côté des regards chaleureux, approbateurs, et au bout de trois, quatre jours le sentiment unanime dans l'hôtel, de Lord Elkins au dernier groom et garçon d'ascenseur, est que cette Mademoiselle von Boolen est une personne vraiment délicieuse, « a charming girl ». Elle sent ces regards bienveillants, elle jouit de sa popularité, consécration suprême de son existence ici et de son droit d'y être, et, grâce à cette sympathie générale, se trouve encore plus heureuse dans son bonheur.

De tout l'hôtel, la personne qui le plus visiblement lui témoigne un intérêt particulier, une inclination affectueuse est celle dont on aurait le moins osé l'attendre, le général Elkins. La crainte d'être trop âgé provoque chez cet homme, qui a depuis longtemps franchi la ligne redoutable de la cinquantaine, un manque d'assurance touchant ; cependant, il recherche sans cesse des occasions discrètes de s'approcher d'elle. La tante elle-même remarque qu'il s'habille de vêtements plus clairs, plus jeunes, qu'il choisit des cravates aux couleurs plus vives, elle pense également constater (peut-être se trompe-t-elle ?) que les cheveux blancs de ses tempes, probablement d'une manière artificielle, sont devenus plus foncés. Il est frappant de le voir venir sous toutes sortes de prétextes à la table de la tante ; il envoie journellement, aux deux dames pour que ce ne soit pas trop compromettant, des fleurs dans leurs chambres, il apporte des livres à Christine, des livres allemands, en particulier sur l'ascension du Matterhorn, depuis qu'elle lui a demandé au hasard d'une conversation qui le premier avait escaladé ce sommet, d'autres sur l'expédition de Sven Hedin au Tibet. Un après-midi où une pluie subite interdit toute excursion, il s'assoit avec Christine dans un angle du hall et lui présente des photographies : sa maison, son jardin, ses chiens. C'est un château curieusement construit en hauteur datant peut-être de l'époque normande. Du lierre grimpe encore autour des tours rondes guerrières, les vues de l'intérieur montrent de vastes salles aux cheminées antiques, des photos de famille encadrées, des modèles de bateaux, de massifs atlantes ; ce doit être lugubre d'y habiter seul en hiver, pense-t-elle, et comme s'il avait deviné sa réflexion il dit, montrant sur les photos une meute de chiens de chasse : « Si je ne les avais pas, je serais là-bas tout seul » — la première allusion à la mort de sa femme et à celle de son fils. Un léger frisson la parcourt en voyant ses yeux l'examiner furtivement, timidement (vite il se replonge dans les photos) ; pourquoi me montre-t-il tout cela, pourquoi me demande-t-il d'une voix étrangement inquiète si je me sentirais bien dans une telle maison anglaise, voudrait-il me faire comprendre, cet homme riche, distingué... non, elle ne peut s'imaginer que ce lord, ce général, qui lui paraît inaccessible, dominant de si haut son monde, souffrant du manque de confiance d'un homme âgé qui ne sait plus s'il compte encore et qui est obsédé par la crainte de se rendre ridicule par une déclaration, guette le moindre signe de sa part, attend une parole d'encouragement ; mais comment peut-elle se représenter cette irrésolution, elle qui n'a pas le courage de croire en soi ? Elle ressent ses allusions comme le signe d'une sympathie particulière (à la fois inquiète et heureuse) sans oser le croire tandis qu'il se tourmente à interpréter ses dérobades embarrassées. Elle se retrouve toujours désemparée après chaque rencontre ; parfois elle croit discerner dans son regard timide une véritable déclaration, puis la reprise brusque d'une politesse conventionnelle la déconcerte (le vieil homme faisant effort pour se ressaisir, mais elle ne le comprend pas). Il faudrait pouvoir réfléchir. Qu'attend-il de moi ? Est-ce possible ? Pouvoir examiner à fond la situation, l'examiner avec lucidité.

Mais comment et quand réfléchir ici, comment examiner, on ne lui en laisse pas le temps. A peine se montre-t-elle dans le hall qu'un des membres de la joyeuse bande est déjà là, et l'entraîne quelque part : sortir en voiture, faire des photos, jouer, bavarder, danser, et tout de suite commence une agitation désordonnée. Toute la journée ce feu d'artifice d'activité oisive crépite et siffle. Il se trouve toujours une occasion de faire du sport, de fumer, de grignoter, de rire. Sans résister elle participe à ce tourbillon. Quand l'un de ces jeunes gens réclame Mademoiselle von Boolen, comment dire non, et pourquoi ? Ils sont si charmants, ces beaux jeunes gens, garçons et filles, elle n'a jamais connu une telle jeunesse, toujours insouciante, toujours de bonne humeur, toujours bien habillée, toujours une plaisanterie aux lèvres, toujours de l'argent dans les mains et de nouveaux amusements en tête. A peine est-on assis parmi eux que le gramophone vous invite bruyamment à la danse, ou bien la voiture est prête, on s'y empile, on s'y entasse les uns contre les autres, à cinq ou six, serrés plus étroitement que si l'on s'embras-

114

sait, et l'on fonce à 60, 80, 100 kilomètres à l'heure avec le vent qui vous tire les cheveux. Ou bien on se détend au bar, les jambes croisées, on absorbe des drinks glacés, la cigarette à la bouche, on s'étire paresseusement, pas besoin de s'en faire, et on écoute toutes sortes d'histoires, charmantes, osées. Tout cela s'apprend si vite et vous libère merveilleusement, et c'est avec de nouveaux poumons qu'elle respire cette atmosphère vivifiante. Parfois, néanmoins, dans cette exaltation ardente passe comme un éclair, surtout le soir au cours de la danse, ou lorsque, dans l'ombre, un de ces jeunes gens séduisants la tient tout contre lui ; par ceux-ci aussi elle est courtisée, mais d'une autre façon, plus ouverte, plus hardie, plus sensuelle, une approche amoureuse qui effraie parfois la novice, par exemple, quand en voiture dans la pénombre une main ferme caresse son genou, ou qu'à la promenade l'étreinte autour de la taille se fait plus tendre. Mais les autres filles, l'Américaine et l'Allemande de Mannheim, le tolèrent sans se fâcher, et répondent tout au plus par une tape, en camarade, sur les doigts trop audacieux ; pourquoi jouer les pimbêches ? On a bien l'occasion de remarquer que l'ingénieur est de plus en plus entreprenant, ou que le petit Américain voudrait vous attirer doucement du côté de la forêt lors d'une promenade. Elle ne cède pas, mais elle ressent, non sans une certaine fierté, le plaisir d'être désirée, la certitude nouvelle que son corps chaud, intact sous ses vêtements, est un objet que des hommes voudraient respirer, sentir, palper, posséder. Profondément dans sa chair elle l'éprouve comme une douce ivresse, fruit d'essences rares et troublantes, et, sans cesse courtisée par tant d'étrangers, élégants, charmants, elle doit un moment se secouer comme au sortir d'un rêve et se demander inquiète : « Qui suis-je ? Qui suis-je donc vraiment ? »

« Qui suis-je donc ? Et que me trouvent-ils donc tous ? » se demande jour après jour la jeune fille avec un étonnement croissant. Chaque jour les signes d'attention à son égard se multiplient. A peine est-elle réveillée que la femme de chambre lui apporte des fleurs de la part de Lord Elkins. Hier la tante lui a offert un sac de cuir et une ravissance montre-bracelet en or. Les propriétaires terriens de Silésie, les Trenkwitz, l'ont invitée dans leur domaine, le petit Américain a glissé discrètement dans son sac le mignon briquet en or qu'elle avait tant admiré. Quant à la jeune fille de Mannheim, elle lui témoigne plus d'affection que sa propre sœur, la nuit elle lui monte des chocolats dans sa chambre, et elles bavardent jusqu'à minuit. L'ingénieur danse presque exclusivement avec elle, et chaque jour l'agitation croît autour d'elle. Et tous sont charmants, respectueux, chaleureux. Elle n'a qu'à se montrer dans le hall à l'hôtel et aussitôt quelqu'un se présente pour l'emmener en voiture, au bar, l'inviter à danser ou à quelque distraction, à quelque jeu. On ne la laisse pas seule un court instant, pas une heure ne lui paraît ennuyeuse ou vide. Et toujours la même interrogation : « Qui suis-je donc ? Pendant des années les gens m'ont croisée dans la rue et personne n'a fait attention à mon visage ; depuis des années que je suis au village, personne ne m'a offert de cadeau ou ne s'est intéressé à moi. Est-ce parce que les habitants y sont si pauvres, la pauvreté les rend-elle si las, si méfiants, ou bien quelque chose se révèle-t-il en moi, qui y était déjà caché, et qui ne pouvait encore apparaître ? Étais-je vraiment plus belle que je n'osais l'être, et plus intelligente, plus séduisante, et ne me manquait-il que le courage de le croire ? Qui suis-je ? Qui suis-je en vérité ? » Une question qu'elle pose sans cesse dans les courts instants où les autres la laissent seule, et alors un phénomène étrange se produit qui la déconcerte : de l'assurance naît de nouveau l'incertitude. Dans les premiers jours elle n'était qu'étonnée, surprise que ces étrangers distingués, élégants, charmants la considèrent comme une des leurs. Mais maintenant qu'elle se rend compte qu'elle plaît particulièrement, qu'elle attire la sympathie, la curiosité, le désir de tous les hommes, plus que l'Américaine aux cheveux d'un blond roux et si fabuleusement habillée, plus que la petite Allemande de Mannheim si spirituelle, si joyeuse, si pétulante, si intelligente, l'inquiétude la reprend. « Qu'attendent-ils de moi ? » se demande-t-elle, et elle est de plus en plus troublée en leur présence. Il est une chose étrange les concernant : au village elle ne s'est jamais souciée des hommes, n'a jamais été émue auprès d'eux. Jamais le moindre sentiment vague ou sensuel auprès de ces provinciaux lourdauds aux mains maladroites, pataudes, que seule la bière émoustille parfois un peu, avec leurs plaisanteries épaisses, vite grossières, et leurs gestes inconvenants. Elle n'a ressenti que du dégoût, comme devant des animaux, lorsque parfois l'un d'eux, sortant ivre du cabaret, faisait claquer sa langue à sa vue, ou, à sa porte, la courtisait avec des compliments péniblement tournés. Mais les jeunes gens d'ici, toujours impeccablement rasés, aux mains soignées, peuvent dire avec distinction les choses les plus osées d'une manière négligente, amusante, savent donner au moindre contact de leurs doigts de la tendresse, ces jeunes gens la rendent parfois intriguée et troublée. Quand elle entend soudain son propre rire prendre une résonance étrange, elle s'écarte alors brusquement, apeurée. Un curieux sentiment de malaise naît en elle de ces rapports en apparence simplement de camaraderie, mais en vérité dangereux, et en particulier devant quelqu'un qui, comme l'ingénieur, la courtise de façon visible, pressante, elle éprouve parfois une légère et voluptueuse impression de vertige.

Elle est heureusement rarement seule avec lui, la plupart du temps deux ou trois autres femmes sont présentes auprès desquelles elle se sent plus assurée. Parfois, dans sa gêne, elle jette un regard de biais pour voir si les autres savent mieux se défendre, elle apprend, sans le vouloir, toutes sortes de raffinements : feindre l'irritation ou ignorer impudemment des audaces trop précises, et, avant toute chose, l'art de se dégager à temps lorsque cela devient sérieux. Et même quand les hommes sont absents, l'atmosphère reste semblable, surtout en bavardant avec la petite de Mannheim qui, avec une franchise qui surprend Christine, aborde les sujets les plus scabreux. Étudiante en chimie, intelligente, délurée, pétulante, sensuelle, mais toujours maîtresse d'elle-même au dernier moment, elle voit de ses yeux noirs, perçants, tout ce qui se passe. Par elle, Christine apprend toutes les intrigues de l'hôtel, que la petite personne trop maquillée aux cheveux oxygénés n'est pas la fille du banquier français, comme il le prétend, mais sa maîtresse, qu'ils dorment bien dans deux chambres, mais que la nuit... Elle-même l'a entendu d'une chambre voisine... Et que l'Américaine a eu une aventure sur le bateau avec l'acteur allemand, qu'il y avait eu un pari à bord entre trois Américaines, à qui le séduirait ; et que le commandant allemand est homosexuel, le garçon d'ascenseur en avait touché un mot à la femme de chambre. L'Allemande de dix-neuf ans lui raconte ainsi comme une chose naturelle, sans l'ombre d'une indignation, sur le ton léger de la conversation, toute la chronique scandaleuse de l'hôtel. Et Christine, qui aurait honte de trahir par son étonnement son inexpérience, écoute avec curiosité, observant parfois de côté la petite jeune fille délurée avec une sorte d'admiration horrifiée. Ce corps frêle, pense-t-elle, doit avoir connu déjà pas mal d'expériences qui me restent ignorées, sinon elle ne pourrait pas parler de ces faits avec assurance comme de choses évidentes, et sans qu'elle le veuille, y penser, penser à tout cela, la trouble. L'impression que des milliers de minuscules fibres nouvelles couraient sous sa peau pour y concentrer la chaleur : ainsi parfois elle éprouve comme une brûlure, et au milieu d'une danse elle sent sa tête tourner. « Que m'arrive-t-il ? » se demande-t-elle. Un désir a commencé à naître en elle, désir de se connaître et, après la découverte de ce monde nouveau, de se découvrir elle-même.

Et de nouveau trois, quatre jours, toute une semaine agitée est passée comme le vent. Dans la salle à manger l'oncle Anthony en smoking et la tante sont à table pour le dîner, l'oncle grogne : « Maintenant j'en ai assez de ses retards continuels. Une fois, well, cela peut arriver à tout le monde. Mais courir de droite à gauche la journée entière et nous laisser ainsi tomber, c'est une incorrection. Au diable, pour qui se prend-elle ? » Claire cherche à l'apaiser. « Mon Dieu, que veux-tu, ils sont tous comme cela aujourd'hui, rien à faire, c'est la génération d'après-guerre, ils ne connaissent que leur jeunesse et leur plaisir. »

Mais Anthony jette, furieux, sa fourchette sur la table. « Au diable, avec leur éternel plaisir. Moi aussi j'ai été jeune, j'ai fait des bêtises, mais je ne me suis jamais permis des incorrections, et on ne me les aurait pas tolérées. Pendant les deux heures de la journée où mademoiselle ta nièce daigne nous faire l'honneur de sa compagnie, elle doit être exacte. Et puis il y a une chose que j'exige — dis-le-lui une fois pour toutes : qu'elle ne nous amène plus chaque soir à notre table cette troupe de garçons et filles ; que m'importe cet Allemand au cou de taureau, au crâne comme un bagnard, à la voix gutturale comme l'empereur Guillaume, et le juriste juif avec ses finesses ironiques, et cette petite peste de Mannheim qui a l'air de sortir de quelque bar. Je ne peux même pas lire mon journal, c'est une agitation, un bavardage, un bruit perpétuels. J'ai passé l'âge de fréquenter de tels blancs-becs. En tout cas, ce soir, j'exige d'être laissé en paix, et si l'un de cette bande bruyante s'assoit à ma table, je renverse tous les verres. » Claire ne le contredit pas, elle sait que ce n'est pas indiqué quand les veines bleues de son front se gonflent ; ce qui la contrarie, c'est justement qu'elle doit donner raison à Anthony. Au début elle a poussé elle-même Christine dans ce tourbillon, cela l'amusait de la voir si rapidement, si adroitement se transformer en femme élégante. Un souvenir confus de sa propre jeunesse lui rappelle son ravissement lorsque, pour la première fois, elle put avec son protecteur aller souper en grande toilette chez Sacher. En vérité, durant ces deux derniers jours, Christine a perdu toute mesure ; grisée, elle ne vit que pour elle-même et pour son bonheur éperdu, elle ne remarque pas, par exemple, que, le soir, son vieil oncle dodeline de la tête, ne tient pas compte des exhortations pressan-

tes de sa tante : « Viens, il se fait tard. » Elle n'émerge
que pour une minute de son ivresse. « Oui, bien sûr,
ma tante, j'ai encore promis cette danse, simplement
celle-là. » Mais, dans la seconde suivante, elle a tout
oublié, elle ne remarque même pas que l'oncle, las
d'attendre, s'est levé de table sans lui dire bonsoir, et
ne pense pas qu'il puisse être fâché, fâché et vexé,
qui pourrait l'être dans ce monde merveilleux ! Elle
ne peut s'imaginer que tous ne brûlent pas d'enthousiasme, ne pétillent pas d'exubérance fébrile, de joie
ardente, alors qu'elle perd dans ce tourbillon son
équilibre. Pour la première fois, à vingt-huit ans, elle
s'est découverte, et cette découverte est si enivrante
que, à part elle-même, elle en oublie le monde entier.

Voici maintenant qu'elle se précipite, emportée par
sa propre ardeur, dans la salle à manger, remontée
comme une toupie, arrachant ses gants en marchant
sans complexe (qui peut s'offusquer ici de quelque
chose ?), lance en passant un joyeux « hallo ! » aux
deux Américains (elle a appris des tas de choses), se
dirige vers la tante qu'elle saisit tendrement par-derrière et l'embrasse sur la joue. Un court instant de
surprise : « Oh ! vous en êtes déjà là ? Excusez-moi !
Je leur avais bien dit à ces deux lascars, Percy et
Edwin, votre minable Ford ne regagnera pas l'hôtel
en quarante minute, vous aurez beau la pousser.
Mais ils ne m'ont pas crue... Oui, maître d'hôtel, vous
pouvez servir tout de suite les deux premiers plats
pour que je vous rattrape... oui, c'est l'ingénieur qui
conduisait et il s'y entend, mais j'ai vite constaté que
la vieille guimbarde ne dépasse pas le quatre-vingts.
La Rolls-Royce de Lord Elkins file autrement et
quelle suspension... au reste, pour être franche, c'est
aussi que j'ai voulu essayer de conduire un peu, naturellement Edwin à côté de moi, c'est très facile, pas

sorcier... tu seras le premier, mon oncle, que j'emmènerai, n'est-ce pas, tu n'auras pas peur... mais qu'as-tu, mon oncle ? Tu n'es pas fâché parce que je suis un peu en retard, non ?... Je te jure que ce n'est pas ma faute, je leur ai dit tout de suite, en quarante minutes vous n'y arriverez pas... il ne faut se fier qu'à soi... Excellent ce pâté, et j'ai une soif !... Ah ! on ne s'imagine pas comme on est bien près de vous. Demain après-midi, départ pour Landeck, mais je leur ai dit, ne comptez pas sur moi, il faut bien que j'aille une fois me promener avec vous, on n'a vraiment pas un moment à soi. »

Et cela grésille, crépite comme un feu de branches sèches. Ce n'est qu'après un certain temps quand elle s'arrête net, épuisée, que Christine remarque que son récit passionné se heurte à un silence dur, glacial. L'oncle fixe la corbeille de fruits comme si les oranges l'intéressaient plus que tout ce bavardage, la tante joue nerveusement avec les couverts. Personne ne parle. « Tu n'es pas fâché, mon oncle, pas vraiment fâché ? » demande Christine, inquiète. « Non, grogne-t-il, mais dépêche-toi de finir. »

La réponse jaillit si brutale, si irritée que Claire en est peinée, car Christine reste là, confuse, comme une enfant battue. Elle n'ose pas lever les yeux, elle a reposé une moitié de pomme sur son assiette, un tremblement nerveux au coin des lèvres. La tante intervient rapidement pour changer de conversation, elle se tourne vers Christine et lui demande : « Que devient Mary ? As-tu des nouvelles de la maison ? Il y a longtemps que je voulais te le demander. » Mais Christine pâlit davantage, elle tremble de tout son corps. Mon Dieu, elle n'y a pas encore pensé. Voilà une semaine qu'elle est ici, et n'a pas remarqué qu'elle n'a reçu aucun courrier, pas une ligne ; plus exactement, en de rares moments elle s'en est étonnée et a pris la résolution d'écrire, mais toujours une nouvelle distraction l'en empêche. Maintenant sa négligence lui porte un coup au cœur. « Je ne me l'explique pas, je n'ai pas reçu une ligne de la maison. Du courrier s'est peut-être perdu ? » Au tour de la tante de prendre un visage sarcastique, sévère. « Étrange en effet, très étrange ! Cela vient peut-être du fait que l'on ne te connaît ici que sous le nom de Miss von Boolen et que les lettres pour Hoflehner sont restées à la réception. As-tu demandé ? » « Non », répond Christine dans un souffle ; elle est anéantie. Elle se rappelle qu'elle a voulu deux ou trois fois s'en informer, mais quelque événement survenait et elle oubliait. Elle bondit. « Excusez-moi un instant, je vais tout de suite voir. »

Anthony laisse tomber son journal, il a tout entendu. En colère il la suit des yeux. « Tu as gagné ! Sa mère est gravement malade, elle te l'a raconté elle-même, et elle ne prend pas de ses nouvelles, ne fait que se dissiper toute la journée. Tu vois maintenant que j'avais raison. » « C'est vraiment incroyable, soupire la tante, en huit jours ne pas s'en être inquiétée une seule fois alors qu'elle connaît l'état de Mary. Au début elle se faisait tant de souci pour sa mère, elle avait les larmes aux yeux en me contant son désespoir de la laisser seule. Incroyable, un tel changement. »

Dans l'intervalle Christine est revenue, d'une autre allure, à tout petits pas, confuse et honteuse, elle se recroqueville dans le large fauteuil comme si elle s'apprêtait à parer une gifle méritée. Effectivement, trois lettres et deux cartes l'attendaient à la réception ; chaque jour le si dévoué Fuchsthaler avait envoyé des nouvelles précises, alors qu'elle n'a adressé qu'une simple carte de Celerina, griffonnée rapidement au crayon, quel poids sur sa conscience. Pas une seule fois elle n'a regardé le plan aux fines hachures dessiné avec amour par son brave et fidèle ami, elle n'a même pas retiré son petit cadeau de la valise ; et parce qu'elle voulait, inconsciemment, oublier son autre moi, le moi-Hoflehner, elle a oublié tout ce qu'elle avait laissé derrière elle, la mère, la sœur, l'ami. « Eh bien, demande la tante, voyant que Christine tient les lettres sans les ouvrir d'une main tremblante, tu ne veux pas nous les lire ? » « Oui, oui, tout de suite », murmure Christine. Obéissante, elle défait les enveloppes et parcourt rapidement, sans s'arrêter aux dates, les lignes à l'écriture nette et soignée de Fuchsthaler. « Aujourd'hui, Dieu merci, cela va mieux », lit-elle dans l'une ; et dans l'autre : « Comme je vous ai donné ma parole, chère demoiselle, de vous transmettre des nouvelles exactes concernant l'état de Madame votre mère, je dois malheureusement vous communiquer que la journée d'hier nous a causé bien du souci. L'émotion consécutive à votre départ a provoqué des troubles assez inquiétants... (Elle feuillette rapidement les pages suivantes.) La piqûre l'a calmée un peu et nous espérons un mieux quoique le danger d'une nouvelle crise ne soit pas complètement écarté. » « Eh bien, demande la tante qui remarque l'émotion de Christine, comment va ta mère ? » « Très bien, très bien, dit-elle dans son embarras. C'est-à-dire que maman a eu de nouveau des malaises, mais c'est déjà terminé, elle vous transmet ses amitiés, ainsi que ma sœur, et ses remerciements. » Mais elle ne croit pas ce qu'elle dit. Pourquoi la mère n'écrit-elle pas elle-même, pas une ligne, pense-t-elle alarmée, ne devrais-je pas télégraphier ou téléphoner à la poste ?

ma remplaçante doit être au courant. De toute façon il me faut écrire immédiatement. Quelle honte de ne pas l'avoir encore fait. Elle n'ose pas lever les yeux de peur de rencontrer le regard observateur de sa tante. « Oui, ce serait bien que tu leur écrives une longue lettre, dit la tante comme si elle avait deviné ses pensées, et transmets nos meilleures amitiés. D'ailleurs, nous n'irons pas aujourd'hui dans la salle, nous monterons tout de suite dans notre chambre. Rester tous les soirs fatigue trop Anthony. Hier, il n'arrivait pas à s'endormir, n'oublions pas qu'il est là pour se reposer. » Christine sent le reproche voilé. Elle s'effraie, son cœur soudain se serre, se glace. Honteuse, elle s'approche de son vieil oncle. « S'il te plaît, mon oncle, ne m'en veux pas, je ne pouvais pas me douter que cela te fatiguait. » Le vieux monsieur encore à moitié contrarié, à moitié touché de son ton humble, grommelle en protestant : « Tu sais, nous autres, gens âgés, dormons toujours mal. De temps en temps, j'aime bien un peu de mouvement, mais pas tous les jours. Et finalement tu n'as plus besoin de nous, tu as suffisamment de compagnie. »

« Non, pas du tout, je vais avec vous. » Avec précaution elle aide l'oncle à entrer dans l'ascenseur, et le conduit si prudemment, si tendrement que la mauvaise humeur de la tante se dissipe un peu. « Tu dois comprendre, Christel, on ne veut pas t'empêcher de t'amuser, dit-elle, pendant la rapide montée des deux étages, mais ce sera bon pour toi de dormir une fois tout ton soûl, sinon tu te surmèneras et tout le bénéfice des vacances sera perdu. Cela ne te nuira pas de faire une pause dans cette agitation. Reste aujourd'hui tranquillement dans ta chambre, écris des lettres, et, pour être franche, il n'est pas convenable que tu traînes toujours seule avec tout ce groupe, d'autant plus que certains ne me ravissent pas particulièrement ; j'aurais préféré te voir avec le général Elkins plutôt qu'avec ce garçon venu d'on ne sait où. Crois-moi, tu ferais mieux de rester aujourd'hui en haut dans ta chambre. » « Oui, je te le promets, ma tante, dit Christine humblement, tu as raison, je le sais bien. Ce fut... Je ne sais comment... ces journées m'ont complètement tourné la tête, peut-être aussi l'air et tout le reste. Je suis contente de pouvoir réfléchir en paix et d'écrire mes lettres. J'y vais tout de suite, tu peux y compter. Bonne nuit ! »

Elle a raison, pense Christine, en entrant dans sa chambre, et elle ne veut que mon bien. Vraiment je n'aurais jamais dû me laisser entraîner ainsi, à quoi bon toute cette bousculade, j'ai le temps, huit jours, neuf jours, et puis si je me fais porter malade et télégraphie pour demander la prolongation de mon congé, que peut-il m'arriver, je n'ai encore jamais pris de repos et n'ai jamais manqué mon service une seule journée. Ils me croiront à la direction, et ma remplaçante sera heureuse. Quel calme ici dans cette chambre, aucun son ne monte jusqu'à moi, on peut enfin réfléchir, tout examiner. Oui, et les livres que Lord Elkins m'a prêtés, il faut que je me décide à les lire — non, d'abord les lettres, je suis montée pour écrire mes lettres. Une honte ! En huit jours pas une ligne à ma mère, à ma sœur, au brave Fuchsthaler ; je dois aussi envoyer une carte à la remplaçante, cela se fait, et j'en ai promis une aux enfants de ma sœur. Et qu'ai-je encore promis, quoi encore — mon Dieu, j'ai perdu la tête, ah oui, à l'ingénieur, que nous irions demain de bonne heure en excursion. Non, en aucun cas seule avec lui, pas avec lui — et demain je dois être avec l'oncle et la tante, non, je ne sortirai plus seule avec lui. Je devrais alors le décommander, descendre rapidement afin qu'il n'attende pas en vain demain... Non, je l'ai promis à la tante, je reste ici... D'ailleurs je peux prévenir le portier par téléphone, il fera la commission... oui, par téléphone, c'est préférable. Non, pourtant pas... De quoi aurais-je l'air ? Ils croiront que je suis malade, qu'il m'est interdit de sortir, et toute la bande se moquera de moi. Je lui envoie plutôt un petit mot, je préfère ainsi et j'expédierai les autres lettres en même temps pour que le portier les dépose demain matin à la poste... Bon sang !... Où ai-je fourré le papier à lettres ? Incroyable ! Le sous-main est vide, complètement vide, dans un hôtel de cette classe cela ne devrait pas se produire... Oui, on peut sonner, la femme de chambre ira immédiatement en chercher, mais peut-on encore sonner à cette heure-ci, passé neuf heures ? Qui sait, ils dorment peut-être déjà, et cela paraîtra surprenant que l'on appelle la nuit pour quelques feuilles de papier... Je fais un saut en bas et j'en prendrai dans le salon... Pourvu que je ne tombe pas sur Edwin... La tante a raison, il faut le garder à distance... Se permet-il avec d'autres ce qu'il a fait cet après-midi en voiture... tout le long de la jambe, je ne comprends pas comment j'ai pu le tolérer... j'aurais dû m'écarter et lui interdire... Je ne le connais que depuis quelques jours. Mais j'étais paralysée, incroyable qu'on se sente soudain si faible, privée de volonté, quand un homme vous touche ainsi... Je n'aurais jamais imaginé que soudain on se trouve sans force... Est-ce que les autres femmes sont ainsi ?... Non, en dépit de leurs propos osés et de leurs histoires extravagantes, elles ne vous le diront pas... J'aurais dû faire quelque chose, sinon il finira par croire qu'on le tolère de n'importe qui... ou il s'imaginera qu'on le souhaite. Effrayant, ce frémissement jusque dans les orteils... quand il le fait à une toute jeune fille, je comprends qu'elle perde la tête... la façon dont il me saisissait soudain le bras dans les virages... quand je pense comme il... ses doigts sont si fins, je n'ai jamais vu chez un homme des ongles si soignés, et cependant quand il vous saisit, on croirait une pince d'acier... Est-il ainsi avec toutes les filles ? Probablement... Il faut que je l'observe la prochaine fois quand il dansera... C'est terrible d'être ignorante, toute autre à mon âge s'y entend, et saurait se faire respecter... Oh ! ce que Carla a raconté, comment ici toute la nuit les portes des chambres s'ouvrent et se ferment... Je vais vite pousser le verrou... Si seulement elles vous parlaient franchement et pas seulement par allusions, si l'on savait comment se comportent les autres, si elles aussi sont troublées, perdent la tête... Cela ne m'est jamais arrivé ! Si, une fois, il y a deux ans, quand cet homme élégant m'a accostée dans la Währinger Strasse, la même allure, grand, raide... Au fond, il ne se serait rien passé, j'aurais simplement, comme il m'y invitait, soupé avec lui... c'est ainsi qu'on fait connaissance. Mais à cette époque, j'ai eu peur, peur de rentrer trop tard à la maison... Toute ma vie cette peur idiote, et toujours avoir égard aux autres, à tous... et là-dessus le temps passe, on prend les premières rides au coin des yeux... Les autres, elles furent plus intelligentes, elles ont mieux compris... Vraiment y a-t-il ici une autre fille qui reste dans sa chambre tandis qu'en bas tout est joie et lumière... et uniquement parce que l'oncle est fatigué... Pas une ne resterait ainsi en début de soirée... Quelle heure est-il donc ? Seulement neuf heures, neuf heures... je ne pourrai certainement pas dormir, pas question... j'ai d'un seul coup si terriblement chaud... Ouvrons la fenêtre... comme c'est bon, le froid sur une épaule nue... attention à ne pas prendre un rhume... Naturellement ! Toujours cette stupide crainte, faire attention, faire attention... Ça sert à quoi... ah ! délicieux ce souffle à travers la minceur de la robe, on se croirait toute nue... Pourquoi l'ai-je enfilée, et pour qui cette belle robe ? Personne ne la verra si l'on reste cloîtrée dans sa chambre... Si je descendais en vitesse ? Il faut bien que j'aille chercher du papier à lettres, et je pourrai écrire ma correspondance dans le salon, il n'y a pas de mal à cela. Brr, il fait un froid terrible, fermons plutôt la fenêtre, et maintenant la pièce aussi est glacée... et il faudrait y rester gentiment assise ? Stupidité ! Je descends en courant, cela me réchauffera... Mais si Elkins me voit et le rapporte demain à la tante, ou quelqu'un d'autre ?... Au diable ! je répondrai que j'ai porté mes lettres au portier, elle n'aura rien à dire... je ne resterai pas en bas, j'écris seulement les lettres, les deux lettres, et je remonte immédiatement... Où est mon manteau ? Mais non, pas de manteau, je reviens tout de suite, peut-être des fleurs... non, ce sont celles d'Elkins... Et puis, aucune importance, elles vont bien avec la robe... Peut-être par prudence un coup d'œil à la porte de la tante, voir si elle dort... Ridicule ! Est-ce nécessaire... je ne suis plus une écolière... toujours cette crainte idiote ! Je n'ai pas besoin de permission pour descendre trois minutes. Allons-y...

Et vite, en hâte, craintive pourtant, elle dévale l'escalier comme pour prendre de vitesse son hésitation.

Elle réussit effectivement, en passant par la salle bruyante où l'on danse, à gagner le salon sans se faire remarquer. Elle a déjà écrit une première lettre, la seconde est presque terminée. Voici qu'une main se pose sur son épaule. « Je vous arrête ! Quelle astuce de se cacher ici ! Depuis une heure je tourne dans tous les coins à la recherche de Mademoiselle von Boolen, je questionne tout le monde, on se moque de moi, et la voilà blottie ici comme un lapin dans les blés. Mais maintenant, à nous ! » Le grand garçon élancé se tient derrière elle, la pression dominatrice sur son épaule la bouleverse tout entière. Elle sourit faiblement, à la fois effrayée de cette intervention brutale et ravie de voir qu'une demi-heure a suffi pour qu'il regrette si fort son absence. Cependant il lui reste assez de force pour se défendre. « Non, je ne peux pas danser aujourd'hui, je n'en ai pas le droit, il me faut encore écrire des lettres pour qu'elles partent au train du matin. Et puis j'ai promis à ma tante de rester ce soir dans ma chambre. Non, impossible, je ne dois pas. Elle serait déjà contrariée si elle savait que je suis redescendue. »

Des confidences sont toujours dangereuses, car un secret communiqué à un étranger le rapproche de vous. On a abandonné quelque chose de soi, on lui a concédé un avantage. Et, de fait, le regard dur, lourd de désir, se fait familier. « Ah ! on s'est sauvée sans permission de sortie ; n'ayez crainte, je ne vendrai pas la mèche, pas moi... Mais maintenant, alors que, depuis une heure debout, j'ai les jambes qui me rentrent dans le corps, je ne vous laisserai pas partir si facilement, n'y comptez pas. Il faut aller jusqu'au bout. Descendre sans autorisation implique rester sans autorisation. » « Qu'est-ce qui vous prend ? Impossible, la tante va bien finir par descendre. Non, impossible ! » « Eh bien, nous allons vérifier sur place si la tante dort déjà. Connaissez-vous ses fenêtres ? » « Mais pourquoi ? » « C'est très simple, si les fenêtres sont obscures, c'est que la tante dort déjà. Et qui repose déshabillé au lit ne se rhabille pas à seule fin de contrôler si le bébé est sage. Mon Dieu, combien de fois nous sommes-nous échappés du lycée technique, les clés du bâtiment et du portail bien huilées et en descendant sur les chaussettes... Une telle soirée était cent fois plus joyeuse que les solennels congés officiels. Allons examiner la situation ! » Malgré elle Christine sourit... Comme ici tous les problèmes se résolvent sans peine, comme toutes les difficultés se dénouent ! En vraie fillette, l'envie folle la chatouille de jouer un bon tour à des gardiens trop sévères. Toutefois, ne pas céder trop vite. « Impossible, je ne peux pas sortir par ce froid ! Je n'ai pas mon manteau. » « On y remédiera. Un moment », et déjà il se précipite au vestiaire, y prend son ulster de laine confortable. « Ça ira, enfilez-le ! »

Mais je ne devrais pas, pense-t-elle, et ne pense pas plus loin ce qu'elle doit ou non, car il a déjà passé un de ses bras dans le manteau souple, et maintenant résister serait enfantin ; riante et mutine elle s'enveloppe avec bien-être dans le vêtement masculin. « Pas par la grande porte, dit-il souriant derrière son dos. Ici, par la sortie latérale, et tout de suite la promenade sous les fenêtres de la tante. » « Mais seulement un moment », dit-elle, et à peine dans l'obscurité elle sent son bras qu'il a glissé tout naturellement sous le sien. « Eh bien, où sont les fenêtres ? » « A gauche, au deuxième étage, la chambre d'angle avec un balcon. » « Sombre, totalement sombre. Hourra ! Pas le moindre rai de lumière. Ils dorment à poings fermés. Bon, et maintenant je prends le commandement. Tout d'abord, retour dans la salle ! » « A aucun prix ! Si Lord Elkins ou quelqu'un d'autre m'y voit, il le racontera demain. Et ils sont déjà suffisamment en colère après moi... Non, je remonte immédiate-ment. » « Allons quelque part ailleurs, au bar de Saint-Moritz. En dix minutes de voiture nous y serons, là personne ne vous connaît, personne ne peut faire de ragots. » « A quoi pensez-vous ? Vous avez de ces idées ! Si quelqu'un me voit monter en voiture avec vous, tout l'hôtel en parlera pendant quinze jours. » « On y veillera, laissez-moi faire. Naturellement vous ne monterez pas en voiture devant la grande entrée que la respectable direction illumine de quatorze lampadaires. Vous faites une quarantaine de pas sur le chemin forestier pour atteindre la zone d'ombre et je vous y rejoins dans une minute avec l'auto, et en un quart d'heure nous sommes là-bas. Question réglée, adjugé ! » Une fois encore Christine s'émerveille : comme tout se résout ici sans peine ! Sa résistance trahit déjà une demi-reddition. « Croyez-vous que ce sera si simple ? » « Simple ou pas, c'est ainsi, nous le ferons. Je file de l'autre côté et je commande la voiture. Pendant ce temps, allez devant. » Une fois encore, mais d'une voix plus faible, elle objecte, hésitante : « Mais quand serons-nous de retour ? » « A minuit au plus tard. » « Votre parole d'honneur ? » « Ma parole d'hon-neur. »

Une parole d'honneur sert toujours à une femme de garde-fou auquel elle se cramponne avant de tom-ber. « Bien, je me fie à vous. » « Toujours sur votre gauche jusqu'à la route en évitant les lampadaires. Dans une minute je vous rejoins. »

Tandis qu'elle marche dans la direction indiquée (Pourquoi je lui obéis ainsi ?), elle se rappelle qu'elle devait pourtant... qu'elle devait pourtant... mais elle est incapable de penser plus loin, de se souvenir de ce qu'elle devait faire, car déjà ce nouveau jeu l'intrigue. Déguisée dans un manteau d'homme, partir dans la nuit comme l'Indien sur le sentier de la guerre, sortir de la vie normale pour une autre métamorphose, une autre découverte de l'inconnu. Elle n'a qu'un instant à attendre dans l'ombre de la forêt, déjà deux larges pinceaux lumineux explorent la route, un phare balaie les pins de son éclat argenté ; certainement le conducteur l'a déjà découverte, car, brusquement, les lumières s'éteignent, et la voiture noire, puissante, s'arrête tout près d'elle dans un crissement de pneus. Maintenant les lumières intérieures s'éteignent aussi discrètement et on ne distingue plus que la lueur bleue du compteur de vitesse, minuscule cercle de couleur dans la nuit. L'obscurité soudaine après ce flot aveuglant de lumière surprend Christine, elle ne peut rien distinguer, mais déjà une portière s'ouvre, une main l'aide à monter, derrière elle claque la serrure refermée, tout cela se déroule à une vitesse hallucinante comme dans un film d'aventures. Avant qu'elle ait le temps de reprendre sa respiration ou de dire quelque chose la voiture démarre brusquement, et dans cette première secousse qui la rejette en arrière elle se sent déjà embrassée, serrée. Elle veut se défendre, fait signe, inquiète, en direction du chauffeur, raide, immobile, dont le dos derrière le volant forme une masse sombre. Elle a honte de la présence de ce témoin et se sait d'autre part grâce à lui préservée du pire. L'homme à côté d'elle reste muet. Elle est prise dans une étreinte chaude, violente, sent ses mains sur les siennes, sur ses bras, maintenant sur ses seins, une bouche brutale, dominatrice cherche la sienne et ardente, humide, ouvre ses lèvres qui cèdent peu à peu. Inconsciemment elle a voulu, attendu tout cela : l'étreinte brutale, la course folle des baisers sur son cou, ses épaules, ses joues, de tout côté la brûlure sur la peau frémissante ; et la nécessité de ne pas faire de bruit à cause du témoin augmente d'une certaine façon l'ivresse de ce jeu passionné. Les yeux fermés, ne trouvant ni les mots ni la volonté pour se défendre, elle laisse étouffer sous les baisers les gémissements de sa bouche, et tout son corps se cambre et vibre dans cette jouissance cueillie sur les lèvres. Tout cela s'écoule, depuis quand ? dans un au-delà de l'espace et du temps et cesse brusquement quand, après un coup de klaxon, avertissement du chauffeur, l'auto s'engage dans la rue éclairée et s'arrête devant le bar du Grand Hôtel.

Elle descend troublée, hésitante, honteuse, défroisse rapidement sa robe chiffonnée, arrange ses cheveux ébouriffés par les baisers. Ne va-t-on pas le remarquer ? Mais non, personne ne la regarde particulièrement dans la pénombre du bar, plein de monde, on les conduit à une table. Nouvelle découverte : le mystère impénétrable que peut être la vie d'une femme, la maîtrise avec laquelle le masque du savoir-vivre mondain dissimule l'émotion la plus passionnée. Elle n'aurait jamais cru possible de pouvoir, la peau encore brûlante de ses baisers, rester assise droite, tranquille, sereine auprès d'un homme, et bavarder détendue avec le possesseur de ce plastron bien amidonné, alors qu'il y a deux minutes on a senti ses lèvres jusqu'aux dents dures, serrées, qu'on s'est tordue sous la violence de son étreinte, et personne ici ne s'en doute le moins du monde. Combien de femmes avant moi ont ainsi dissimulé leurs sentiments, pense-t-elle, stupéfaite, combien de celles que j'ai connues à la maison, au village ? Combien ont eu une double vie et bien d'autres vies encore, une face publique, une face cachée, tandis que moi, bonne fille naïve, je prenais en exemple leur conduite réservée. Voilà qu'elle sent sous la table un genou qui presse le sien. Elle fixe son vis-à-vis et voit, comme pour la première fois, son visage dur, brun, énergique, sa bouche autoritaire sous la mince moustache, elle perçoit son regard complice qui la pénètre. Involontairement tout cela provoque en elle un sentiment de fierté. Cet homme solide, viril, me désire, et moi seule, et personne ne le sait, excepté moi. « Allons-nous danser ? » demande-t-il. « Oui », répond-elle, et dans ce « oui » il y a beaucoup plus. Pour la première fois la danse ne lui suffit plus et le contact mesuré n'est plus que le prélude à un enlacement plus ardent, sans retenue. Elle doit se maîtriser pour ne pas se trahir ouvertement.

En hâte, elle boit un, deux cocktails, les lèvres brûlées par les baisers reçus ou par ceux qu'elle désire encore. Finalement elle ne supporte plus de rester parmi tous ces gens. « Il nous faut rentrer », dit-elle. « Comme tu veux. » C'est la première fois qu'il la tutoie et ce « tu » lui donne un léger coup au cœur.

Dans la voiture, elle tombe tout naturellement dans ses bras. Entre les baisers sa voix se fait plus pressante. Qu'elle monte seulement une heure dans sa chambre, la sienne est au même étage. Aucun employé n'est encore éveillé. Elle boit ses exhortations passionnées comme de l'eau de feu. J'ai bien le temps de me défendre, pense-t-elle dans son trouble, alors que la vague la submerge déjà. Elle ne parle pas, ne répond pas, mais accueille d'une âme épanouie l'appel ardent de ces paroles qu'un homme lui adresse pour la première fois.

A l'endroit même où elle est montée, l'auto s'arrête. Le dos du chauffeur ne bouge pas tandis qu'elle quitte la voiture. Elle rentre seule à l'hôtel, les lampadaires à l'entrée sont déjà éteints, elle traverse rapidement le hall ; elle sent qu'il la suit, sans aucun doute ; déjà elle l'entend tout proche d'elle, montant, agile, en sportif, trois marches à la fois. Se rendant compte qu'il va la saisir, elle est prise soudain d'une terreur panique. Elle se met à courir, garde son avance, d'un bond elle atteint sa porte, pousse le verrou. Et alors elle s'écroule dans un fauteuil, un soupir de soulagement : sauvée !

Sauvée ! sauvée ! Elle tremble encore de tous ses membres. Une minute et c'était trop tard. Effrayant de voir à quel point me voilà incertaine, fragile, faible. N'importe qui pourrait me prendre dans un tel moment, jamais je n'avais connu cela auparavant. Je me croyais si sûre de moi ; effrayant de sentir ce bouleversement, cette nervosité. Une chance que j'aie eu l'énergie d'arriver dans ma chambre à temps et de fermer la porte ; sinon Dieu sait ce qui serait arrivé. Elle retire rapidement ses vêtements dans l'obscurité, son cœur bat à tout rompre. Une fois au lit, les yeux fermés, les membres enveloppés dans la couette de plume, douillettement au chaud, sa peau frémit encore d'une émotion qui s'apaise lentement. C'est ridicule, pense-t-elle, de s'inquiéter autant. Avoir vingt-huit ans et toujours se réserver, se refuser, toujours attendre, hésiter, craindre. Pourquoi me réserver et pour qui ? Faire des réserves, économiser, mon père et ma mère l'ont fait, moi aussi, nous tous pendant ces effroyables années, tandis que les autres ont vécu, le courage m'a toujours manqué, pour tout, et qui nous en a récompensés ? Soudain on se retrouve vieille, fanée, on meurt, on ne sait rien, et on n'a rien vécu, rien su ; et là-bas recommencer la vie mesquine alors qu'ici il y a tout, et il faut le prendre ; cependant j'ai peur, je m'enferme, je me réserve comme une gamine, lâche, lâche et bête. N'est-ce pas stupide, stupide ? Ne devrais-je pas ouvrir le verrou, peut-être... non, non, pas aujourd'hui. Je reste encore ici huit jours, quinze jours, un temps merveilleux, infini ! Non, je ne serai plus si bête, si lâche, il faut tout prendre, jouir de tout, de tout...

Et avec un sourire aux lèvres, les bras étendus, la bouche mollement entrouverte comme pour un baiser, Christine s'endort et ne sait pas que c'est son dernier jour, sa dernière nuit dans ce monde merveilleux.

Qui éprouve de vifs sentiments observe peu. Les gens heureux sont de mauvais psychologues. Seul l'individu inquiet aiguise ses sens au maximum. L'instinct du danger lui insuffle une perspicacité qui dépasse de loin celle qui lui est naturelle. Sans que Christine s'en doutât, sa présence était pour quelqu'un, depuis quelque temps, source d'inquiétude et de danger. Cette jeune fille de Mannheim à la nature énergique et décidée, et dont Christine d'un cœur innocent prenait les bavardages aimables pour de l'amitié, était furieusement irritée du triomphe mondain de celle-ci. Avant la venue de la nièce d'Amérique, l'ingénieur avait intensément flirté avec elle et fait allusion à des projets sérieux, peut-être de mariage. Rien de définitif ne s'était produit, il ne manquait plus, qui sait, que quelques jours et une heure propice à un entretien décisif, et Christine était arrivée, une diversion au plus haut point désagréable, car, depuis ce moment, l'intérêt de l'ingénieur se portait de façon toujours plus visible sur Christine. Était-ce l'aura de la richesse, la consonance noble du nom qui avaient influencé un bon calculateur, ou bien fallait-il l'attribuer à la gaieté radieuse, à cette onde puissante de bonheur qui rayonnait autour d'elle ? Toujours est-il que la petite de Mannheim constata avec le dépit enfantin d'une écolière et l'irritation rageuse d'une adulte qu'elle était froidement éliminée. L'ingénieur ne dansait pratiquement plus qu'avec Christine, était assis tous les soirs à la table des Van Boolen. Il était plus que temps, estima la rivale, si l'on ne voulait pas perdre la partie, de reprendre les rênes. D'instinct, un don d'observation vigilant avait permis depuis longtemps à cette fille futée de noter dans l'exubérance de Christine un aspect inhabituel, peu conventionnel, et, tandis que les autres succombaient avec sympathie au charme de cette impétuosité, elle cherchait à en percer le mystère.

Elle commença sa surveillance en s'introduisant toujours davantage dans l'intimité de sa rivale. A la promenade elle passait tendrement son bras sous le sien, lui donnait sur sa propre vie des détails plus ou moins exacts dans le but de lui soutirer quelque remarque compromettante. Le soir, elle rendait visite à Christine qui l'accueillait sans méfiance, elle s'asseyait auprès de son lit, lui caressait le bras, et, dans son besoin de rendre heureux le monde entier, Christine payait cette chaude camaraderie d'une effusion de reconnaissance. Elle répondait ingénument à toutes les questions insidieuses, n'éludant d'instinct que celles qui touchaient à son plus intime secret, quand Carla, par exemple, demandait combien elles avaient de domestiques à la maison, dans combien de pièces elles habitaient, elle s'en tirait alors par des demi-vérités, disant que maintenant, à cause de la maladie de sa mère, elle vivait retirée à la campagne, qu'autrefois c'était tout différent. Mais de petites maladresses donnaient de plus en plus prise aux soupçons de l'interrogatrice malveillante qui, peu à peu, découvrit la faille : cette inconnue qui menaçait grâce à des robes éblouissantes, à des perles et au nimbe de la richesse de l'éclipser auprès d'Edwin était probablement originaire d'un milieu modeste, étriqué. L'éducation de Christine dans le domaine des valeurs mondaines montrait des lacunes, elle ne savait pas que le jeu de polo se pratique à cheval, ne connaissait pas les noms des parfums les plus courants, tels Coty ou Houbigant, n'avait aucune idée des différents prix de voitures, n'avait jamais assisté à des courses, dix à vingt indices de ce genre trahissaient son ignorance des usages de la franc-maçonnerie mondaine. Dans le domaine de la culture, la comparaison avec celle de l'étudiante en chimie était désastreuse, pas de lycée, aucune langue étrangère, c'est-à-dire qu'elle reconnut sans détour avoir appris quelques bribes d'anglais à l'école, mais les avoir oubliées depuis longtemps. Non, cela ne cadrait pas avec l'élégante Mademoiselle von Boolen ; il s'agissait d'enfoncer le coin plus profondément, et de toute l'énergie de sa jalousie clairvoyante la petite intrigante passa à l'action.

Enfin, après avoir activement bavardé, écouté, épié pendant deux jours, elle vendit la mèche. Par profession les coiffeuses parlent volontiers, quand les mains seules travaillent, les lèvres ne restent pas inactives. L'alerte Mme Duvernois, dont le salon de coiffure était le grand centre de renseignements de la station, éclata d'un rire cristallin quand l'intrigante vint s'informer. « Ah ! la nièce de Mme von Boolen ! » (Le rire cascadait ininterrompu.) Ah ! elle était bien drôle à voir quand elle arrivait ici. Elle avait une coiffure de paysanne, d'épaisses nattes enroulées, de grosses épingles à cheveux métalliques, la coiffeuse ignorait qu'on fabriquât encore en Europe de telles horreurs, elle devait en avoir encore deux dans un tiroir, elle les avait gardées comme curiosité historique. C'était une piste très sérieuse et avec la ténacité d'une sportive la petite peste la suivit. Ensuite elle sut habilement faire bavarder la femme de chambre de l'étage de Christine, et bientôt elle apprit tout : que Christine était arrivée avec une minuscule petite valise d'osier, que tous les vêtements, le linge lui avaient été rapidement achetés ou prêtés par Mme Van Boolen. Grâce à des questions habiles, renforcées par des pourboires, elle connut tous les détails jusqu'au parapluie au manche de corne. Et comme la chance sourit toujours à l'être malveillant, elle se trouva justement présente par hasard lorsque Christine demanda ses lettres sous le nom d'Hoflehner : une question posée avec une indifférence feinte reçut alors l'éclaircissement surprenant que Christine ne s'appelait pas Van Boolen.

C'était assez, plus qu'assez. La poudre était prête. Carla n'avait plus qu'à disposer la mèche. Dans la grande salle était installée, jour et nuit, comme à une caisse de contrôle, munie de son face-à-main, Madame la conseillère aulique Strodtmann, veuve du grand chirurgien. Sa chaise roulante (la vieille dame était paralysée) était considérée comme le centre d'information indiscuté de toutes les nouvelles, et surtout elle était l'instance suprême qui décidait en dernier ressort de ce qui était licite ou non. Ce bureau actif dans la guerre secrète de tous contre tous travaillait jour et nuit avec un zèle fanatique. La jeune fille de Mannheim s'assit près d'elle pour décharger rapidement et habilement sa précieuse cargaison. Elle le fit naturellement, sous la forme en apparence la plus amicale : une charmante jeune fille, cette Mademoiselle von Boolen (puisqu'on l'appelait ainsi dans tout l'hôtel), vraiment on ne se douterait pas de ses origines très modestes. C'est tout à l'honneur de Mme Van Boolen de faire, par bonté, passer pour sa nièce cette demoiselle de magasin ou Dieu sait qui, de la parer de ses propres vêtements et de la lancer dans le monde sous un pavillon d'emprunt. C'est vrai, dans ces questions de classes, les Américains se montraient plus démocrates, plus généreux que nous autres, Européens attardés, qui respectons les règles de la société (la conseillère aulique redressa la tête comme un coq prêt à l'attaque) et qui exigeons non seulement les toilettes et l'argent mais aussi de la culture et une ascendance respectable. Bien entendu une description humoristique du parapluie campagnard ne fut pas oubliée, et chaque détail amusant susceptible de nuire fut ainsi confié aux bons soins de l'office de renseignements. Le matin même, son histoire commença de circuler dans l'hôtel, entraînant dans sa course rapide, comme tout commérage, pas mal de saleté et d'éboulis. Les uns racontaient que les Américains procédaient souvent ainsi pour irriter les aristocrates et harnachaient en millionnaire quelque sténodactylo, c'était même le sujet d'une pièce de théâtre, d'autres prétendaient qu'elle était probablement la maîtresse du vieux monsieur ou de sa femme ; en un mot, le succès fut complet, et, pendant la soirée où Christine faisait son escapade avec l'ingénieur, elle fut le principal sujet de conversation de tout l'hôtel. Évidemment, chacun affirmait, pour ne pas passer pour un serin, avoir noté chez elle maintes choses suspectes, aucun ne voulait avoir été dupe. Et comme la mémoire sert volontiers le désir, chacun tournait en ridicule quelque détail qu'il avait hier trouvé chez elle ravissant ; alors que, son jeune corps enveloppé bien au chaud dans le bonheur, les lèvres souriantes dans son sommeil, elle vivait encore dans l'illusion, tous connaissaient déjà sa tromperie innocente, involontaire.

Une rumeur atteint toujours en dernier lieu celui ou celle qu'elle concerne. Christine ne s'aperçoit pas que, pendant cette matinée, elle traverse un cercle de flammes, que des regards scrutateurs, moqueurs, dardent dans son dos. Innocemment, elle s'assoit à la place la plus dangereuse près de la conseillère auli-que, sans remarquer comment la vieille dame la manipule à l'aide de questions insidieuses. Christine embrasse affectueusement la main de son ennemie aux cheveux blancs avant de partir avec l'oncle et la tante pour la promenade convenue. Le sourire légè-rement narquois que lui adressent certains en réponse à son salut ne la frappe pas, pourquoi les gens ici seraient-ils autrement que joyeux ? La gaieté rayonnante ignore, insouciante, la présence de la perfidie, et traverse la salle, légère comme une flamme, pleinement confiante en la bonté du monde.

Tout d'abord, la tante elle-même ne remarque rien ; à vrai dire, elle a été surprise dans la matinée par un incident désagréable, sans faire un rap-prochement quelconque. Dans l'hôtel réside ce cou-ple de propriétaires terriens de Silésie, M. et Mme Von Trenkwitz, qui limitent strictement leurs rela-tions aux familles de leur classe et écartent impitoya-blement tout ce qui sent le bourgeois. Ils avaient fait une exception pour les Van Boolen, premièrement parce qu'ils sont Américains (déjà une sorte de noblesse) et pourtant non juifs, mais peut-être surtout parce que leur deuxième fils, Harro, dont le domaine est lourdement hypothéqué, doit arriver demain et que, pour lui, la rencontre d'une héritière américaine ne manquerait pas d'intérêt. Ils étaient convenus avec Mme Van Boolen d'une promenade pour ce matin dix heures, mais soudain (à la suite d'une information provenant de l'office de renseignements aulique), à neuf heures et demie, ils envoient le portier pour dire, sans aucune explication, que cela ne leur serait pas possible. Et curieusement, au lieu par la suite de s'excuser d'avoir décommandé si tardivement, ils passent à midi devant la table des Van Boolen avec un salut guindé. « Qu'est-ce que cela veut dire ? se demande, soupçonneuse, Mme Van Boolen qui est d'une susceptibilité maladive dans le domaine des relations sociales. Les aurions-nous vexés ? Qu'est-il arrivé ? » Et deuxième fait étrange, alors qu'elle se trouve dans la salle après le déjeuner — Anthony fait sa sieste, Christine écrit dans le salon — personne ne s'assoit près d'elle. D'habitude, les Kinsley ou d'autres fréquentations viennent bavarder un peu, aujourd'hui, comme s'ils s'étaient concertés, tous restent à leurs tables, et elle demeure abandonnée, attendant seule dans un profond fauteuil, péniblement impressionnée de voir leurs amis l'ignorer et les Trenkwitz, toujours gonflés de leur importance, ne pas lui présenter d'excuses.

Enfin quelqu'un s'approche, Lord Elkins, mais lui aussi changé, raide, affecté, solennel. Lui qui d'habitude vous regarde franchement, droit dans les yeux, dissimule bizarrement les siens sous ses paupières rougies, fatiguées. Qu'a-t-il donc ? Il s'incline presque cérémonieusement. « Me permettrez-vous de m'asseoir ? » » « Mais volontiers, mon cher Lord. Pourquoi cette question ? »

La surprise de la tante s'accroît. L'attitude d'Elkins est si gênée, il examine en détail l'extrémité de ses chaussures, déboutonne sa veste, rectifie le pli de son pantalon ; curieux tout cela. Mais qu'a-t-il donc, pense-t-elle, on croirait qu'il s'apprête à prononcer un grand discours.

Finalement, d'un mouvement décidé, il relève les yeux, un regard vif comme un éclat de lumière, comme l'éclair d'une lame. « Écoutez, dear Mistress Boolen, je souhaiterais m'entretenir avec vous d'une affaire privée. Ici personne ne nous écoute. Je vous demanderai la permission de pouvoir m'exprimer en toute franchise. J'ai longuement réfléchi comment vous donner à entendre la chose, mais de simples allusions ne servent à rien dans des circonstances graves. Des affaires personnelles pénibles doivent être résolument abordées de front. Donc... j'ai le sentiment qu'il est de mon devoir d'ami de vous parler sans réserve. Me le permettez-vous ? » « Mais naturellement. » Malgré cela, il ne semble pas du tout à l'aise. Pour se ménager encore un temps d'arrêt, il tire de sa poche une pipe et la bourre minutieusement. Ses doigts — est-ce l'âge ou l'émotion ? — tremblent visiblement. Enfin il relève la tête et d'une voix nette : « Ce que j'ai à vous dire concerne Miss Christiana. » Il hésite de nouveau.

Mme Van Boolen éprouve une légère frayeur. Est-ce que vraiment cet homme de près de soixante-dix ans penserait sérieusement à... Elle a bien remarqué qu'il s'intéressait beaucoup à Christine, on en serait au point qu'il... Mais déjà Lord Elkins relève la tête et la fixe d'un regard inquisiteur. « Est-elle vraiment votre nièce ? » Mme Van Boolen prend un air pres-

144

que offensé. « Mais naturellement. » « Et s'appelle-t-elle effectivement Van Boolen ? » Cette fois Mme Van Boolen se trouble tout à fait. « Non, non... elle est bien *ma* nièce, pas celle de mon mari, c'est la fille de ma sœur de Vienne... mais, je vous en prie, Lord Elkins, je connais vos sentiments amicaux envers nous, que signifie cette question ? »

Le lord considère sa pipe qui semble l'intéresser au plus haut point, vérifie si le tabac rougeoie également, le répartit minutieusement. Puis, replié sur lui-même, presque sans desserrer ses lèvres minces, il dit, paraissant s'adresser à sa pipe : « Parce que... eh bien, parce que soudain de curieux bruits courent ici... j'ai pensé qu'il était de mon devoir d'ami d'éclaircir l'affaire. Après ce que vous venez de me dire, qu'elle est bien votre nièce, ces commérages sont pour moi nuls et non avenus. J'ai été tout de suite persuadé que Miss Christiana était incapable de fausseté, seulement les gens racontaient des histoires étranges. » Mme Van Boolen se sent pâlir, ses genoux tremblent. « Comment... soyez franc... Que racontent les gens ? » La pipe, cercle rougeoyant, brûle lentement.

« Eh bien, vous savez, cette sorte de société, qui du reste n'en est pas une, fait toujours preuve de plus de rigueur que la vraie. Ce sinistre fat de Trenkwitz, par exemple, considère comme une insulte personnelle d'avoir été assis à la même table qu'une personne qui n'est pas noble et, de plus, n'a pas d'argent. Il semble que lui et sa femme aient crié le plus fort, vous vous seriez permis une plaisanterie à leur égard en parant d'atours luxueux une petite-bourgeoise et en la présentant sous un faux nom comme une dame — comme si cet imbécile savait ce qu'est une vraie dame. Je n'ai pas besoin de souligner que le grand respect et la grande... très grande... la sincère sympathie que j'éprouve pour Miss Christiana n'ont pas diminué d'un pouce, si elle est réellement... d'origine modeste... Elle n'aurait peut-être pas cette attitude merveilleuse de joie et de reconnaissance si elle avait été gâtée par le luxe comme toute cette vaine canaille. Personnellement je n'ai absolument rien à redire à ce que, dans votre bonté, vous lui ayez fait cadeau de vos vêtements, bien au contraire, et si je vous ai demandé une confirmation, c'était uniquement pour pouvoir, de mon poing, fermer la bouche aux infâmes calomniateurs. »

Mme Van Boolen sent la peur monter de ses genoux à sa gorge, elle reprend par trois fois sa respiration avant de trouver la force de répondre d'un ton calme : « Je n'ai aucune raison, mon cher Lord, de taire la moindre chose concernant l'origine de Christine. Mon beau-frère était un commerçant important, un des plus considérés et des plus riches de Vienne (sur ce point elle n'exagérait pas qu'un peu) qui, comme justement les gens les plus honnêtes, a perdu tout son bien pendant la guerre, ce ne fut pas facile pour sa famille de subsister. Ils mirent leur honneur à travailler plutôt que d'accepter notre aide, et c'est ainsi que Christine est aujourd'hui fonctionnaire au Post Office, ce qui, j'espère, n'est pas une honte. »

Lord Elkins relève les yeux en souriant. « Vous demandez cela à quelqu'un qui fut lui-même quarante ans au service de l'État ? Si c'est une honte, je la partage avec elle. Mais maintenant que nous nous sommes expliqués clairement, examinons non moins clairement la situation. J'ai su tout de suite que ces imputations haineuses n'étaient que méprisables commérages, car c'est un des minces avantages de l'âge de ne se tromper que rarement sur les gens. Prenons les choses telles qu'elles sont. A partir de maintenant, la position de Miss Christiana ne sera pas, je le crains, facile, car rien n'est plus vindicatif, plus perfide que ce petit milieu social qui voudrait jouer la haute société. Un butor prétentieux comme ce Trenkwitz ne se pardonnera pas de dix ans d'avoir été aimable envers une employée des postes, cela vous ronge une telle vieille tête vide plus qu'une rage de dents. Également, je ne tiens pas pour exclu que d'autres se permettent de manquer de tact vis-à-vis de votre nièce, tout au moins on lui battra froid et elle essuiera des impolitesses. Je l'aurais volontiers empêché, car, vous l'avez bien remarqué, j'estime tout particulièrement votre nièce... tout particulièrement et je serais heureux si je pouvais vous aider à lui épargner, à elle si merveilleusement candide, une déception. »

Lord Elkins s'interrompt. « Pourrai-je à la longue la protéger, cela... je ne peux le promettre. Cela dépend... dépend des circonstances. Mais, en tout cas, j'ai l'intention de leur montrer que je la respecte plus que toute cette racaille fortunée et que celui qui se permettra une grossièreté à son égard aura affaire à moi. (Ils se lève, subitement décidé, raidi, comme Mme Van Boolen ne l'a jamais vu.) Accordez-moi la permission, demande-t-il cérémonieux, d'inviter maintenant Mademoiselle votre nièce à une promenade en voiture. » « Mais naturellement. »

Il s'incline et part — stupéfaite, elle le suit des yeux — en direction du salon, les joues en feu comme fouettées par le vent, les poings serrés. Que veut-il ? se demande-t-elle, abasourdie, sans le quitter du regard. Christine écrit et ne l'entend pas venir. Il voit de dos la belle chevelure blonde sur le cou incliné, voit le corps qui, après tant d'années, a réveillé en lui le désir. Pauvre enfant insouciante, pense-t-il, elle ne sait rien, ils vont bien s'en prendre à toi, et on ne peut te protéger. Il touche légèrement son épaule. Christine lève les yeux et se dresse aussitôt respectueusement ; dès le premier instant, elle avait éprouvé le besoin de témoigner à cet homme remarquable un respect particulier. Dans un effort il contraint sa bouche à sourire. « J'ai une prière à vous formuler, chère Mademoiselle Christiana, je ne me sens pas bien aujourd'hui, des maux de tête depuis le début de la matinée, je ne peux ni lire, ni dormir. Alors j'ai pensé que peut-être l'air pur me sera salutaire, une promenade en voiture, et le résultat serait encore meilleur si vous acceptiez de me tenir compagnie. J'ai déjà demandé la permission à votre tante. Voulez-vous ? » Mais naturellement, c'est pour moi une... joie, un honneur... »

« Alors partons ! » Il lui offre cérémonieusement le bras. Elle est un peu étonnée et confuse, mais comment refuser cet honneur ! Lentement, d'une allure assurée, il traverse avec elle toute la salle, jette à chaque occupant un regard rapide, perçant, ce qui n'est pas dans ses habitudes ; on ne peut ignorer la menace qu'exprime cette attitude : ne la touchez pas ! Ordinairement, il passe aimable, poli, ombre grise et silencieuse qu'on ne remarque pas ; cette fois, il fixe chacun d'un regard provocant. Tous comprennent aussitôt l'aspect démonstratif de ce bras offert, de ce respect souligné. La conseillère aulique lève des yeux contrits, les Kinsley saluent, interdits, le paladin impavide à la chevelure blanche comme neige, au regard glacial, parcourant la vaste salle, la jeune fille, qui ne soupçonne rien, fière et heureuse à son bras. Lui a sur les lèvres l'expression farouche du soldat qui, à la tête de son régiment, s'apprête à commander l'attaque contre un ennemi retranché.

A la porte de l'hôtel lorsqu'ils sortent se trouve, par hasard, Trenkwitz ; machinalement celui-ci salue. De propos délibéré, Lord Elkins ne fait que le frôler du regard, porte à demi la main à sa coiffure, et la laisse retomber, indifférent, comme on répond au salut d'un domestique. Un mépris indescriptible s'exprime dans ce geste, un coup porté à froid. Puis il lâche le bras de Christine, ouvre en personne la portière, et se découvre tandis qu'il aide sa dame à monter ; c'est avec la même attitude respectueuse qu'il avait en son temps accompagné la belle-fille du roi d'Angleterre à sa voiture lors d'une visite au Transvaal.

La discrète communication de Lord Elkins a provoqué chez Mme Van Boolen un effroi beaucoup plus important qu'elle ne l'a laissé paraître, car sans s'en douter il a rouvert une blessure très sensible. Tout au fond de la zone d'ombre des faits semi-conscients ou volontairement occultés, dans ce domaine délicat, glissant, où le Moi ne se risque qu'à contrecœur et en tremblant, subsiste chez Claire Van Boolen, devenue depuis longtemps une bourgeoise banale, une inquiétude ancienne, indélébile, qui remonte parfois en rêve et tourmente son sommeil : la peur de la découverte de son passé. Lorsque, il y a trente ans, Clara dut quitter l'Europe, départ imposé mais habilement exploité, et qu'elle rencontra, puis épousa son Van Boolen, le courage lui manqua de confier à un honnête citoyen, un peu philistin, l'origine trouble du petit capital qu'elle apportait en dot. Elle lui avait alors délibérément raconté qu'elle avait hérité ces deux mille dollars de son grand-père, et pas une minute durant leur mariage le brave homme amoureux n'avait mis en doute cette affirmation. Du côté

149

de sa bonhomie flegmatique, il n'y avait rien à redouter, mais plus Claire s'implantait dans la société bourgeoise, plus redoutable, plus effrayante grandissait en elle une hantise : qu'un quelconque hasard, qu'une recontre inattendue, qu'une lettre anonyme puisse soudain révéler l'histoire oubliée. C'est pourquoi, pendant des années, elle évita avec une constance opiniâtre de fréquenter des compatriotes. Si son mari voulait lui présenter un homme d'affaires viennois, elle refusait et prétendait ne plus comprendre l'allemand, alors qu'elle pouvait à peine parler l'anglais courant. Elle cessa catégoriquement toute correspondance avec sa propre famille, se contentant lors d'occasions importantes d'envoyer un court télégramme. Mais la peur ne la quittait pas, bien au contraire elle croissait à chaque nouvelle élévation sociale, et plus elle se conformait aux mœurs austères américaines, plus sa crainte devenait maladive de penser qu'un vague bavardage pouvait rallumer le feu couvant sous la cendre. Et il suffisait qu'un hôte raconte à table qu'il avait longtemps vécu à Vienne pour qu'elle ne dorme pas de la nuit et qu'elle ressente au cœur une douleur brûlante. Puis vint la guerre qui, d'un coup, rejeta toute la période précédente dans un passé mythique, inaccessible. Les vieux journaux et magazines tombés en poussière, et les gens au pays ayant d'autres soucis et d'autres sujets de conversation, c'était fini, c'était oublié. Et, de même qu'une balle restée dans la chair, intégrée au tissu organique, n'est plus douloureuse qu'aux changements de temps, et n'est plus tellement perçue comme un corps étranger, de même ce reste scabreux de son passé reposait oublié dans un bonheur sans nuages et une saine activité : mère de deux solides garçons, collaboratrice de son mari à l'occasion, membre de la Ligue philanthropique, vice-présidente de l'Association pour l'aide aux détenus libérés, elle était estimée et respectée dans toute la ville. Son ambition, longtemps .contenue, pouvait enfin se déployer dans une maison neuve fréquentée par les familles les plus distinguées. Mais l'élément décisif pour son apaisement était que, finalement, elle-même avait oublié cet épisode. Notre mémoire est corruptible, elle se laisse séduire par nos désirs, et la volonté de chasser de notre pensée les événements hostiles exerce une influence aux progrès lents, certes, mais en dernier ressort décisive ; l'essayeuse Clara était définitivement morte dans l'épouse sans tache du courtier en coton Van Boolen. Elle se souvenait si peu de cette aventure que, à peine arrivée en Europe, elle écrivit à sa sœur pour la revoir. Apprenant maintenant que quelqu'un, poussé par un désir de nuire inexplicable, se livre à des recherches sur l'origine de sa nièce, quoi de plus naturel que de penser qu'à l'occasion de cette parente pauvre on s'intéressera à son propre passé ? La peur est un miroir déformant, chaque trait est exagérément grossi, de façon effrayante, caricaturale, et, une fois mise en branle, l'imagination se livre aux hypothèses les plus folles, les plus invraisemblables. La plus absurde devient soudain plausible ; elle se rappelle avec effroi qu'à une table voisine à l'hôtel se trouve un Viennois âgé, directeur de la Banque commerciale, d'environ soixante-dix à quatre-vingts ans, du nom de Löwy, et voilà qu'elle croit se souvenir que l'épouse de son protecteur décédé s'appelait de son nom de jeune fille également Löwy. Et si elle était sa sœur, sa cousine ! N'allait-il pas s'aviser (les vieillards évoquent volontiers les histoires scandaleuses de leur jeunesse) d'alimenter par quelque allusion les commérages ? Claire sent soudain une sueur froide sur son front, car la peur, raffinant son action, lui suggère que le vieux monsieur Löwy ressemble étrangement à l'épouse en question, les mêmes lèvres charnues, le même nez recourbé ; dans la fièvre hallucinatoire née de son angoisse, elle croit avoir la certitude qu'il est bien le père, que naturellement il la reconnaîtra, et qu'il resservira tout chaud, en détail, la vieille histoire. Quel nectar, quelle ambroisie pour les Kinsley, les Guggenheim, et le lendemain Anthony recevra une lettre anonyme qui anéantira trente années d'un mariage sans problèmes.

Claire doit s'appuyer d'une main au dossier du fauteuil, durant une seconde elle craint de s'évanouir, puis elle se relève soudain avec l'énergie du désespoir. Il lui faut prendre sur elle-même pour passer devant la table des Kinsley et les saluer. Ceux-ci lui répondent très aimablement avec le sourire stéréotypé des Américains qu'elle-même a appris depuis longtemps. Mais, dans sa hantise, elle s'imagine que ce sourire était inhabituel, ironique, méchant, le sourire des gens qui savent, et même le regard du liftier l'inquiète, et le fait qu'une femme de chambre, croisée dans le couloir, passe sans la saluer. Épuisée comme après une marche dans la neige profonde, elle se réfugie dans sa chambre.

Anthony, sa sieste terminée, vient de se lever, ses bretelles de pantalon rejetées sur ses hanches, le col ouvert, les joues encore marquées, il peigne devant le miroir sa chevelure clairsemée. Il met un peu de pommade sur le peigne pour mieux séparer la raie. « Je t'en prie, dépêche-toi. (Elle n'y tient plus d'impatience.) Nous devons tout examiner dans le calme. Il est arrivé quelque chose de très désagréable. » Depuis longtemps habitué au tempérament bouillant de son épouse, le flegmatique Anthony n'est pas enclin à réagir précipitamment à de telles déclarations, il ne se détourne pas du miroir. « J'espère que ce n'est pas si grave. Une dépêche de Dicky ou d'Alvin ? » « Non, mais hâte-toi donc ! Tu t'habilleras après. » « Eh bien ? (Anthony pose enfin le peigne et s'assoit résigné dans le fauteuil.) Qu'est-il arrivé ? » « Quelque chose de terrible. Christine a dû être imprudente ou commettre une bêtise, tout est découvert, l'hôtel entier ne parle que de cela. » « Bon, qu'est-ce qui est découvert ? » « Eh bien, l'histoire des vêtements... qu'elle porte mes vêtements, qu'elle est arrivée ici comme une demoiselle de magasin, que nous l'avons habillée des pieds à la tête, et présentée comme une jeune fille du monde — les gens racontent des tas de choses... maintenant tu comprends pourquoi les Trenkwitz nous ont fait faux bond... naturellement ils sont furieux, ils avaient des projets pour leur fils et pensent que nous nous sommes moqués d'eux. Nous voilà perdus de réputation dans tout l'hôtel. Cette maladroite a dû faire quelque sottise ! Mon Dieu, quelle honte ! » « Comment, quelle honte ? Tous les Américains ont des parents pauvres. Je ne voudrais pas examiner à la loupe les neveux de Guggenheim ou ceux des von Rosky, ou des Rosenstock, ces originaires de Kovno ; je parie que ce serait pire. Je ne comprends pas pourquoi il serait honteux de l'avoir habillée correctement. »

« Parce que... parce que... (Claire, dans sa nervosité, hausse encore le ton) parce qu'ils ont raison, qu'une telle personne n'est pas à sa place ici, pas dans cette société... Je veux dire une personne qui... ne sait pas se comporter de façon qu'on ne soupçonne pas son origine... C'est de sa faute... elle ne se serait pas tant fait remarquer, on ne s'en serait pas aperçu si elle était restée réservée comme au début... Mais il faut qu'elle s'agite, qu'elle se mette en avant en tout et partout, qu'elle parle à tous, qu'elle se mêle de tout, qu'elle se lie avec tout le monde... quoi d'étonnant à ce que les gens à la fin s'interrogent : qui est-elle ? d'où vient-elle ? Et maintenant... Maintenant le scandale est là. Tous en parlent et se moquent de nous... ils répandent des bruits épouvantables. »

Anthony part d'un rire énorme. « Laisse-les parler... cela m'est bien égal. C'est une brave petite et je l'aime malgré tout. Pauvre ou non, cela ne les regarde pas. Je ne dois ici un cent à personne et me fiche de savoir si l'on nous trouve distingués ou non. Ceux à qui nous ne plaisons pas peuvent aller se rhabiller. » « Mais, moi, cela ne m'est pas égal, pas à moi. (Sans qu'elle s'en aperçoive la voix de Claire devient de plus en plus aiguë.) Je ne laisserai pas dire que j'ai trompé les gens en leur présentant comme une duchesse quelque pauvre fille. Je ne tolérerai pas que ces Trenkwitz que nous avons invités se décommandent grossièrement en nous envoyant le portier au lieu de s'excuser. Non, je n'attendrai pas qu'on nous tourne le dos, je n'y suis pas forcée. Je suis venue ici, Dieu m'est témoin, pour me distraire et non pour m'irriter et m'énerver. Je ne le supporterai pas. » « Et alors ? (Il étouffe de la main un léger bâillement.) Et alors, que veux-tu faire ? » « Partir ! » « Quoi ? » En dépit de sa corpulence, Anthony s'arrache du fauteuil comme si on lui avait écrasé les orteils.

« Oui, partir, et dès demain matin. Les gens se trompent s'ils croient que je vais me donner en spectacle, leur apporter des explications, comment et pourquoi, et, à la fin, m'excuser. Il faudrait pour cela des personnalités autres que des Trenkwitz et compagnie. D'ailleurs la société d'ici ne me plaît pas, mis à part Lord Elkins, une assemblée hétéroclite de gens médiocres, ennuyeux, bruyants, je ne me laisserai pas dénigrer par eux. Et puis une altitude de deux mille mètres ne convient pas à ma santé, mes nerfs sont excités, je ne peux pas dormir la nuit — naturellement tu ne le remarques pas, toi, tu te couches et tu dors déjà. Je souhaiterais avoir tes nerfs, ne fût-ce qu'une semaine ! Nous sommes ici depuis trois semaines — amplement suffisant ! En ce qui concerne la petite, nous avons fait largement notre devoir vis-à-vis de Mary. Nous l'avons invitée, elle s'est reposée, elle s'est amusée, même de trop, maintenant terminé ! Je n'ai aucun reproche à me faire. » « Mais où aller ? Où partir si subitement ? » « A Interlaken ! L'altitude est moins élevée, et nous y rencontrerons les Linsey avec lesquels nous avons eu un si agréable talk sur le bateau. Des gens charmants vraiment, bien différents de cette foule mélangée d'ici, et avant-hier ils m'ont écrit pour nous demander de venir. Si nous partons demain matin, nous serons déjà avec eux pour le dîner. » Anthony proteste encore un peu. « Toujours tout si rapidement ! Faut-il absolument partir demain ? Nous avons le temps. »

Mais bientôt il cède. Il cède toujours, sachant de longue expérience que Claire, quand elle souhaite ardemment une chose, impose immanquablement sa volonté et que toute résistance n'est qu'énergie dépensée en pure perte. En outre cela lui est indifférent. Des êtres qui se suffisent à eux-mêmes sont peu sensibles à l'environnement ; qu'il fasse son poker avec les Linsey ou ici avec les Guggenheim, que la montagne devant la fenêtre s'appelle Schwarzhorn ou Wetterhorn, et l'hôtel le Palace ou l'Astoria, au fond, vu son âge et son flegme, cela lui est absolument égal, il ne veut pas de discussion. Aussi ne lutte-t-il pas longtemps, il écoute patiemment Claire téléphoner au portier, lui donner ses instructions, la regarde, amusé, aller chercher en hâte les valises, et, avec un empressement incompréhensible, y empiler les vêtements ; il allume sa pipe, s'en va à sa partie de cartes et, tandis qu'il les bat et les distribue, ne pense plus au départ et à sa femme, et encore moins à Christine.

Tandis qu'à l'hôtel parents et amis discutent avec passion de la venue de Christine et de son départ forcé, l'automobile grise de Lord Elkins trace son sillage éblouissant dans le ciel bleu de la haute vallée ; souple et hardie, elle descend les virages aux bords neigeux vers la basse Engadine et s'approche déjà de Schuls-Tarasp. Par cette invitation Lord Elkins avait voulu la prendre, pour ainsi dire, publiquement sous sa protection, et la reconduire après une courte promenade. Mais la voyant à côté de lui, adossée au siège, bavardant gaiement, reflétant dans ses yeux candides le ciel, il lui paraît stupide d'abréger pour elle et pour lui un moment si doux, et il donne l'ordre au chauffeur de continuer, toujours plus loin. Ne nous dépêchons pas de rentrer, pense-t-il, tandis que mû par une tendresse irrésistible il lui caresse la main, elle l'apprendra toujours assez tôt. Il faudrait pourtant l'avertir à temps, la préparer doucement, avec ménagement, à affronter ce que lui réserve la société de l'hôtel, afin que la froideur soudaine de l'accueil ne la touche pas trop douloureusement. Aussi essaie-t-il à l'occasion quelques allusions au méchant caractère de la conseillère aulique et la met-il en garde discrètement envers sa jeune amie ; mais, avec la naïveté passionnée de la jeunesse, Christine défend, sans malice, ses pires ennemies : la conseillère est d'une bonté touchante et s'intéresse à tout, quant à son amie de Mannheim, Lord Elkins ne se doute pas comme elle peut être sensée, gaie, spirituelle, elle doit manquer de courage en sa présence. D'ailleurs, tous les gens ici sont merveilleux, si joyeux, si bienveillants à son égard, vraiment, elle a parfois honte d'avoir tant de chance.

Le vieux général baisse les yeux sur la pointe de sa canne. Depuis la guerre il juge sévèrement les hommes, les nations, parce qu'il les sait tous égoïstes, insensibles aux torts qu'ils font aux autres. Dans les marais sanglants d'Ypres et dans une fosse près de Soissons (où son fils est tombé), il a enterré définitivement l'idéalisme de sa jeunesse, un idéalisme qui avait foi en la mission morale de l'humanité et dans le progrès spirituel de la race blanche. La politique le dégoûte, le caractère mondain, impersonnel, des clubs, l'atmosphère théâtrale, guindée, des banquets le rebutent ; depuis la mort de son fils, il évite de nouer de nouvelles relations. Le refus obstiné de sa propre génération de voir la vérité en face, son incapacité à évoluer, à s'intégrer à l'époque actuelle l'irritent, de même chez la génération d'après-guerre l'assurance stupide, arrogante de tout mieux savoir. Chez cette jeune fille il a retrouvé la foi confiante qui accueille confusément le simple fait d'être jeune comme une grâce. En sa présence, il comprend que le pessimisme qu'une nation a sécrété dans la douleur reste heureusement incompréhensible, inacceptable pour la suivante et qu'avec chaque jeunesse commence un renouveau. Il est profondément touché de la voir témoigner une vibrante gratitude à la moindre intention, et une nouvelle fois s'éveille en lui le désir de pouvoir apporter un peu de cette merveilleuse chaleur dans sa propre vie, peut-être de l'unir entièrement à la sienne. Je pourrais, pense-t-il, la protéger encore quelques années, elle ne découvrirait plus alors ou seulement très tard la bassesse du monde qui se courbe devant un nom et foule aux pieds le pauvre. Ah ! — il la regarde de biais : elle a une bouche enfantine qui s'ouvre pour respirer l'air pur de la course et elle ferme en même temps les yeux — quelques années de jeunesse, je n'en demanderais pas plus. Et tandis que, tournée vers lui, reconnaissante, elle bavarde joyeusement, il ne l'écoute qu'à moitié, car un courage subit lui est venu, il se demande comment se déclarer dans cette heure, probablement la dernière.

A Schuls-Tarasp ils prennent le thé. Puis, sur un banc de la promenade, il commence à parler avec précaution, de façon détournée. A Oxford il a deux nièces de son âge, elle pourrait loger chez elles si elle souhaitait venir en Angleterre, ce serait une joie pour lui de pouvoir l'inviter, et si sa compagnie, celle d'un homme âgé, ne lui était pas désagréable, il serait heureux de lui montrer Londres. Il ne sait naturellement pas si elle peut se décider à quitter l'Autriche, si des liens la retiennent là-bas — il veut dire : des liens intimes. La question est claire. Mais Christine tout à sa joie débordante ne comprend pas. Oh non ! Elle aimerait tant voir le monde, et l'Angleterre doit être splendide, elle a souvent entendu parler d'Oxford et de ses régates. Dans aucun autre pays le sport ne procure autant de plaisir, un pays où se savoir jeune doit être magnifique.

Le visage d'Elkins s'assombrit. Pas un mot ne le concernait, elle n'a pensé qu'à elle, qu'à sa propre jeunesse. Il perd à nouveau tout courage. Non, pense-t-il, ce serait un crime d'enfermer dans un vieux château auprès d'un vieil homme un être jeune rayonnant de force. Non, ne pas risquer un refus, ne pas se ridiculiser. Prends congé, mon vieux ! C'est fini ! C'est trop tard !

« N'allons-nous pas rentrer ? demande-t-il soudain d'une voix changée. Sinon je crains que Madame votre tante ne s'inquiète. » « Volontiers », répond-elle, puis avec chaleur : « Ah ! Ce fut si beau, tout ici est d'une beauté unique. » Il s'assoit à côté d'elle dans la voiture, ne parle presque plus, triste pour elle, triste pour lui. Elle ne soupçonne pas ce qui se passe en lui, pas plus que ce qui lui arrive, à elle ; radieuse elle regarde le paysage et sent sous ses joues empourprées par le vent une délicieuse excitation.

A leur arrivée à l'hôtel le gong retentit. Elle serre avec gratitude la main de cet homme qu'elle respecte, et grimpe en courant pour se changer : c'est devenu une opération toute naturelle. Dans les premiers jours, s'habiller pour le soir était chaque fois pour elle sujet de crainte, d'application, de souci, et, en même temps, un jeu joyeux, excitant. Elle revenait sans cesse contempler dans le miroir cette personne surprenante, en grande toilette, qu'elle était devenue. Maintenant elle sait, comme allant de soi, qu'elle est chaque soir belle, élégante, parée. Quelques gestes et la robe diaprée glisse légère sur les épaules, et elle est prête, elle vit déjà dans ce luxe emprunté comme dans sa propre peau ! Un regard par-dessus l'épaule dans le miroir : oui, c'est bien, parfait ! Et déjà elle bondit chez sa tante, elle va la chercher pour le dîner.

Mais à la porte elle s'arrête stupéfaite : une chambre en désordre, complètement vidée, des valises à moitié remplies ; étalés pêle-mêle sur des sièges, le lit, la table, des chapeaux, des chaussures, des vêtements, un fouillis inextricable dans une pièce d'habitude si soigneusement rangée. La tante, en robe de chambre, s'est agenouillée sur une valise récalcitrante pour la tasser. « Quoi... qu'est-ce qu'il y a ? » s'étonne Christine. La tante se garde de lever la tête, mais continue à peser, cramoisie, sur la valise et explique en soupirant. « Nous partons... oh, maudite valise ! Te fermeras-tu... nous quittons l'hôtel. » « Oui, quand... pourquoi ? » Christine en reste bouche bée, elle ne peut remuer un membre. La tante martèle encore une fois la serrure, celle-ci s'enclenche. Elle se redresse en soufflant. « Oui, c'est dommage, je le regrette aussi, Christel. Je l'avais dit depuis le début, Anthony ne supportera pas cet air vif. Il ne convient pas à des gens âgés. Cet après-midi il a encore eu une crise d'asthme. » « Mon Dieu ! » Christine se précipite vers son oncle qui, ignorant de la situation, sort justement de la pièce voisine. Tremblante d'émotion, d'inquiétude, elle saisit tendrement son bras. « Comment te sens-tu, mon oncle ? Mon Dieu, si j'avais pu me douter, je ne serais pas partie. Mais vraiment, ma parole d'honneur, tu as déjà meilleure mine, n'est-ce pas, cela va mieux ? » Elle le regarde, désemparée, sa peur est sincère, réelle. Elle a complètement oublié son propre sort. Elle n'a pas encore compris qu'elle doit partir. Elle n'a saisi qu'une chose : que le brave oncle est malade. C'est pour lui, non pour elle, qu'elle s'inquiète.

Anthony, plus en forme et plus flegmatique que jamais, est péniblement affecté par cette expression si vive, si affectueuse d'une crainte sincère. Peu à peu, il comprend le rôle qui lui est imparti dans une sinistre comédie. « Mais non, chère enfant, dit-il de sa voix bourrue (quelle foutue idée a eue Claire de me mettre en avant). Claire, tu la connais, exagère toujours. Je me sens tout à fait bien, et si cela ne tenait qu'à moi nous resterions ici. » Et, en réaction de la colère que lui cause le mensonge de sa femme, mensonge qu'il a du mal à s'expliquer, il ajoute presque brutalement : « Claire, tu ne peux pas arrêter ce maudit déménagement, nous avons le temps. Nous allons passer cette dernière soirée agréablement avec notre chère nièce. » Malgré cela Claire continue à s'affairer et se tait ; de son côté, Anthony (qu'elle se débrouille, je ne l'aiderai pas à s'en sortir) fixe avec application la fenêtre. Entre les deux, Christine, objet inutile et importun, reste plantée, muette, désemparée, dans la pièce en désordre. Elle devine qu'il s'est produit quelque chose qu'elle ne comprend pas. La lueur de l'éclair passée, elle attend le cœur battant le tonnerre, et il ne vient, il ne vient pas, et doit pourtant venir. Se sont-ils disputés ? Ont-ils reçu de mauvaises nouvelles de New York ? Peut-être des événements à la Bourse, dans leur commerce, un krach bancaire, on lit maintenant cela chaque jour dans les journaux ? Ou bien l'oncle a-t-il vraiment eu une crise et la cache pour la ménager ? Pourquoi me laissent-ils ainsi ? Que faire ? Mais rien, le silence, le silence, rien que des allées et venues affairées et inutiles de la tante, la marche impatiente de l'oncle de long en large, et, dans sa poitrine, le martèlement violent de son cœur.

Enfin — quel soulagement ! — on frappe. Le maître d'hôtel entre suivi d'un serveur portant une nappe blanche. A l'étonnement de Christine, ils commencent à débarrasser la table du nécessaire de fumeur et dressent minutieusement le couvert. « Vois-tu, lui déclare enfin la tante, Anthony pensait qu'il serait préférable de dîner ce soir dans la chambre. J'ai horreur de ces interminables salamalecs du départ et des questions : pour où ? pour combien de temps ? En outre, j'ai emballé toutes mes affaires, et le smoking d'Anthony est dans la valise. Puis, n'est-ce pas, c'est beaucoup plus calme et plus sympathique de dîner ici entre nous. »

Les serveurs arrivent, poussant la table roulante, ils passent les plats posés sur les plaques chauffantes de nickel. Quand ils seront sortis, pense Christine, on devra bien m'expliquer la situation, et elle observe, anxieuse, les visages de ses deux parents : l'oncle, penché sur son assiette, plonge rageusement sa cuillère dans le potage, la tante est pâle et gênée. Finalement elle se lance : « Tu t'étonnes, Christine, que nous nous soyons si vite décidés, mais chez nous, là-bas, tout va quick — c'est l'une des quelques bonnes choses que l'on apprend en Amérique, ne pas traîner quand on n'en a plus envie. Si un commerce ne marche plus, on l'abandonne et on en commence un autre, quand on ne se sent plus à son aise quelque part, on boucle ses valises, et en route, n'importe où. A vrai dire, je ne voulais pas t'en parler parce que tu t'es remarquablement reposée, mais il y a déjà longtemps que nous deux, nous ne nous portons pas bien ici, j'ai continuellement mal dormi, et Anthony ne supporte pas cet air raréfié des hauteurs. Et justement ce matin nous avons reçu, par hasard, un télégramme de nos amis d'Interlaken, et nous nous sommes tout de suite décidés, nous y passerons probablement quelques jours seulement, puis nous irons à Aix-les-Bains. Oui, chez nous, je comprends que cela t'étonne, tout va toujours quick. »

Christine courbe la tête sur son assiette. Surtout,

ne pas regarder la tante ! Quelque chose dans le ton, la volubilité du discours la tourmente. Dans chaque parole l'entrain sonne faux, et la vivacité est artificielle. Cela cache quelque chose. Quelque chose qui va apparaître, qui apparaît. « Le mieux aurait été naturellement que tu puisses nous accompagner, continue la tante, en découpant une aile de poularde, mais Interlaken, je crois, ne te plairait pas, ce n'est pas un endroit pour des jeunes, et puis on peut se demander si ces allées et venues sont indiquées alors qu'il ne te reste que quelques jours de vacances, tu en perdrais plutôt le bénéfice. Ici tu t'es remarquablement reposée, l'air vif t'a fait un effet formidable... Oui, je le dis toujours, pour des jeunes rien ne vaut la haute montagne ; il faudra qu'un jour Dicky et Alvin viennent ici ; par contre, pour de vieux cœurs fatigués, usés, l'Engadine ne convient pas. Évidemment, cela nous ferait plaisir, Anthony s'est bien habitué à toi, mais sept heures pour aller, sept heures au retour, ce serait trop pour toi, et puis nous reviendrons l'année prochaine. Mais, naturellement, si tu veux nous suivre à Interlaken... »

« Non, non », dit Christine, ou plutôt ses lèvres le disent comme on continue à compter pendant l'anesthésie alors que la conscience s'est depuis longtemps évanouie. « Ce que tu as de mieux à faire, à mon avis, est de rentrer directement à la maison, tu as d'ici un train très commode — je me suis renseignée auprès du portier — vers sept heures du matin, tu peux demain soir dans la nuit arriver à Salzbourg et être chez toi après-demain. Je m'imagine la joie de ta mère à te voir si bronzée, en pleine forme, c'est vrai que tu as une mine splendide, il vaut mieux la conserver intacte pour les tiens. » « Oui, oui. » Faiblement les syllabes tombent goutte à goutte de ses lèvres. Pourquoi reste-t-elle encore là ? Tous les deux n'ont qu'une idée, se débarrasser d'elle au plus vite. Mais pourquoi ? Il s'est passé quelque chose... il s'est passé quelque chose. Machinalement elle continue à manger avec, dans chaque bouchée, un goût aigre d'hysope ; elle se rend compte qu'elle devrait parler un peu, d'un air dégagé, pour qu'on ne remarque pas ses yeux brûlants de douleur et sa gorge tremblante de colère, parler calmement d'un sujet matériel, concret, indifférent !

Enfin une idée lui vient : « Je te rapporte immédiatement tes vêtements afin que tu puisses les ranger. »

Et déjà elle se lève, mais la tante la repousse doucement. « Laisse donc, mon petit, cela ne presse pas. Je ne prépare que demain matin ma troisième valise. (Et, dans un mouvement brusque de honte :) D'ailleurs, tu sais, la robe rouge, tu la gardes, je n'en ai plus besoin, elle te va si bien, et naturellement aussi les babioles, le sweater, le linge, c'est évident. Il n'y a que les deux autres toilettes du soir qu'il me faut pour Aix-les-Bains, là, tu sais, l'ambiance est formidable, un hôtel fabuleux à ce qu'on m'a dit, et Anthony s'y portera bien, espérons-le, avec les bains chauds, un air plus doux. »

Le point délicat est ainsi résolu, elle a fait comprendre avec délicatesse à Christine qu'elle doit partir demain. Maintenant tout roule sans heurts, elle raconte, raconte, de plus en plus à l'aise, les histoires les plus marquantes survenues dans les hôtels, pendant les voyages, parle de l'Amérique, et Christine reste assise, éteinte, humble, les nerfs crispés sous cette avalanche stridente, saccadée, de mots inutiles. Si seulement elle terminait ! Elle profite enfin d'une courte pause. « Je ne veux pas vous retenir plus longtemps. L'oncle doit se reposer, et toi aussi, ma tante, tu dois être fatiguée de faire les bagages. Puis-je encore t'aider ? »

« Non, non (la tante se lève aussi), le peu qui me reste, je m'en charge. Et, toi aussi, il vaut mieux que tu ailles au lit de bonne heure. Il faut, je crois, que tu te lèves à six heures. Tu ne nous en voudras pas, n'est-ce pas, si nous ne t'accompagnons pas à la gare ? » « Non, ce serait vraiment exagéré », dit Christine d'une voix sourde en fixant le sol. « Et tu m'écriras, n'est-ce pas, dès ton arrivée tu me donneras des nouvelles de Mary, et, comme promis, nous nous reverrons l'année prochaine. » « Oui, oui », répond Christine. Dieu merci, elle peut partir, encore un baiser à l'oncle qui est très mal à l'aise, un baiser à la tante, et elle part ; sortir d'ici, vite, vite ! Mais, au dernier moment, elle a déjà la main sur la poignée, la tante se précipite. Encore une fois (c'est le dernier coup) la crainte étreint sa poitrine. « Mais, n'est-ce pas, Christel, tu vas tout de suite dans ta chambre te coucher, et bien te reposer. Ne descends pas, sais-tu, sinon... sinon... sinon demain matin tous voudront nous dire au revoir... et nous n'aimons pas cela... Le mieux est de partir sans cérémonie, et ensuite d'envoyer des cartes aux amis... je ne peux pas supporter ces bouquets de fleurs et... le cortège d'adieu. Donc, n'est-ce pas, tu ne descends plus, tu vas immédiatement au lit... tu me le promets. » « Oui, oui, naturellement », répond Christine dans un dernier effort, et elle ferme la porte. Et ce n'est qu'après des semaines qu'elle se rappellera d'avoir oublié au moment du départ de dire au moins un mot de remerciement.

A peine la porte refermée, l'énergie péniblement rassemblée l'abandonne. Comme un animal blessé qui avance encore chancelant, ne se maintenant que par le mouvement, avant que, ses membres le trahissant, il s'écroule, elle se traîne, s'appuyant des mains au mur jusqu'à sa chambre, là elle tombe dans un fauteuil rigide, glacée, inerte. Elle ne comprend pas ce qui s'est passé. Dans son cerveau paralysé elle ne sent que la douleur d'un coup reçu par-derrière sans savoir qui l'a porté. Quelque chose est advenu la concernant, dirigé contre elle. On la chasse, et elle ne sait pas pourquoi.

Désespérément elle tente de réfléchir, mais sa pensée reste engourdie. Dans sa tête tout est flou, bloqué, rien ne répond. Et, de même, un monde rigide l'entoure, car plus épouvantable qu'un cercueil noir, humide, c'est un cercueil de verre, inondé de lumière, éclatant de luxe, au confort outrageant, et silencieux, effroyablement silencieux, alors qu'en elle un cri monte qui exige une réponse : « Qu'ai-je fait ? Pourquoi me chassent-ils ? » Ce face-à-face est insupportable, cette pression confuse comme si l'immense bâtiment avec ses quatre cents personnes, ses pierres, ses traverses et son toit gigantesque pesait sur sa poitrine, et là, cette lumière blanche vénéneuse, le lit aux couvertures fleuries invitant au sommeil, les meubles à un repos serein, le miroir à un regard comblé ; elle a l'impression qu'elle va mourir de froid si elle reste assise ici, souffrante, dans ce fauteuil, ou bien elle va briser les vitres dans une crise de rage folle, ou crier, hurler, pleurer à réveiller l'hôtel. Au moins partir ! sortir ! au moins... elle ne sait quoi. Oui, partir pour ne pas étouffer dans ce silence épouvantable où l'air ne circule plus.

Et soudain, sans savoir ce qu'elle veut, elle bondit, court hors de la chambre, derrière elle la porte restée ouverte bat, et, sous la lumière électrique, le cuivre et le verre se renvoient un éclat inutile.

Elle descend l'escalier comme une somnambule ; tapis, tableaux, ustensiles, marches, lumières, clients, serveurs, femmes de chambre, objets et visages glissent devant elle comme des fantômes. Quelques personnes la regardent, surprises, on la salue et l'on s'étonne qu'elle ne remarque pas. Mais ses yeux sont voilés, elle ne sait pas ce qu'elle voit, ni où elle va et ce qu'elle veut, ses jambes seules descendent précipitamment l'escalier avec une agilité incroyable.

Quelque commande qui règle d'habitude de façon rationnelle ses actions est détruite, elle court sans but, en avant, droit devant elle, poussée par une peur sans nom, irraisonnée. A l'entrée de la salle elle s'arrête tout d'un coup, quelque chose s'éveille en elle, un souvenir, que c'est le lieu où l'on s'attarde, où l'on danse, où l'on rit, où l'on se réunit avec plaisir, et elle s'efforce de comprendre. Pourquoi suis-je là ? Pourquoi suis-je venue ? Et soudain l'élan qui la portait se brise. Elle ne peut plus continuer, et, à peine arrêtée, voit les murs commencer à vaciller, les tapis à glisser, les lustres à décrire de folles ellipses. Je tombe, pense-t-elle, le sol se dérobe sous ses pieds. D'instinct elle saisit de sa main droite une portière et rétablit son équilibre. Mais ses membres sont sans force. Elle ne peut ni avancer, ni reculer. Le regard désespérément fixe, tout le poids du corps appuyé au mur, elle reste immobile, essoufflée, perdue.

A ce moment l'ingénieur allemand vient inopinément à sa rencontre. Il avait voulu aller très vite chercher des photographies dans sa chambre pour les montrer à une amie, et voilà qu'il aperçoit, plaquée contre la paroi, respirant difficilement, avec des yeux ouverts mais aveugles, une étrange silhouette ; au premier coup d'œil, il ne la reconnaît pas. Puis sa voix prend aussitôt son ton plaisant et familier. « Ah, vous voilà ! Pourquoi ne venez-vous pas dans la salle ? Êtes-vous sur la piste de quelque secret ? Et pourquoi... mais... qu'est-ce qu'il y a... qu'est-ce que vous avez ? »

Il la considère, intrigué. Au premier mot Christine a sursauté et elle tremble de tout son corps comme une somnambule qu'un appel inattendu atteint telle une détonation. Ses sourcils dressés d'effroi donnent à son regard une expression hagarde, crispée, elle lève la main comme pour parer un coup. « Qu'avez-vous ? Vous n'êtes pas bien ? » Ce disant, il la soutient, et il était plus que temps, car Christine vacille étrangement, elle a un voile bleu devant les yeux. Au contact de son bras, réconfort d'une chaleur humaine, elle réagit fiévreusement. « Il faut que je vous parle... tout de suite... mais pas ici... pas ici devant les autres... que je vous parle en particulier. » Elle ne sait pas ce qu'elle doit lui dire, elle veut seulement parler, parler à quelqu'un, soulager son cœur.

L'ingénieur, péniblement frappé par le timbre aigu de sa voix d'habitude si calme, pense qu'elle doit être malade, qu'on l'a mise au lit, c'est pourquoi on ne l'a pas vue en bas, qu'elle a dû se lever en cachette — elle a sûrement de la fièvre, on le remarque à ses yeux brillants. Ou bien une crise d'hystérie — on a son expérience des femmes. En tout cas, en premier lieu la calmer, la calmer, ne pas lui laisser s'apercevoir qu'on la tient pour malade, faire semblant de tout approuver. « Mais volontiers, volontiers, Mademoiselle. (Il lui parle comme à une enfant.) Cependant, peut-être pourrions-nous... (Il vaut mieux qu'on ne nous voie pas) peut-être pourrions-nous marcher quelques pas dehors devant l'hôtel... à l'air libre... cela vous fera certainement du bien... la salle ici est toujours terriblement chauffée. »

D'abord la calmer, la calmer, pense-t-il, et, tandis qu'il prend son bras, il tâte furtivement son pouls pour voir si elle est fiévreuse. Non, la main est glacée. Étrange, pense-t-il, de plus en plus mal à l'aise, drôle d'affaire.

Devant l'hôtel, les lueurs vives des hauts lampadaires oscillent, à gauche, l'ombre s'étend sur la forêt. Là elle l'a attendu hier, il semble qu'il y ait mille ans, pas une goutte de son sang ne s'en souvient. Il la conduit doucement de ce côté (de préférence, gagner vite l'ombre, qui sait ce qui lui arrive ?), elle se laisse conduire indifférente. Il réfléchit : occuper son esprit, parler de choses banales, éviter toute conversation sérieuse, bavarder de choses et d'autres, cela apaise le mieux. « N'est-ce pas, c'est beaucoup plus agréable... mettez mon manteau sur vos épaules... ah, une nuit magnifique... voyez les étoiles... c'est vraiment stupide de passer toute la soirée à l'hôtel. »

Mais Christine, toujours tremblante, ne l'entend pas. Que lui font les étoiles, la nuit ? Elle n'a intérêt que pour elle-même, pour son pauvre moi étouffé, oppressé, opprimé depuis des années qui soudain se soulève monstrueux dans sa douleur et déchire sa poitrine. Et brusquement les mots viennent par-delà la volonté, elle saisit rageusement son bras. « Nous partons... demain nous partons... pour toujours... et je ne reviendrai plus jamais, plus jamais... vous entendez, plus jamais... plus jamais... non, je ne le supporterai pas... plus jamais... plus jamais. » Elle a la fièvre, constate avec inquiétude l'ingénieur voyant tout son corps trembler, elle est malade, je vais appeler un médecin. Mais elle se cramponne farouchement à son bras. « Mais pourquoi, je ne sais pas pourquoi... je dois partir si soudainement... il a dû arriver quelque chose... je ne sais pas quoi. A midi ils étaient encore charmants avec moi, ils n'en avaient pas soufflé mot, et ce soir... ce soir ils m'ont dit qu'il me fallait partir demain... demain matin... immédiatement, et je ne sais pas pourquoi... pourquoi veulent-ils se débarrasser de moi si vite... si vite... comme on jette par la fenêtre ce dont on n'a plus besoin... je ne sais comment, je ne sais pas... je ne comprends pas... il a dû se passer quelque chose. »

Ah ! c'est cela, pense l'ingénieur. Soudain tout lui devient clair. Il y a peu de temps, on lui a rapporté les commérages concernant les Van Boolen, il se dit avec effroi que pour un rien il l'aurait demandée en mariage. Maintenant, il comprend, l'oncle et la tante expédient la malheureuse en vitesse afin qu'elle ne leur attire pas de nouveaux désagréments. La bombe a explosé.

Rapidement il envisage la situation, surtout ne pas s'engager maintenant, la distraire, la distraire ! Il se réfugie dans des banalités, ce n'est certainement pas définitif, ses parents vont peut-être réfléchir, et l'année prochaine... Mais Christine ne l'entend pas, ne délibère pas, il faut que sa douleur se manifeste, violente, véhémente, bruyamment en tapant du pied, la fureur d'une enfant abandonnée. « Mais je ne veux pas... je ne retournerai pas à la maison... Qu'y ferai-je ? je ne pourrai plus le supporter... je ne pourrai pas... ce sera ma perte... j'y deviendrai folle... je vous jure que je ne pourrai pas, je ne pourrai pas et je ne veux pas... Aidez-moi... Aidez-moi ! »

C'est le cri déchirant et déjà à moitié étouffé d'une personne qui se noie, car maintenant la voix suffoque, et une crise de larmes la secoue si violemment qu'il en sent les vibrations sur son propre corps. « Non, prie-t-il, ému malgré lui. Non, ne pleurez pas ! Ne pleurez pas ainsi ! » Et, pour la calmer, il l'attire plus étroitement contre lui. Elle se laisse aller et s'appuie molle et lourde sur sa poitrine. Cependant, cet abandon n'est pas celui du plaisir, mais le signe d'un épuisement immense, d'une fatigue sans nom. Elle perçoit seulement qu'elle peut se blottir contre un corps chaud, et qu'une main caresse ses cheveux, qu'elle n'est plus si effroyablement seule, désemparée, rejetée. Progressivement ses sanglots s'apaisent, se font plus contenus, aux détentes nerveuses succèdent des larmes qui coulent plus douces.

L'ingénieur est perplexe. Il est là dans l'ombre de la forêt et cependant à vingt pas seulement de l'hôtel (à chaque instant quelqu'un peut les voir, peut passer près d'eux) et il tient dans ses bras une jeune fille en larmes, il sent comme une onde chaude le frémissement de sa poitrine abandonnée contre lui. Il est pris de pitié, et la pitié chez un homme envers une femme souffrante signifie inconsciemment tendresse. Surtout la calmer, pense-t-il, la calmer. De sa main gauche libre (il la maintient toujours de la droite de peur qu'elle ne tombe) il caresse ses cheveux comme pour l'hypnotiser. Et, pour que les sanglots s'apaisent, il se penche, embrasse sa chevelure, puis ses tempes, enfin la bouche tremblante. Alors, dans un brusque accès de désespoir insensé, elle supplie : « Emmenez-moi, emmenez-moi... partons... où vous voudrez... où tu voudras... je ne le supporterai pas... n'importe où, mais pas là-bas... où vous voudrez... aussi longtemps que vous voudrez... mais partons !

partons ! » Dans sa fièvre ardente elle le secoue violemment. « Emmène-moi ! »

Son compagnon s'effraie. En finir tout de suite, décide-t-il, en homme pragmatique, en finir rapidement, énergiquement. La calmer d'une façon ou d'une autre, la ramener à l'hôtel, sinon l'affaire deviendra épineuse. « Oui, mon petit, bien sûr, mon petit... mais il ne faut pas s'affoler... nous en reparlerons. Réfléchissez jusqu'à demain... peut-être vos parents modifieront-ils leur décision, et vous le regretterez... demain nous y verrons plus clair. » Mais elle insiste, tremblante : « Non, pas demain, pas demain ! Je dois déjà partir demain, de bonne heure... Ils m'expédient comme un colis postal, vite, vite, par courrier exprès... et je ne me laisserai pas ainsi expulser... je ne me laisserai pas... » Et l'étreignant plus fortement : « Emmenez-moi... tout de suite... aidez-moi... je... je ne le supporterai pas. »

Il faut en finir, pense l'ingénieur. Ne pas s'engager. Elle a perdu l'esprit, elle ne sait pas ce qu'elle dit. « Oui, oui, oui, mon petit (il lui caresse les cheveux), évidemment je vous comprends... Nous allons maintenant discuter de tout cela à l'intérieur, pas ici, ici vous ne devez pas rester plus longtemps... vous pourriez prendre froid... sans manteau, dans une robe légère... venez, nous rentrons et nous nous asseyons dans le hall... » En même temps, il dégage doucement son bras. « Venez, mon petit. »

Christine le regarde fixement. Ses sanglots s'arrêtent net. Elle n'a ni entendu ni compris ce qu'il a dit, mais, au milieu de son désespoir insensé, son corps dans ses sursauts inconscients a senti que le bras chaud, tendre, se détache d'elle prudemment. Le corps a le premier compris ce qu'ensuite l'instinct puis le cerveau saisissent, que cet homme l'abandonne, qu'il est lâche, prudent, qu'il a peur, que tous ici veulent la voir partir, tous. Elle sort de son hébétude, un sursaut, et elle lui déclare brièvement, sèchement. « Merci, merci, j'irai bien seule, l'air ici ne me vaut rien. »

Il veut ajouter quelque chose. Sans se soucier de lui, elle le précède, décidée, les épaules raidies. Ne plus voir son visage, ne plus voir personne, plus personne, partir, partir, ne plus jamais s'humilier devant un de ces êtres orgueilleux, lâches, repus, ne plus rien prendre d'eux, ne rien accepter d'eux, ne plus se laisser duper, ne plus se livrer à eux, à personne, à aucun, plutôt crever dans un coin. Et tandis qu'elle traverse la demeure adorée, la salle fêtée, et passe près des gens comme devant des fresques peintes, elle ne ressent plus qu'une chose : de la haine envers lui, envers chacun d'eux, envers tous.

Toute la nuit Christine reste assise, immobile, sur le siège devant la table. Les pensées tournent confusément dans sa tête, autour d'un seul sentiment, que tout est fini. Ce n'est pas un mal précis, analysable, cela reste à l'état de stupeur avec la conscience douloureuse d'un événement obscur, comme, lors d'une opération sous anesthésie, l'on perçoit vaguement la brûlure du bistouri qui ouvre le corps. Car il se passe quelque chose pendant qu'elle reste prostrée, les yeux fixés sur la table comme deux fenêtres vides, quelque chose que son cerveau paralysé ne comprend pas, cet être nouveau, différent, ce double durant neuf jours de rêve, cette irréelle et pourtant réelle Mademoiselle Van Boolen est en train de mourir en elle. Elle est encore dans la chambre que celle-ci occupait, elle a son corps, ses perles autour du cou glacé, la touche de carmin sur les lèvres, sur ses épaules sa robe favorite, légère comme une aile de libellule, mais tout cela frissonne étrangement sur son corps comme le linceul sur le cadavre. Cela ne lui appartient plus, rien d'ici n'est plus à elle de ce monde supérieur, bienheureux, tout est redevenu étranger, objet d'emprunt comme au premier jour. A côté d'elle, le lit blanc avec sa couverture délicate, impeccablement tirée promet douceur et chaleur, mais elle ne s'y étend pas, il ne lui appartient plus. Tout autour, des meubles étincellent, le tapis dispense le silence, mais tout cet attirail de cuivre, de soie, de cristal, elle ne le ressent plus comme sien, pas plus que le gant à sa main ou les perles à son cou, tout cela appartient à cet autre, à son double assassiné, à Christiane Van Boolen qu'elle n'est plus, et qu'elle est encore. Elle tente d'oublier ce moi artificiel et de retrouver l'autre, le véritable, elle s'oblige à penser à sa mère qui était malade et qui est peut-être morte maintenant, mais quelle que soit son application à l'évoquer, il n'en résulte aucune douleur, aucun souci, un sentiment submerge tout, une colère, une colère sourde, rageuse, impuissante qui ne peut s'exprimer et gronde dans son cachot, une colère immense, elle ne sait contre qui, contre sa tante, contre sa mère, contre le destin, la colère d'un être victime d'une injustice. Son âme tourmentée ne retient qu'une chose, qu'on l'a dépouillée, qu'elle doit abandonner son moi ailé pour réintégrer une larve amorphe, aveugle, rampante, et que quelque chose est perdu, irrémédiablement perdu.

Elle reste ainsi assise la nuit entière, emprisonnée dans sa colère comme dans un bloc de glace. Elle n'entend pas à travers les portes capitonnées la vie des autres dans l'hôtel, la respiration paisible des dormeurs, les gémissements de plaisir des amants, les plaintes des malades, les allées et venues inquiètes des insomniaques ; elle n'entend pas à travers la porte vitrée fermée le vent qui, sur le matin, enveloppe le bâtiment endormi, elle n'a conscience que d'elle-même, de sa solitude, dans cette chambre, dans cet hôtel, dans ce monde, une chair qui respire et frémit, encore chaude comme un doigt sectionné mais déjà inutile et sans force. Une dure mort-en-soi, un refroidissement progressif, elle est assise, figée, épiant le moment où le cœur ardent Van Boolen cessera de battre en elle. Au bout d'un temps infini le matin arrive. On entend les domestiques balayer les allées, le jardinier ratisser le gravier : c'est le jour réel, inéluctable, la fin, le voyage. Il s'agit maintenant de faire ses bagages, de partir, de redevenir l'autre, la postière auxiliaire Hoflehner de Klein-Reifling, et oublier celle dont le souffle flottait ici en ondes légères, diaphanes, autour des richesses perdues.

En se levant Christine sent tout d'abord dans ses membres une courbature, une fatigue étourdissante, les quatre pas jusqu'à la penderie lui semblent le voyage d'un continent à l'autre. Péniblement, ses membres engourdis sont inertes, elle ouvre la porte et sursaute, la jupe de Klein-Reifling et la blouse détestée s'y balancent comme un pendu, livide, blanchâtre ; quand ses doigts les détachent du cintre, elle éprouve la même répulsion horrifiée que quelqu'un qui saisit un objet en putréfaction, il lui faut réintégrer ce cadavre nommé Hoflehner ! Elle n'a pas le choix. Rapidement elle se débarrasse de sa robe du soir, celle-ci glisse légère, froufroutante, le long des hanches comme du papier de soie, elle retire pièce par pièce les autres vêtements, la lingerie, le sweater, le collier de perles, les dix à vingt choses ravissantes qu'elle avait reçues, elle ne garde que le cadeau bien précisé, en tout un maigre bagage qui tient facilement dans sa misérable petite valise d'osier. Celle-ci est si vite prête.

Terminé ! Elle jette un dernier regard autour d'elle. Sur le lit les robes du soir, les chaussures de bal, la ceinture, la chemise rose, le sweater, les gants sont étalés pêle-mêle comme si une explosion avait déchiqueté cet être fantasmagorique, Mademoiselle Van Boolen. Christine contemple, tremblante d'effroi, les restes du fantôme qu'elle fut. Elle se retourne pour voir si elle n'a rien oublié lui appartenant. Mais rien ne lui appartient plus. D'autres dormiront dans ce lit, d'autres contempleront par la fenêtre ce magnifique paysage, d'autres se mireront dans cette glace biseautée, mais elle jamais plus, jamais plus. Ce n'est pas un départ, mais une sorte de mort.

Les couloirs sont encore vides lorsqu'elle sort, la petite valise à la main. Machinalement, elle se dirige vers l'escalier de service. Dans ses pauvres vêtements, il semble à Christine Hoflehner qu'elle n'ait plus le droit de descendre le grand escalier recouvert de tapis cloué aux marches bordées par des baguettes de cuivre : timidement, elle préfère prendre l'escalier de fer en colimaçon du personnel près des lavabos. Dans le hall sombre, à moitié rangé, le portier de nuit apparaît à pas lourds, mal réveillé, méfiant. Quoi ? Une jeune fille médiocrement ou plutôt mal habillée, une valise minable à la main, visiblement honteuse, se glisse comme une ombre vers la sortie sans l'informer. Hé là ! Il se précipite et lui barre d'une épaule menaçante la porte à tambour. « Où allez-vous, s'il vous plaît ? » « Je pars par le train de sept heures. » Le portier la regarde, ébahi. C'est la première fois qu'il lui arrive dans cet hôtel de voir un client, et de plus une dame, aller à pied avec sa valise à la gare. Il flaire quelque chose de

louche et interroge : « Puis-je... puis-je vous demander le numéro de la chambre ? » Christine comprend
alors, l'homme la prend pour une resquilleuse, après
tout il en a le droit, qu'est-elle donc ? Le soupçon ne
l'irrite pas, elle éprouve au contraire une sorte de joie
maligne à être, dans sa solitude glacée et dans sa
déchéance, encore fustigée, maltraitée. Rendez-moi
le départ encore plus odieux, encore plus dur, tant
mieux ! Elle répond calmement : « J'ai occupé la
chambre 286, Christine Hoflehner. » « Un moment,
je vous prie. » Le portier libère la sortie, mais suit la
suspecte des yeux (elle le sent) pour qu'elle ne lui
échappe pas tandis qu'il vérifie dans son livre. Puis
d'un ton brusquement changé, après une inclination
rapide, et devenu très poli : « Oh ! je vous prie de
m'excuser, Mademoiselle, je vois que le portier de
jour était au courant du départ... seulement, vu
l'heure matinale... et puis... Mademoiselle ne va pas
porter elle-même sa valise. La voiture la lui emportera vingt minutes avant le départ du train. Veuillez
vous rendre dans la salle du petit déjeuner, Mademoiselle a largement le temps d'en prendre un. »
« Non, je ne prends plus rien. Adieu ! » Elle sort sans
se retourner tandis que le portier la fixe, interdit,
puis regagne le bureau en secouant la tête.

« Je ne prends plus rien. » La phrase lui a fait du
bien. Plus rien et de personne. La valise d'une main,
le parapluie de l'autre, les yeux braqués nerveusement sur la route, elle va à la gare. Les montagnes
sont déjà éclairées, les nuages s'agitent, dans un instant le ciel se couvrira de bleu, le bleu divin, le bleu
gentiane si prisé de l'Engadine. Mais, courbée
comme une malade, Christine ne voit que le chemin ;
ne rien contempler, ne rien accepter, de personne,
pas même de Dieu. Refuser le moindre regard pour

ne pas se rappeler que ces montagnes seront éternellement pour d'autres, pour d'autres les terrains de sport et les jeux, les hôtels et leurs chambres miroitantes, le tonnerre des avalanches et le murmure des forêts, rien n'est plus pour elle, plus jamais, plus jamais. En détournant les yeux, elle passe près des tennis où elle le sait aujourd'hui d'autres jeunes gens bronzés, en tenue blanche éblouissante, la cigarette à la bouche, exerceront, vaniteux, leurs membres souples ; elle passe devant les boutiques encore fermées aux mille objets de luxe (pour d'autres, pour d'autres), devant les hôtels, les bazars, les pâtisseries, dans son imperméable bon marché et avec son vieux parapluie, marchant vers la gare, vers la gare. Partir, partir, ne plus rien voir, ne plus se souvenir de rien.

A la gare elle se dissimule dans la salle d'attente des troisièmes classes, les éternelles troisièmes classes, semblables partout au monde, avec leurs bancs non rembourrés, leur aspect morne et pauvre ; là elle se sent déjà à moitié chez elle, et elle attend l'arrivée du train en gare pour en sortir rapidement, personne ne doit la voir, ni la reconnaître. Mais est-ce une hallucination ? Elle entend son nom : Hoflehner ! Hoflehner ! Quelqu'un ici (est-ce possible ?) crie son nom, ce nom détesté, tout le long du train. Elle tremble. Veut-on encore la ridiculiser à son départ ? Mais l'appel devient de plus en plus clair ; elle se penche à la fenêtre, c'est le portier qui agite un télégramme. Il faut l'excuser, le télégramme était arrivé depuis hier soir, mais le portier de nuit ne savait qu'en faire, et lui-même a appris seulement ce matin son départ. Christine l'ouvre : « Aggravation subite, venez immédiatement, Fuchsthaler. » Et le train part... Tout est fini, tout est fini !

Chaque matière supporte un niveau déterminé de

tension au-delà duquel une augmentation n'est plus possible, l'eau le point d'ébullition, les métaux le point de fusion, les éléments de l'âme n'échappent pas à cette loi inéluctable. La joie peut atteindre un degré au-delà duquel tout ajout n'est plus ressenti, il en est de même pour la douleur, le désespoir, l'abattement, le dégoût, la peur. Une fois emplie jusqu'au bord la coupe n'admet plus la goutte supplémentaire que lui verserait le monde.

Aussi, Christine n'éprouve à la lecture du télégramme aucune douleur nouvelle. La zone claire de sa conscience lui commande bien de s'effrayer, de s'inquiéter, de s'alarmer, mais, en dépit de cet avertissement du cerveau toujours vigilant, le sentiment ne réagit plus, il ne prend pas connaissance du message, il ne répond pas. De même quand un médecin enfonce une aiguille dans une jambe morte, le patient voit l'aiguille, il sait parfaitement qu'elle est pointue et brûlante, maintenant qu'elle pénètre, cela doit faire mal, être terriblement douloureux, et le malade se crispe déjà, contractant tous ses membres dans l'attente de la souffrance. Mais l'aiguille rougie pénètre et, puisqu'il est mort, le nerf ne réagit pas, et l'homme paralysé découvre avec horreur que là, dans le bas de son corps chaud, une partie appartient déjà à la mort. Cette horreur, Christine l'éprouve devant sa propre insensibilité en relisant plusieurs fois le texte. Sa mère est malade. Son état est probablement désespéré, sinon, économes comme ils sont, ils n'auraient pas fait la dépense d'un télégramme. Elle est peut-être déjà morte, elle l'est vraisemblablement. Mais, à cette pensée (qui hier encore l'aurait atterrée), aucun de ses doigts ne tremble, et le muscle qui derrière les paupières commande les larmes ne se déclenche pas. Tout reste figé, et sa propre rigidité gagne tout autour d'elle. Les trépidations du train sous ses pieds, elle ne les perçoit pas, pas plus que la présence sur la banquette de bois d'en face d'hommes rougeauds qui mangent du saucisson et rient, pas plus que les rochers qui tour à tour surgissent devant la fenêtre, puis s'effacent pour faire place à de petites collines fleuries, et baignent leurs pieds dans la mousse blanche des torrents, tous ces aspects du paysage qu'elle ressentait à l'aller comme une création des plus vivantes et qui exaltaient ses sens restent comme pétrifiés pour son regard vide. Ce n'est qu'à la frontière avec les tracasseries de la douane que son corps retrouve sa sensibilité : boire quelque chose de chaud, quelque chose qui dégèle un peu le terrible froid intérieur, qui desserre cette gorge nouée, gonflée, pour qu'elle puisse respirer, donner enfin libre cours à tout ce qui gémit en elle.

Elle se rend au buffet, boit un verre de thé au rhum bouillant. Cela excite le sang, et même ranime les cellules bloquées là-haut dans le cerveau ; de nouveau, elle peut réfléchir, et pense aussitôt qu'il lui faut annoncer son retour par télégramme. Tout de suite à l'angle de la rue à droite, dit le serveur, oui, oui, elle a largement le temps.

Christine cherche le guichet. La vitre est baissée. Elle frappe. On entend un pas traînant, lent, renfrogné, la vitre se lève. « Que voulez-vous ? » demande un visage morose, gris, à lunettes. Christine ne peut répondre sur-le-champ tant elle est stupéfaite. Car cette vieille fille desséchée, flétrie, aux lunettes de métal devant des yeux fatigués, aux doigts jaunis qui tendent automatiquement le formulaire, c'est elle, elle dans vingt ans, un miroir diabolique lui a présenté son fantôme d'auxiliaire des postes ; à peine peut-elle écrire tant sa main tremble. C'est moi, c'est ce que je serai, frissonne-t-elle, observant du coin de l'œil la femme maigre, inconnue, qui, penchée sur le pupitre, attend patiemment, le crayon à la main ; oh, elle le connaît ce geste, ces minutes vides, et comme on donne sa vie à chacun pour vieillir inutile, malheureuse, usée comme ce fantôme. Les genoux tremblants, Christine se traîne jusqu'au train. Une sueur froide perle sur son front, comme à celui qui, en rêve, s'est vu enseveli dans son cercueil, et s'éveille en poussant un grand cri de terreur.

A Saint-Pölten, fatiguée par une nuit de voyage sans sommeil, elle extirpe du train ses membres douloureux, mais déjà, franchissant la voie, quelqu'un court à sa rencontre : l'instituteur Fuchsthaler, il a dû attendre ici la nuit entière. Du premier coup d'œil, elle a tout appris. Il porte une redingote noire, et, comme elle lui tend la main, il la secoue avec compassion ; derrière ses lunettes ses yeux la regardent émus, désemparés. Christine ne pose pas de questions. Son embarras lui a tout dit. Mais, chose étrange, elle n'est pas bouleversée. Elle ne ressent ni douleur, ni saisissement, ni surprise. Sa mère est morte. Peut-être est-ce une bonne chose d'être morte.

Dans l'omnibus de Klein-Reifling, Fuchsthaler lui raconte en détail, avec ménagement, les dernières heures de sa mère. Dans le petit matin il a une mine défaite, grise, un visage pas rasé, les vêtements poussiéreux et fripés. Pour elle, il passait trois, quatre fois par jour chez sa mère ; pour elle, il l'a veillée la nuit. Un ami touchant, pense-t-elle en son for intérieur. Si seulement il s'arrêtait de parler, s'il se calmait et la laissait en repos, s'il cessait de discourir de cette voix émue, endeuillée, en montrant des dents jaunes aux mauvais plombages. Un dégoût physique la prend envers cet homme qui lui était autrefois si sympathique, un dégoût qu'elle se reproche en vain, et qu'elle sent sur ses lèvres comme de la bile.

Sans vouloir comparer, elle revoit cependant les hommes de là-haut, ces gentlemen élancés, brunis, vigoureux, souples, aux mains soignées, aux vêtements sur mesure, et, avec une sorte de curiosité maligne, elle observe les détails ridicules de sa tenue de deuil, la redingote noire retournée, aux coudes élimés, la cravate noire ordinaire, toute faite, sur la chemise bon marché, sale. Insupportablement petit-bourgeois, ridicule à crier, cet homme étriqué, malingre, habillé de noir, cet instituteur de village avec ses oreilles sans couleur, décollées, sa raie aux cheveux rares mal peignés, ses lunettes en métal devant des yeux bleu pâle aux bords rougis, ce visage pointu, parcheminé, sortant du col de celluloïd jaune froissé. Et celui-là voulait... celui-là... Jamais, jamais, pense-t-elle, jamais ! Impossible de se laisser toucher par lui, de s'abandonner à la tendresse timorée, indigne, hésitante, d'un tel homme, affublé comme un étudiant en théologie, impossible ! A cette simple pensée, un tel dégoût lui monte à la gorge qu'il lui semble qu'elle va vomir. « Qu'avez-vous ? » demande Fuchsthaler, inquiet. Il a remarqué le frisson qui l'a parcourue brusquement. « Rien... rien, je crois que je suis seulement trop fatiguée. Je ne peux pas parler, je ne peux rien entendre ! »

Christine se rejette en arrière et ferme les yeux. Immédiatement, elle est soulagée, elle n'est plus obligée de le regarder, ni d'entendre sa voix douce aux paroles consolantes que l'humilité lui rend intolérable. Je devrais avoir honte, pense-t-elle, il est si bon pour moi, il se sacrifie pour moi. Mais je ne peux plus le voir, ni le supporter, je ne peux pas. Jamais plus des gens semblables, des hommes comme lui, jamais, jamais !

Le discours du curé devant la tombe ouverte est bref, car la pluie tombe dru. Impatiemment les fossoyeurs attendent, la pelle à la main, pataugeant d'un pied sur l'autre dans la terre grasse. L'ondée est de plus en plus violente, le curé parle de plus en plus vite, enfin tout est terminé ; en silence et courant presque, les quatorze personnes qui ont accompagné la vieille femme au cimetière rentrent au village. Christine a soudain honte d'elle-même, car pendant toute la cérémonie, au lieu d'être émue, elle a été forcée de penser à de minuscules détails, qu'elle n'a pas de snow-boots, elle voulait en acheter l'année dernière, sa mère lui avait dit que ce n'était pas nécessaire, elle lui prêterait les siens ; que le col du manteau de Fuchsthaler, qu'il a relevé, est râpé, élimé. Que son beau-frère Franz a grossi, qu'il souffle comme un asthmatique quand il marche vite, que le parapluie de sa belle-sœur est déchiré, il faudrait le faire recouvrir. Que l'épicière n'a pas envoyé de couronne, seulement quelques fleurs de son jardin à moitié fanées, attachées avec un fil de fer. Que le boulanger Herdlitschka a fait installer en son absence un nouveau comptoir. La laideur, la mesquinerie, l'aspect odieux de ce petit univers dans lequel elle est rejetée l'assaillent de leurs traits aigus, et la tourmentent à tel point qu'elle reste insensible à une douleur véritable, profonde.

Devant sa maison les gens du cortège prennent congé et courent sans retenue, éclaboussés de boue, sous leurs grands parapluies, jusqu'à leurs domiciles. Seuls sa sœur, le beau-frère, la veuve de son frère et le menuisier qu'elle a épousé ensuite montent avec elle l'escalier grinçant. La pièce ne compte que quatre sièges, aussi Christine fait-elle place aux autres. L'atmosphère dans la salle étroite et sombre est lourde. Des manteaux trempés, accrochés au mur, et des parapluies qui égouttent monte une odeur humide, étouffante, la pluie tambourine contre les vitres, dans l'ombre se trouve, vide et gris, le lit de la morte.

Personne ne parle. Christine propose, gênée : « Vous prendrez bien un café ? » « Oui, Christel, répond le beau-frère, quelque chose de chaud nous fera du bien. Mais dépêche-toi, nous ne pouvons pas rester longtemps, notre train part à cinq heures. » Maintenant, le virginia à la bouche, il respire. Un brave et jovial fonctionnaire de la magistrature qui a déjà comme adjudant du train des équipages pendant la guerre, et encore plus vite pendant la paix, pris de bonne heure une petite bedaine, et qui n'est à son aise qu'en bras de chemise à la maison. Il s'est efforcé pendant toute la cérémonie de prendre un visage attristé de circonstance et de se tenir au garde-à-vous, maintenant il déboutonne un peu sa redingote noire dans laquelle il paraît déguisé et s'adosse confortablement sur son siège. « Il était sage de ne pas avoir emmené les enfants. Nelly a bien un peu pleuré, disant que cela se faisait, que les enfants devaient être présents à l'enterrement de leur grand-mère ; je lui ai répondu qu'il ne fallait pas montrer aux enfants un spectacle triste, et puis ils ne comprennent pas. Ajoutez que c'est très cher le voyage aller-retour, une bonne somme par les temps qui courent. »

Christine moud nerveusement le café. Elle n'est rentrée que depuis cinq heures et a déjà entendu dix fois la formule odieuse détestée, « trop cher ». Fuchsthaler a estimé qu'il aurait été « trop cher » d'aller chercher le médecin-chef de l'hôpital de Saint-Pölten ; au reste, il n'aurait rien pu faire ; la belle-sœur a dit pas de croix en pierre, c'est « trop cher », la sœur l'a dit de la messe des morts, et maintenant le beau-frère du voyage. Sans cesse cela tombe goutte à goutte de leurs lèvres comme dehors la pluie du chéneau, et emporte toute joie. Chaque jour à présent cela continuera à tomber, à résonner : « Trop cher, trop cher, trop cher ! » Christine tremble, d'une main mauvaise elle passe sa colère sur le moulin à café grinçant, partir, partir, ne plus rien entendre, ne plus rien voir ! Les autres, en attendant le café, ont pris place autour de la table et cherchent un sujet de conversation. L'homme qui a épousé la veuve de son frère, qui porte des favoris, reste assis, courbé modestement, parmi les parents par alliance, il n'a pas connu la vieille femme ; de question en réponse la conversation se traîne péniblement en chemin et s'arrête parfois comme si elle butait sur une pierre. Enfin l'interruption du café, Christine dispose quatre tasses — elle n'en a pas plus — puis retourne à la fenêtre. Le silence gêné des autres lui pèse, ce silence qui dure étrangement, qui cache maladroitement une seule et même pensée. Elle sait ce qui va suivre, ses nerfs l'ont perçu ; à côté, dans l'entrée, elle a remarqué deux sacs à dos vides, elle sait, sait parfaitement ce qui va suivre, et le dégoût lui noue la gorge.

C'est le beau-frère qui commence de sa voix bon enfant. « Quel cochon de temps ! Et Nelly, imprévoyante comme elle est, qui n'a même pas pris de parapluie. Le plus simple serait que tu lui donnes celui de maman, Christel. A moins que tu en aies besoin ? » « Non », dit Christine de la fenêtre, et elle frémit. Nous y voilà, on y arrive, mais vite, vite ! « D'ailleurs, enchaîne la sœur comme s'ils s'étaient concertés, le plus sage ne serait-il pas de partager maintenant les affaires de maman ; qui sait quand nous serons de nouveau réunis tous les quatre, Franz a tellement de travail et vous (elle se tourne vers le menuisier) certainement aussi. Et revenir exprès pour cela n'a pas de sens, cela coûtera de l'argent. Je crois que le mieux est de partager tout de suite, es-tu d'accord, Christine ? » « Mais naturellement. (Sa voix devient soudain rauque.) Mais, je vous en prie, partagez uniquement entre vous. Vous avez tous deux des enfants, vous pourrez utiliser les affaires de maman mieux que moi, je n'ai besoin de rien, je ne prends rien, partagez tout entre vous. »

Elle ouvre l'armoire, en retire des vêtements usagés, et les pose (il n'y a pas d'autre place dans l'étroite pièce mansardée) sur le lit de la morte. Hier il était encore chaud. Il n'y a pas grand-chose, un peu de linge, la vieille fourrure de renard, le manteau ouatiné, un plaid, une canne à manche d'ivoire, la broche incrustée de Venise, l'alliance, une petite montre en argent avec sa chaîne, un chapelet, un médaillon en émail souvenir de Maria Zell, puis des bas, des chaussures, les pantoufles de feutre, des sous-vêtements, un vieil éventail, un chapeau cabossé et un missel aux pages usées. Elle n'oublie rien — la pauvre femme possédait si peu — de tout ce bric-à-brac minable, bon pour le mont-de-piété ; puis elle se détourne rapidement et, face à la fenêtre, observe la pluie. Derrière elle, les deux femmes se concertent à voix basse, comparant la valeur des différents objets et se les répartissant. Ce qui revient à la sœur est posé à droite du lit, la part de la belle-sœur est à gauche, entre les deux une paroi invisible, une frontière.

A la fenêtre, Christine respire avec peine. Elle entend le marchandage mesquin bien qu'elles parlent bas, elle voit leurs doigts bien qu'elle tourne le dos au lit de la morte ; de la pitié se mêle à sa brûlante colère. « Comme ils sont pauvres, si misérablement pauvres, et n'en ont pas conscience. Ils partagent une camelote que d'autres ne toucheraient pas du pied, ces vieilles enveloppes de flanelle, ces chaussures usées, ces guenilles follement ridicules leur sont encore choses de valeur. Que savent-ils du monde ? Qu'en devinent-ils ? Mais peut-être vaut-il mieux ne pas se rendre compte de son degré de pauvreté, ne pas se douter combien il est écœurant, répugnant, pitoyable. » Le beau-frère s'approche d'elle. « Voyons, Christel, il n'est pas admissible que tu ne prennes rien. Il faut que tu conserves quelque chose en souvenir de ta mère — la montre peut-être ou au moins la chaîne. » « Non, dit-elle sèchement, je ne veux rien. Vous avez des enfants, c'est normal, je n'ai besoin de rien, je n'ai d'ailleurs plus besoin de rien. »

Comme elle se détourne, tout est déjà terminé, la belle-sœur et la sœur ont chacune pris leur part et l'ont glissée dans leur sac à dos, maintenant la morte est bien enterrée. Les quatre sont debout, confus, un peu honteux ; ils sont contents d'avoir si rapidement et sans discussion réglé cette affaire pénible, et cependant leur satisfaction n'est pas complète. Il faudrait à cette heure, avant que le train ne parte, prononcer quelques paroles solennelles pour effacer le souvenir de l'aspect matériel du partage, ou bien bavarder ensemble comme il sied à des parents. Finalement le beau-frère se souvient et demande à Christine : « Au fait, tu ne nous as rien raconté, comment c'était là-bas en Suisse ? » « Très beau. » La réponse raide a le tranchant d'une lame de couteau. « Je crois bien, soupire le beau-frère, nous aussi nous voudrions y aller, ah, voyager ! Mais on ne peut se le permettre avec une femme et deux enfants, ce serait trop cher, surtout dans une telle contrée de luxe. Que coûte donc une journée dans votre hôtel ? »

« Je ne sais pas », répond Christine à bout de forces dans un souffle. Elle sent que ses nerfs vont craquer. Si seulement ils étaient partis, qu'ils partent ! Heureusement Franz regarde sa montre. Hé là, en voiture, il faut aller à la gare. Mais, Christel, pas de politesses superflues, d'un temps pareil tu n'a pas besoin de nous accompagner. Tu restes ici et tu viendras plutôt nous voir à Vienne ! Maintenant que la mère est morte, il faut nous serrer les coudes. » « Oui, oui », dit Christine impatiente, lointaine ; elle ne les reconduit que jusqu'à la porte. L'escalier de bois craque sous leurs pas lourds, chacun d'eux emporte quelque chose sur les épaules ou à la main. Enfin ils sont partis. A peine ont-ils quitté la maison que Christine ouvre violemment la fenêtre. L'odeur la suffoque, odeur de fumée de cigarette refroidie, de nourriture médiocre, de vêtements humides, odeur de la crainte, du souci, où flottent encore les gémissements de sa mère, l'odeur effroyable de la misère. Devoir vivre ici est épouvantable, et y vivre pourquoi ? Pour qui ? Pourquoi respirer jour après jour cette atmosphère en sachant qu'il existe quelque part un autre univers, l'authentique, celui d'un autre être qui ici, empoisonné par ce remugle, étouffe. Ses nerfs vibrent, tremblent. D'un bond, elle se jette tout habillée sur le lit, mord de ses dents les oreillers pour ne pas hurler de haine, haine brûlante, impuissante. Car maintenant elle hait tout et tous, elle-même et les autres, la richesse et la pauvreté, la vie entière, cette vie pénible, insupportable, incompréhensible.

« Pimbêche, prétentieuse, idiote ! » L'épicier Michael Pointner claque la porte derrière lui si furieusement qu'elle en craque. « Ce que cette péronnelle se permet est inouï, quelle peste ! » « Faut pas t'énerver ainsi. Qu'est-ce que tu as encore ? » Le boulanger Herdlitschka qui l'a attendu à la porte du bureau de poste le tempère d'un large sourire. « On t'a mordu ? » « Mais, c'est la vérité, une impolitesse pareille, une vraie teigne comme on n'en voit pas deux. Chaque fois, elle invente autre chose. Et ceci, et cela, et ça ne va pas ! Elle veut vous embêter, faire l'importante. Avant-hier, ça ne lui a pas plu que j'aie écrit la fiche d'envoi au crayon à encre et pas à la plume ; aujourd'hui, elle me tient tout un discours, qu'elle n'est pas obligée d'accepter des paquets mal ficelés, qu'elle est responsable. Sa responsabilité, je me la mets... J'ai déjà expédié d'ici mille paquets alors que cette dinde mal embouchée picorait encore le fumier. Et quel ton prend-elle ! Elle nous parle de haut, avec des mots recherchés pour nous montrer qu'on est des moins que rien. Qui croit-elle avoir en face d'elle ? Cette fois, j'en ai assez. Qu'elle ne joue pas à ce jeu-là avec moi ! » Une joie maligne brille dans les yeux du gros Herdlitschka. « Mais elle en aurait p't-être bien envie de jouer avec un sacré luron comme toi. Chez ces vieilles filles, malgré elles, on peut pas savoir. Tu lui plais p't-être et pour ça elle te provoque. » « Dis pas de sottises, ronchonne l'épicier, je ne suis pas le seul à qui elle cherche des noises. Hier le régisseur de l'usine m'a raconté comme elle l'a engueulé parce qu'il l'avait un peu plaisantée. "Je vous l'interdis, je suis ici en service", comme s'il était son domestique. Elle est possédée du diable. Qu'est-ce qui lui arrive ? Mais fais-moi confiance, je lui apprendrai à vivre. Avec moi il faut qu'elle prenne un autre ton ou elle verra, même si je dois aller à pied jusqu'à Vienne à la direction des Postes. »

Il a raison, le brave Pointner, qu'arrive-t-il à l'auxiliaire des postes Christine Hoflehner ? Depuis deux semaines tout le village s'interroge. Au début, personne n'a rien dit — mon Dieu, la pauvre fille a perdu sa mère, on a pensé que cela l'avait trop perturbée. Le curé lui a rendu visite deux fois pour la consoler. Chaque jour Fuchsthaler lui a proposé son aide, la voisine a voulu passer la soirée avec elle pour qu'elle ne reste pas seule, la femme de l'aubergiste « Au bœuf couronné » lui a offert de prendre chez elle une chambre avec pension pour échapper aux soucis du ménage. Elle n'a jamais répondu nettement, et on a tout de suite senti qu'elle souhaitait vous voir dehors. Il est arrivé quelque chose à l'auxiliaire des postes Christine Hoflehner, elle ne se rend plus, comme d'habitude, une fois par semaine à la chorale, elle prétend qu'elle est enrouée. Depuis trois semaines elle ne va plus à l'église, elle n'a même pas fait dire une messe pour sa mère. Quand Fuchsthaler propose de lui faire la lecture, elle dit qu'elle a mal à la tête, et, pour une promenade, elle est fatiguée. Elle ne fréquente plus personne ; quand elle achète ses provisions, on croirait qu'elle craint de manquer son train, elle ne dit pas un mot, à personne. Au bureau de poste, elle qui était connue pour son amabilité, sa complaisance, elle est continuellement désagréable, de mauvaise humeur, agressive.

Il lui est arrivé quelque chose, elle le sait elle-même. Comme si, furtivement pendant son sommeil, on lui avait mis goutte à goutte dans les yeux un liquide amer, corrosif, pernicieux qui donne maintenant sa coloration au monde ; tout lui est odieux, hostile, depuis qu'elle le voit odieux, hostile, l'amertume se lève chez elle avec le jour. Le premier regard au réveil rencontre les poutres gauchies, enfumées, de la mansarde. Tout dans la pièce : le lit usagé, la mauvaise couverture, le siège de paille, la table de toilette à la cruche fêlée, le papier qui se décolle du mur, le plancher de bois, tout lui est détestable, elle souhaiterait fermer les yeux et se replonger dans l'obscurité. Le réveille-matin ne le permet pas. En colère elle passe ses vieux vêtements, la robe noire abhorrée. Sous la manche elle remarque une déchirure, elle s'en fiche. Elle ne prend pas l'aiguille pour la raccommoder. Pour quoi faire ? Pour qui ? Pour ces rustres de la campagne elle est toujours trop bien habillée. Continuons, quittons vite cette pièce affreuse et allons au bureau.

Mais le bureau n'est plus ce qu'il était. Ce n'est plus la pièce tranquille, neutre, où les heures défilent lentement, sans bruit comme sur des roues. Quand elle tourne la clef et pénètre dans le local, un silence effrayant semble la guetter. Cela lui rappelle immanquablement un film vu l'année précédente, intitulé *Prison à vie*. Accompagné par deux policiers, un gardien barbu au visage fermé, lointain, conduit le prisonnier, un garçon malingre, tremblant, dans la cellule grillagée, nue. Elle, comme tous les spectateurs, avait alors frissonné à ce spectacle, un frisson qu'elle ressent de nouveau ; elle-même n'est-elle pas en une personne le gardien et le prisonnier ? Pour la première fois elle a remarqué qu'ici aussi les fenêtres sont grillagées, pour la première fois ce bureau aux murs nus, blanchis à la chaux, lui paraît être un cachot. Toutes les choses prennent une signification nouvelle ; des milliers de fois elle regarde ce siège qu'elle a occupé, la table tachée d'encre où elle a disposé les papiers, la vitre qu'elle remonte à chaque ouverture du bureau. Elle constate pour la première fois que l'heure n'avance pas, mais tourne en rond, de douze à un, de un à deux, et de nouveau vers le douze, toujours le même chemin sans progresser d'un pas, toujours remontée par le même service, sans libération possible, toujours emprisonnée dans son boîtier rectangulaire. Et quand Christine s'assoit le matin à huit heures, elle est déjà fatiguée — fatiguée non d'avoir accompli un travail, fourni un effort, mais fatiguée à l'avance de tout ce qui l'attend : les mêmes visages, les mêmes questions, les mêmes manipulations, les mêmes sommes d'argent. Au bout d'un quart d'heure Andreas Hinterfellner, le facteur aux cheveux grisonnants, toujours de bonne humeur, apporte le courrier pour le tri. Auparavant elle l'exécutait mécaniquement, maintenant elle examine longuement les lettres et les cartes postales, principalement celles destinées au château de la comtesse de Gütersheim. Elle a trois filles, l'une est mariée à un baron italien, les deux autres sont célibataires et voyagent autour du monde. De Sorrente arrivent les cartes les plus récentes, une mer bleue qui pénètre profondément dans les terres et y dessine une baie ravissante. L'adresse : Hôtel de Rome. Christine essaie de se représenter l'Hôtel de Rome, et le cherche sur la carte. Une croix y marque la chambre de la baronne au milieu des jardins aux larges terrasses inondées de soleil, entourées d'une haie d'orangers. Malgré elle, son imagination évoque une promenade le soir quand un souffle frais vient de la mer bleue, une promenade avec...

Mais le courrier demande à être trié, continuons, continuons. Voici une lettre de Paris. Elle sait aussitôt que l'expéditrice est la fille de... sur laquelle on en raconte des belles. Elle a eu une liaison avec un Juif enrichi dans le pétrole, puis fut danseuse ou quelque chose de pire, maintenant elle doit avoir quelqu'un d'autre ; exact, la lettre vient de l'Hôtel Meurice, un papier des plus distingués. Christine, furieuse, la jette de côté. Puis viennent les imprimés. Elle en garde quelques-uns destinés à la comtesse de Gütersheim, *La Dame, Le Monde élégant*, et les autres magazines de mode avec des photos. Cela n'a pas d'importance que Madame la comtesse ne les reçoive que par courrier de l'après-midi. Quand tout est calme dans le bureau, elle les retire des bandes d'envoi et les feuillette, elle regarde les vêtements, les photos des stars de cinéma et des aristocrates, les maisons de campagne luxueuses des lords anglais, les voitures d'artistes célèbres. Elle les respire comme un parfum, elle se souvient de toutes les figures, observe les dames en robes du soir, et, non sans passion, les hommes, leurs visages distingués, affinés par le luxe ou brillant d'intelligence, et ses doigts tremblent nerveusement ; elle abandonne les magazines, puis les reprend, curiosité et haine, joie et envie se mêlent tour à tour à la vue de cette société à laquelle elle se sent tout à la fois étrangère et unie.

Elle sursaute toujours quand, plongée dans la contemplation des photos séduisantes, elle entend pénétrer soudain un paysan fruste aux lourdes chaussures, la pipe coincée dans la bouche, les yeux endormis, comme ses vaches, pense-t-elle, qui demande au guichet quelques timbres, et involontairement elle l'interpelle brutalement : « Vous ne pouvez pas lire, il est interdit de fumer ici ! » lui lance-t-elle avec insolence ou quelque autre remarque peu amène ; l'homme à la figure débonnaire en reste interloqué. Cela se produit indépendamment de sa volonté, c'est une impulsion qui l'oblige à se venger sur cet individu en particulier de la bassesse du monde. Après coup, elle a honte, ce n'est pas leur faute à ces pauvres diables s'ils sont si laids, si mal dégrossis, si sales, englués dans la boue du village, je ne suis pas autrement, je suis comme eux. Mais sa colère alliée au désespoir est si forte qu'elle explose contre son gré à chaque occasion. Selon la loi immuable de la propagation de la force, elle doit répercuter d'une manière ou d'une autre sa tension intérieure, et c'est de ce minuscule îlot de puissance, de ce misérable petit pupitre qu'elle peut la décharger contre des innocents. Là-haut, dans un autre univers, elle a senti son existence justifiée, parce que courtisée, désirée ; ici elle ne peut s'affirmer que par la méchanceté, qu'en faisant jouer cette parcelle de pouvoir qu'elle détient comme fonctionnaire. C'est bas, c'est lamentable, c'est mesquin, elle le sait, de faire l'importante vis-à-vis de ces braves gens sans malice, mais elle libère ainsi un peu de sa colère ; et, si elle n'a pas la possibilité de lui donner libre cours contre les humains, elle se retourne contre les choses. Si elle ne peut passer un fil dans l'aiguille, elle l'arrache, un tiroir ferme mal, elle le repousse avec violence dans le meuble ; la direction des Postes lui a envoyé des consignations erronées — au lieu d'une notification polie, elle adresse une réclamation indignée, provocante. Si elle n'obtient pas sans délai une liaison téléphonique, elle menace la collègue d'une plainte en haut lieu ; c'est pitoyable, elle le sait, et elle observe elle-même avec consternation son changement. Mais elle n'y peut rien, il faut qu'elle expulse n'importe comment cette haine, sinon elle en étoufferait.

Son service terminé, elle se réfugie dans sa chambre. Auparavant elle allait assez souvent, quand sa mère dormait, se promener une demi-heure, ou bien elle bavardait avec l'épicière, ou jouait avec les enfants de la voisine ; maintenant elle s'enferme, elle et son hostilité, entre ses quatre murs pour ne pas rudoyer les gens comme un chien hargneux. Elle ne peut plus voir la rue avec éternellement les mêmes maisons, les mêmes enseignes, les mêmes visages. Les femmes dans leurs amples jupes de cotonnade avec leurs cheveux gras tordus en chignon et les bagues à leurs doigts épais lui semblent ridicules, insupportables, les hommes poussifs, ventripotents, mais les plus odieux sont les garçons, singeant les citadins, avec leur chevelure pommadée ; intolérable aussi l'auberge qui sent la bière et le mauvais tabac où la plantureuse et stupide serveuse aux joues rouges tolère les caresses osées et les plaisanteries douteuses de l'adjoint des Eaux et Forêts et du maréchal des logis de gendarmerie. Elle préfère s'enfermer dans sa chambre, mais n'allume aucune lumière pour ne pas voir les objets détestés. Elle reste là silencieuse et ressasse toujours les mêmes pensées. Ses souvenirs sont d'une intensité et d'une précision étonnantes ; maintenant de multiples détails apparaissent que, dans le tourbillon des événements, elle n'avait ni notés, ni ressentis. Elle se rappelle chaque mot, chaque regard particulier, elle retrouve, avec une netteté surprenante, le goût de chaque plat qu'elle a mangé et sur les lèvres le bouquet du vin, la saveur de la liqueur. Elle se remémore le contact de la légère robe de soie sur ses épaules nues, et la douceur du lit blanc. Un grand nombre de choses lui reviennent à l'esprit : le petit Anglais qui l'avait suivie obstinément dans le couloir et était resté un soir devant sa porte, les tendres caresses sur son bras de la petite de Mannheim dont l'évocation fait maintenant frissonner son corps, car elle se souvient après coup d'avoir entendu dire que des femmes peuvent tomber amoureuses entre elles. Heure après heure, elle récapitule chaque seconde, chaque jour de cette période et comprend seulement maintenant combien de possibilités inutilisées et insoupçonnées elle renfermait. Elle demeure ainsi chaque soir dans le silence et le calme et se reporte en rêve dans ce temps pour retrouver celle qu'elle était alors et qu'elle n'est plus, elle le sait, mais, en même temps, refuse de le savoir. Si l'on frappe à la porte — Fuchsthaler tente à plusieurs reprises de venir la consoler — elle ne bouge pas, retient son souffle, et respire de soulagement quand elle entend les pas redescendre l'escalier grinçant. Elle n'a plus que ses rêves, elle ne veut pas les perdre. Lorsqu'elle est fatiguée de les évoquer, elle se couche mais frémit toujours au contact froid, humide sur sa peau habituée au luxe. Il lui faut étendre ses vêtements, son manteau par-dessus la couverture, car elle tremble de froid. Elle ne s'endort que tardivement d'un sommeil agité, peuplé de rêve fantastiques, inquiétants ; en auto elle dévale les montagnes à une vitesse effrayante, elle ressent à la fois la terreur de la chute et la griserie de la course, avec toujours près d'elle un homme qui la tient, l'Allemand ou un autre. Soudain elle s'aperçoit affolée qu'elle est assise nue près de lui, et déjà toute une foule l'entoure et rit, le moteur cale, elle lui crie de le remettre en marche à la manivelle, vite, vite, plus fort, et elle sent jusque dans ses entrailles la secousse du moteur enfin reparti ; et c'est maintenant une joie intense alors que la voiture, à toute vitesse, vole au ras des champs, pénètre dans l'ombre de la forêt, et elle n'est plus nue, mais l'homme la serre contre lui de plus en plus étroitement au point qu'elle gémit et pense perdre conscience. Puis elle se réveille, affaiblie, morte de fatigue, les membres douloureux, elle voit la mansarde, les poutres gauchies, enfumées, vermoulues, et reste étendue épuisée, vidée, jusqu'à ce que le réveille-matin, héraut impitoyable, sonne ; elle se lève, quitte le vieux lit détesté, enfile les vieux vêtements détestés, et commence une journée détestée.

Pendant quatre semaines Christine supporte cet état épouvantable de surexcitation maladive, fruit d'une solitude écrasante, pernicieuse. Puis elle n'y tient plus, la matière de ses rêves est épuisée, elle a revécu chaque seconde du temps d'autrefois, le passé ne la stimule plus. Éreintée, exténuée, elle se rend à son travail, une douleur constante aux tempes, et elle l'exécute somnolente, à demi consciente. Le soir, le sommeil la fuit ; au calme de la mansarde, véritable cercueil rectangulaire, répond l'excitation de ses nerfs, au froid du lit, la fièvre de son corps. Elle ne peut plus le supporter. Un désir irrépressible la prend de voir de sa fenêtre un autre spectacle que l'affreuse enseigne du « Bœuf couronné », de dormir dans un autre lit, de vivre une aventure nouvelle, d'être pour quelques heures une autre. Soudain, c'est plus fort qu'elle, dans le tiroir elle prend les deux billets de cent francs qui lui sont restés du gain touché avec l'oncle, elle passe sa plus belle robe, met ses plus belles chaussures, et, un samedi, son travail terminé, elle court à la gare et prend un billet pour Vienne.

Elle ne sait pas pourquoi elle va à la ville, elle ne sait pas nettement ce qu'elle veut. Simplement fuir, fuir le village, le service, se fuir elle-même et la personne qu'elle est condamnée à être ici. Sentir de nouveau sous elle le roulement du train, voir des lumières, d'autres gens plus ouverts, plus élégants, de nouveau affronter en étrangère le hasard, et ne plus être une pierre encastrée dans le pavé, de nouveau s'ébattre, accueillir le monde avec une âme nouvelle, être une autre.

A son arrivée à Vienne, il est sept heures du soir, elle dépose rapidement sa valise dans un petit hôtel de la Mariahilfer Strasse, et se précipite chez un coiffeur juste avant qu'il abaisse son rideau. Pour se transformer, elle éprouve le besoin de recommencer les mêmes gestes, les mêmes actions que là-bas, dans le fol espoir de retrouver, grâce à des soins habiles et un peu de rouge, l'autre qu'elle fut. A nouveau elle sent ruisseler sur elle des vagues de chaleur, des mains expertes passer caressantes dans ses cheveux. Sur son visage blême, fatigué, un crayon adroit dessine ses lèvres d'autrefois, tant désirées, tant embrassées. Un rien de fard rafraîchit ses joues, une poudre ocrée ressuscite comme par magie le bronzage de l'Engadine. Quand elle se lève dans un nuage de parfum, elle ressent dans ses jambes l'énergie d'autrefois. Plus sûre d'elle, plus droite, elle descend la rue ; si elle ne doutait de sa robe, elle se croirait peut-être de nouveau Mademoiselle Van Boolen. Une lueur tardive éclaire la soirée de septembre, il est agréable de se promener dans la fraîcheur vespérale, elle perçoit avec une certaine excitation que, de temps en temps, un regard aimable la frôle. J'existe encore, pense-t-elle, je suis encore là. Parfois elle s'arrête devant un étalage, voit les fourrures, les robes, les chaussures, et ses regards éblouis se reflètent dans la vitrine. Peut-être cela recommencera, pense-t-elle, et elle reprend courage. Elle suit la Mariahilfer Strasse jusqu'au Ring. Elle observe d'un œil plus vif les promeneurs qui circulent nonchalamment en bavardant, certains d'une réelle distinction. Ce sont les mêmes, se dit-elle, et seule une mince couche d'air m'en sépare. Il y a quelque part un escalier invisible qu'il faut gravir, ne serait-ce qu'un pas à faire, un seul pas. Elle s'arrête devant l'Opéra, visiblement la représentation va commencer, des autos arrivent, bleues, vertes, noires aux vitres miroitantes, à la laque étincelante, accueillies à l'entrée par des laquais en livrée. Christine pénètre dans le hall pour voir les invités. Étrange, pense-t-elle, les journaux parlent de la culture viennoise, du sens artistique de la population qui a créé cet Opéra, et moi, à vingt-huit ans, après avoir passé toute ma vie ici, je vois ce lieu pour la première fois et de l'extérieur, je reste à la porte. Sur deux millions de Viennois, cent mille seulement connaissent cette maison, les autres en ont des nouvelles par leur journal, regardent les photos et n'y pénètrent jamais vraiment. Et qui sont ces privilégiés ? Elle observe les femmes avec un mélange d'inquiétude et d'indignation. Non, elles ne sont pas plus belles que j'étais alors, leur démarche n'est pas plus légère, plus dégagée, tout dépend de la robe et du sentiment d'assurance. Pouvoir entrer avec elles, monter l'escalier de marbre jusqu'aux loges, pénétrer dans l'écrin doré de la musique, dans la sphère des favoris de la fortune et des plaisirs.

La sonnerie résonne ; les retardataires gagnent rapidement le vestiaire, retirant en courant leurs manteaux, le hall se vide. Maintenant le spectacle est à l'intérieur, toujours cette barrière invisible. Christine continue sa marche. Au-dessus du Ring les lampadaires font planer leurs halos de lumière blanche, le boulevard est encore animé. Christine le parcourt sans but. Devant un grand hôtel elle fait halte, attirée comme par un aimant. Une auto vient d'arriver, les grooms chamarrés se précipitent, prennent les valises et la mallette d'une dame d'aspect oriental. Le tambour se met en mouvement et l'engloutit. Christine ne peut continuer sa marche, cette porte l'attire comme un tourbillon, elle éprouve l'envie irrésistible de revoir au moins une fois ce monde désiré. Je vais entrer. Que peut-il m'arriver si je demande au portier : Est-ce que Mme Van Boolen de New York est descendue à l'hôtel ? Ce serait possible. Seulement jeter un regard, rafraîchir, revivifier ses souvenirs, redevenir l'autre, ne fût-ce qu'une seconde. Elle entre, le portier parlemente avec la nouvelle arrivante, elle peut sans encombre pénétrer dans le hall, tout examiner ; des hommes en costume de voyage élégant, de bonne coupe, ou en smoking avec des souliers vernis sont assis dans des fauteuils, ils bavardent en fumant des cigarettes. Dans une niche tout un groupe est installé, trois jeunes femmes qui parlent à voix haute en français avec deux jeunes gens, par moments ils rient de ce rire léger, assuré, musique des favoris de l'existence, qui les grise eux-mêmes. Derrière, dans une vaste salle aux colonnes de marbre se trouve le restaurant. Des maîtres d'hôtel en habit montent la garde à l'entrée. Je pourrais dîner ici, pense Christine, et elle tâte machinalement son sac de cuir pour s'assurer que le porte-monnaie avec les deux cents francs et les soixante-dix schillings qu'elle a emportés y sont toujours. Je peux dîner ici. Quel sera le prix ? Pouvoir être à nouveau attablée dans une telle salle, être servie, remarquée, admirée, choyée, et de plus la musique, car ici aussi on entend en sourdine la musique douce. Mais la crainte est toujours là, tenace. Elle n'a pas le talisman, la robe qui ouvre cette porte. Son assurance disparaît, soudain la barrière invisible se dresse ici aussi, le pentagramme magique de la peur qu'elle n'ose franchir. Ses épaules tremblent, son départ rapide de l'hôtel ressemble à une fuite. Personne ne l'a remarquée, personne ne l'a arrêtée, le sentiment de son insignifiance la rend encore plus faible qu'à son entrée.

De nouveau le long des rues. Où aller ? Pourquoi suis-je venue ? Progressivement les rues se vident, les derniers passants se hâtent, ils rentrent pour le repas du soir. Je vais dîner aussi, pense Christine, dans quelque brasserie, pas dans un restaurant élégant où chacun me regardera, mais dans un endroit animé avec beaucoup de monde. Elle en trouve un et entre. Presque toutes les tables sont occupées, elle en découvre une vide et s'y assoit. Le serveur lui apporte sa commande, elle mastique nerveusement la nourriture, indifférente à ce qu'elle mange. Pourquoi suis-je venue ? Qu'est-ce que je fais ici ? Quel ennui d'être là à fixer la nappe blanche. On ne peut pas toujours manger, commander autre chose, il faudra bien se lever et partir. Mais où ? Il n'est que neuf heures. Un marchand de journaux — une diversion bienvenue — s'approche de sa table, lui propose les quotidiens du soir ; elle en achète deux, pas pour les lire, simplement pour les regarder, pour avoir l'air absorbé, ou sembler attendre quelqu'un. En quoi cela peut-il l'intéresser : des difficultés dans la formation du gouvernement, un meurtre crapuleux à Berlin, les nouvelles de la Bourse. Que m'importe tout ce tapage au sujet d'une cantatrice d'opéra, si elle reste ou non, si elle chantera vingt fois ou soixante-dix fois cette saison, je ne l'entendrai jamais. Déjà elle repose le journal lorsque, à la dernière page, les grands caractères de la rubrique « Distractions » l'attirent. « Où irons-nous ce soir ? » On propose des cabarets, des théâtres, des dancings, des bars. Elle reprend rapidement la feuille et lit les annonces. Dancings : « Café Oxford », « Les Freddi Sisters au Carlton Bar », « Orchestre hongrois », « Le célèbre Jazz nègre, ouvert jusqu'à trois heures du matin, rendez-vous de la meilleure société viennoise ». Se retrouver encore une fois dans un lieu où les autres s'amusent, dansent, se détendent, faire sauter cette cuirasse intolérable qui étreint sa poitrine. Elle note une, deux adresses, celles qui, elle s'est renseignée auprès du serveur, ne sont pas très éloignées.

Elle dépose son manteau au vestiaire ; s'être débarrassée de cette enveloppe odieuse la soulage, et, comme d'en bas monte une musique entraînante, elle descend au bar en sous-sol. Déception, il est encore à moitié vide. Les musiciens de l'orchestre, en veste blanche, se déchaînent sur leurs instruments comme pour forcer à danser les quelques personnes moroses assises aux tables. Mais un seul couple évolue, lui, visiblement un danseur mondain, avec un léger trait de khôl sous les paupières, une coiffure un peu trop apprêtée et un style trop affecté, conduit, sans entrain, une des barmaids de long en large sur la piste de danse rectangulaire. Des vingt tables quatorze ou quinze sont occupées. A l'une d'elle trois dames, des professionnelles sans aucun doute, la première aux cheveux teints blond cendré, la seconde d'allure très masculine, sanglée dans une veste et une jupe noires comme un smoking, la troisième une grosse Juive à la poitrine avantageuse qui boit lentement un whisky avec une paille ; toutes les trois examinent Christine avec une attention particulière, puis elles commencent à rire sous cape et à chuchoter, une débutante ou une provinciale. Les hommes, dispersés dans la salle, probablement des représentants de commerce, mal rasés, fatigués, espérant une aventure quelconque qui les tirerait de leur apathie, se vautrent à leurs tables, boivent du café ou des alcools. En entrant, il semble à Christine que, descendant un escalier, elle pose un pied dans le vide. Elle aimerait mieux faire demi-tour, mais un serveur zélé s'empresse vers cette cliente, demande où Mademoiselle veut prendre place, et ainsi elle s'assoit n'importe où et attend comme les autres, dans ce lieu dit de plaisir mais qui en manque singulièrement, l'événement souhaité qui ne se produit pas. A un moment l'un des hommes (effectivement un représentant d'une manufacture de Prague) se lève lourdement et la traîne sur la piste le temps d'une danse, puis il la reconduit à sa table ; il manque visiblement de courage ou d'envie, lui aussi se rend compte du caractère ambigu de sa partenaire inconnue, ce mélange d'étrangeté, d'indécision, de volonté et de démission, un cas trop compliqué pour lui (il doit prendre demain matin à 6 h 30 le rapide d'Agram).

Toutefois Christine reste encore une heure. Entre-temps deux nouveaux clients se sont assis près des trois dames, et bavardent avec elles. Elle reste seule, brusquement elle appelle le serveur, paie, et, avec dans son dos les regards curieux des autres, elle sort en colère, furieuse, désespérée.

Encore la rue. Il fait nuit. Elle marche sans but.

Tout lui est égal. Égal qu'on la prenne et la jette à l'eau, là dans le canal du Danube, si l'auto qui a failli l'écraser quand elle traversait la rue sans rien voir ne s'était arrêtée à temps. Tout lui est indifférent. Soudain elle remarque qu'un agent de police la regarde d'un drôle d'air, et fait mine de marcher vers elle comme s'il voulait lui poser une question, elle réalise qu'on la prend peut-être pour une de ces femmes qui déambulent lentement dans l'ombre et qui interpellent les hommes. Elle s'éloigne rapidement. Le mieux serait de rentrer chez moi, qu'est-ce que je fais là, je me le demande ? Voici qu'elle entend un pas derrière elle, une ombre se glisse à son côté, son possesseur la rejoint, la regarde bien en face. « Non, Mademoiselle, vous ne rentrez pas déjà ? » Elle ne répond pas, mais il ne la lâche pas, il se met à parler de façon pressante, amusante, quoi qu'elle en ait, cela lui fait du bien. Ne veut-elle pas aller encore quelque part ? « Non, en aucun cas. » « Mais qui rentre déjà à cette heure à la maison ? Pas même un café ? » Elle cède finalement pour ne pas être seule. C'est un garçon sympathique, employé de banque à ce qu'il dit ; il est certainement marié, pense-t-elle. En effet, il porte au doigt une alliance. Quelle importance, elle n'attend rien de lui, seulement ne pas être seule, plutôt se laisser raconter quelques plaisanteries qu'on écoute d'une oreille. De temps en temps elle l'observe, il n'est plus jeune, il a des rides sous les yeux, il a l'air fatigué, éreinté, aussi fripé et froissé que son costume. Mais il parle bien. Pour la première fois elle parle avec quelqu'un ou plutôt laisse son compagnon parler, et elle sait pourtant qu'elle désire autre chose. La gaieté de l'homme lui fait mal. Il raconte des choses amusantes, mais sa gorge à elle reste rongée par l'amertume, et, peu à peu, elle éprouve de la haine envers cet inconnu, joyeux, insouciant, tandis qu'en elle la colère s'accumule. Comme ils quittent le café, il glisse son bras sous le sien. Le même geste que l'autre avait fait devant l'hôtel, et l'excitation qui l'envahit ne vient pas de ce garçon bavard, insignifiant, mais de l'autre, d'un souvenir. D'un coup, la peur la prend, peur de céder finalement à cet inconnu, se donner à quelqu'un dont elle ne veut pas, uniquement par colère, par impatience — et soudain, comme un taxi passe à proximité, elle lève le bras, se dégage et saute dans la voiture, laissant l'homme stupéfait.

Dans sa chambre d'hôtel elle reste longtemps éveillée, entend au-dehors le roulement des autos. C'est fini, on ne peut pas franchir la barrière invisible. Dans son insomnie elle perçoit sa respiration agitée, mais à quoi bon respirer encore ?

La matinée du dimanche passe aussi lentement que cette pénible nuit. La plupart des magasins sont fermés, et cachent leurs articles séduisants derrière leurs rideaux baissés. Pour tuer le temps elle s'assoit dans un café et feuillette les journaux. Elle ne sait déjà plus ce qu'elle se promettait de ce voyage, elle a oublié la raison de sa venue à Vienne, ville où personne ne l'attend, où personne ne veut d'elle. Elle se rappelle qu'elle devait rendre visite à sa sœur et à son beau-frère, qu'elle le leur avait promis, ce serait poli. De préférence y aller après le déjeuner, surtout pas plus tôt, ils pourraient croire qu'elle vient s'inviter. Sa sœur est devenue si intéressée depuis qu'elle a des enfants, ne pense qu'à soi, et économise le moindre bout de chandelle. Jusque-là il y a encore deux, trois heures, elle marche au hasard vers le Ring et s'aperçoit que l'entrée du musée de peinture est gratuite ce jour-là ; elle se promène, indifférente, à travers les salles, s'assoit sur une des banquettes de velours, observe les gens, puis repart, se rend dans un parc, et, avec le temps, sa solitude augmente. Enfin, à deux heures, elle se présente chez son beau-frère, fatiguée comme si elle avait piétiné dans une neige profonde. A la porte d'entrée elle tombe sur toute la famille, le beau-frère, la sœur, les deux enfants, tous endimanchés, et (cela la réconforte) sincèrement heureux de sa visite. « Ah ! ça c'est une surprise ! La semaine dernière j'ai dit à Nelly : on ne la voit plus, il faut lui écrire, et vraiment tu aurais pu venir déjeuner, mais, n'est-ce pas, tu restes avec nous, nous allons à Schönbrunn montrer les animaux aux enfants, et puis il fait si beau. » « Volontiers », dit Christine. C'est bon d'avoir un but, c'est bon d'être en société. Le beau-frère lui donne le bras et lui raconte toutes sortes d'histoires tandis que la sœur s'occupe des enfants. Dans son large visage débonnaire sa langue ne chôme pas, en même temps il lui tapote le bras amicalement. Il va bien, cela se voit à deux cents pas, il est satisfait et se réjouit naïvement de sa satisfaction. Ils ne sont pas encore arrivés à l'arrêt du tramway qu'il lui a déjà confié la grande nouvelle, demain il sera élu secrétaire de circonscription du parti, et à juste titre, car il a milité dès son retour de la guerre, et si tout se passe bien et si la droite est battue il entrera au prochain conseil municipal.

Christine marche à son côté et l'écoute avec plaisir. Il lui est plus sympathique que jamais, ce petit homme simple, comblé à peu de frais, un brave homme, aimable, naïf, confiant. Elle comprend que ses camarades l'élisent à un poste modeste, il le mérite vraiment. Et cependant, lorsqu'elle lui jette un coup d'œil et le voit petit, rougeaud, corpulent, avec ses bajoues et son ventre qui ondule à chaque pas, elle pense avec effroi à sa sœur, mais comment peut-elle... Je ne supporterais pas de me laisser toucher par cet homme. Par contre, dans la journée, il est agréable de se promener avec lui parmi la foule. Devant les barreaux de la ménagerie il est aussi gosse que les enfants. Le voir fait envie : prendre encore du plaisir à de telles vétilles, ne pas aspirer désespérément à l'impossible. Enfin, à cinq heures (les petits doivent se coucher tôt) on décide de rentrer. Tout d'abord caser les enfants dans un de ces tramways du dimanche bondés, puis soi-même, et rester debout là, entassé, dans le bruit saccadé des roues. Un souvenir émerge soudain : l'auto éblouissante, impeccable dans la lumière du matin, l'air au parfum d'aromates, le siège confortable, le paysage défilant à toute allure. Combien de temps rêve-t-elle, elle ne sait pas. Le beau-frère l'avertit d'une tape sur l'épaule. « On descend, tu restes avec nous jusqu'à l'heure du train, nous prendrons un café. Je passe devant, je vous fais de la place. »

Jouant des coudes, il progresse, et, petit, replet, massif, comme il est, il réussit à frayer un étroit passage parmi les ventres, les épaules, les dos qui reculent avec difficulté. Déjà il atteint la porte quand des protestations éclatent : « Ne me plantez pas votre coude dans l'estomac, espèce de malotru ! » lui crie d'une voix mauvaise, coléreuse, un grand homme svelte avec une cape de cycliste. « Qui est un malotru ? » Avec peine l'individu à la cape se faufile dans la cohue, les autres passagers les regardent. Une empoignade verbale menace, mais voilà que le beau-frère change de ton. « Ferdinand, pas possible ! Ça c'est pas mal, pour un peu je me disputais avec toi. »

L'autre aussi reste ébahi, et rit. Et soudain les deux hommes se serrent les mains et se regardent dans les yeux. Ils ne peuvent plus se séparer, le conducteur doit les rappeler à l'ordre. « Si ces messieurs-dames veulent descendre, qu'ils le fassent immédiatement, nous n'avons pas le temps. » « Viens, descends avec nous, nous habitons tout à côté, non, c'est pas possible ! Viens donc, viens ! » Le visage du grand homme svelte à la cape de cycliste est devenu rayonnant. De sa hauteur il pose la main sur l'épaule du beau-frère. « Volontiers, Franz, bien sûr, je vais avec toi. » Ils descendent ensemble. A l'arrêt du tramway le beau-frère reste immobile un moment, après une surprise brutale il lui faut reprendre son souffle, tout son visage est illuminé. « Non, incroyable, qu'on puisse encore se retrouver dans la vie, combien de fois ai-je pensé à toi, où tu pouvais être, combien de fois je me suis proposé d'écrire à ton hôtel pour le demander ? Tu sais ce que c'est, on oublie toujours, on remet au lendemain. Et maintenant te voilà, pour une surprise ! Que je suis heureux ! »

L'inconnu lui fait face, un léger tremblement aux lèvres manifeste aussi son émotion joyeuse. Bien que le plus jeune, il se contrôle mieux. « Laisse, Franz, je te crois, dit-il, et il tape sur l'épaule du petit homme, mais maintenant, présente-moi aux dames, je suppose que l'une est cette Nelly, ta femme dont tu m'as si souvent parlé. » « Naturellement, naturellement, attends un peu, je suis tellement sidéré. Non, vraiment, quel bonheur ! Toi, Ferdinand ! » Et, tourné vers les autres : « Tu sais bien, Ferdinand, Ferdinand Farrner dont je t'ai souvent parlé. Nous avons passé deux ans ensemble dans la même baraque en Sibérie. Le seul — tu le sais bien, Ferdinand —, le seul type convenable parmi toute la racaille de Ruthènes et de Serbes avec lesquels on nous avait entassés, le seul à qui on pouvait parler et faire confiance. Non, pas possible ! Mais maintenant, tu montes chez nous, il y a tant de choses que je voudrais savoir. Non, incroyable ! Si quelqu'un m'avait dit aujourd'hui que j'aurais cette joie — un tramway plus tard, et on ne se serait peut-être jamais revus. »

Christine n'a jamais vu son calme et lourd beau-frère s'agiter ainsi, il grimpe presque en courant l'escalier, d'une bourrade fait entrer en premier son ami ; celui-ci, dont le léger sourire dénote une supériorité indulgente, cède à l'enthousiasme toujours renouvelé de son camarade de guerre. « Retire ta veste, mets-toi à ton aise, assieds-toi ici dans le fauteuil — Nelly, un café pour nous, et de l'alcool et des cigarettes —, laisse-moi te regarder. Tu n'as pas rajeuni, tu m'as l'air diablement maigre. Il faudrait sérieusement t'engraisser. » L'homme subit l'examen avec bonne humeur, la joie enfantine de son ami lui fait plaisir. Son visage dur, tendu, au front proéminent et aux maxillaires fortement dessinés, s'adoucit peu à peu. Christine aussi le regarde et s'efforce de se souvenir d'un tableau qu'elle a vu ce matin au musée, portrait d'un moine par un peintre espagnol dont elle a oublié le nom ; c'est le même visage d'ascète, osseux, presque sans chair, le même trait crispé sous les narines. L'homme tape amicalement sur le bras du beau-frère. « Tu as peut-être raison, on aurait dû continuer à partager comme avec les conserves au camp, tu aurais pu me donner un peu de ta graisse, tu t'en serais facilement passé et ta femme, j'espère, n'y aurait pas trouvé à redire. »

« Raconte-moi, maintenant, Ferdinand, je brûle de curiosité. Quand la Croix-Rouge nous a transportés, moi dans la première fournée, toi dans la seconde avec soixante-dix autres prisonniers, tu devais arriver un jour après nous. Nous sommes restés encore deux jours à la frontière autrichienne, plus de charbon pour les trains. Pendant deux jours je t'ai attendu heure après heure. Dix fois, vingt fois, nous sommes allés demander au chef de gare de télégraphier, mais c'était une sacrée pagaille, et, au bout de deux jours, nous sommes repartis, dix-sept heures de la frontière tchèque jusqu'à Vienne. Et toi, qu'est-ce qui t'était arrivé ? »

« Eh bien, tu aurais pu encore attendre deux ans à la frontière. Vous avez eu de la veine, mais nous, nous avons manqué le coche. Une demi-heure après votre départ, des télégrammes arrivaient : les légions tchèques avaient fait sauter la voie ferrée, demi-tour pour la Sibérie. C'était pas drôle, mais au début on ne l'a pas pris au tragique, une affaire de huit, quinze jours, un mois, a-t-on pensé, mais que ça durerait deux ans, aucun de nous ne l'a cru, et des soixante-dix une douzaine seulement en a vu la fin. Les Rouges, les Blancs, Wrangel, toujours la guerre, on avançait, on reculait, de-ci de-là, ballottés comme des grains dans un sac. Ce n'est qu'en 1921 que la Croix-Rouge nous a rapatriés par la Finlande. Oui, mon vieux, on en a vu de toutes les couleurs, à ce régime on n'engraisse pas. »

« Quelle poisse ! Tu entends, Nelly, pour une demi-heure ! Et je n'en ai rien su, je ne m'imaginais pas que vous ayez pu rester là dans le pétrin, et toi, justement toi ! Qu'as-tu fait pendant ces deux ans ? » « Mon vieux, si je devais tout te raconter, nous n'en finirions pas aujourd'hui. On a aidé à la moisson, travaillé en usine, j'ai livré des journaux et tapé à la machine, j'ai combattu quinze jours aux côtés des Rouges devant la ville, mendié auprès des paysans à l'entrée des troupes. Allons, n'en parlons plus, quand j'y repense aujourd'hui, je ne comprends pas comment je puis être ici à fumer une cigarette. »

Le beau-frère est terriblement excité. « Non, c'est quelque chose ! Non, c'est quelque chose ! On ne sait pas quelle chance on a eu, quand j'y pense, vous seriez restés deux ans de plus seuls, toi et les enfants, on ne peut se le représenter, et c'est un brave type comme toi qui a dû encaisser. Non, c'est quelque chose ! Dieu merci, tu t'en es quand même tiré, dans toute ta déveine tu as eu la chance qu'il ne t'est rien arrivé. »

L'homme prend sa cigarette et l'écrase rageusement dans le cendrier. Son visage s'est assombri. « Oui, pour ainsi dire, j'ai eu de la chance, rien ne m'est arrivé ou presque rien, seulement, tu vois, deux doigts brisés, et encore le dernier jour, on peut appeler cela de la chance, ça s'est passé très simplement. C'était le dernier jour, on n'y tenait plus, nous les derniers qu'on avait entassés dans un baraquement ; à la gare on a vidé un wagon de céréales pour pouvoir continuer la route, soixante-dix hommes dans un wagon au lieu des quarante réglementaires, serrés les uns contre les autres. On ne pouvait même pas se retourner, quant à certains besoins — je ne peux pas le raconter devant les dames. En tout cas, on roulait, c'était le principal. A un arrêt suivant il en est monté encore vingt. A coups de crosse ils sont entrés, l'un poussant l'autre, et encore un, et encore un, bien que cinq ou six eussent déjà été piétinés ; nous avons voyagé sept heures encastrés les uns dans les autres avec en plus les gémissements, les cris, les râles, la sueur, la puanteur. Je m'étais placé face à la paroi, les mains écartées devant moi pour qu'ils ne m'enfoncent pas le thorax contre le bois ; ce faisant j'ai eu deux doigts de cassés et un tendon sectionné, je suis resté six heures sans un souffle d'air, à moitié étouffé ; et le voyage a continué jusqu'au soir. Oui, pour ainsi dire, j'ai eu de la chance, j'ai eu de la chance, un tendon de foutu, deux doigts de cassés, une bricole. » Il lève la main et montre son troisième doigt inerte qu'il ne peut plier. « Une bricole, pas vrai. Un seul doigt après une guerre mondiale et quatre ans de Sibérie. Mais on ne croirait pas ce qu'un doigt infirme peut représenter dans une main. On ne peut pas dessiner, pas question d'être architecte, on ne peut pas dans un bureau taper à la machine, on ne peut pas participer à des travaux de force. Une petite saloperie de tendon, mince comme une cordelette, et toute votre carrière tient à ce fil. Comme si dans le plan d'une maison on se trompait d'un centimètre — une bricole — et voilà que tout le bâtiment s'écroule. »

Franz est accablé, il ne fait que répéter avec consternation : « Non, c'est quelque chose ! c'est quelque chose ! » On voit qu'il aimerait caresser la main mutilée, les femmes elles aussi sont devenues graves et regardent l'homme avec intérêt. Enfin le beau-frère se ressaisit. « Oui, continue, qu'as-tu fait à ton retour ? » « Eh bien, ce que je t'ai toujours dit, reprendre mes études au collège technique, renouer le fil là où il avait cassé, m'asseoir à vingt-cinq ans sur les bancs de l'école que j'avais quittés à dix-neuf ans. A la rigueur j'aurais appris à dessiner de la main gauche, mais là aussi il y a eu un obstacle, oh ! une bricole. » « Quoi donc ? » « Notre société est organisée de telle sorte que les études coûtent pas mal d'argent, et cette bricole m'a justement manqué — toujours des bricoles ! » « Mais, comment donc ? Vous aviez pourtant beaucoup d'argent, tu avais une maison à Meran, des champs, une auberge et la manufacture de tabac, et l'épicerie... Tu m'as bien raconté tout cela... et ta grand-mère qui a toujours économisé, regardant à un bouton près, et qui dormait dans une chambre sans chauffage parce que dépenser du petit bois et du papier pour allumer le feu la désolait. Qu'est-elle devenue ? » « Oh ! elle a encore un beau jardin et une belle maison, un vrai palais. C'est de là que je revenais en tramway, de Lainz, de l'hospice où on l'a admise après de nombreuses et pénibles démarches. Et de l'argent elle en a aussi, un joli tas, un coffret plein à ras bord : deux cent mille couronnes en bons vieux billets de mille. Dans la journée, ils sont dans le coffret, la nuit, sous son lit. Tous les médecins se moquent d'elle, et ça amuse bien les infirmiers. Deux cent mille couronnes, c'était une bonne Autrichienne, et elle a tout vendu : les vignes, l'auberge, la manufacture, car elle ne voulait pas devenir italienne, et elle a placé l'argent en beaux billets de mille couronnes, flambant neufs, imprimés pendant la guerre. Maintenant ils sont sous son lit dans le coffret, et elle jure qu'ils retrouveront leur valeur ; ce ne serait pas possible que ce qui représentait vingt à vingt-cinq hectares, une belle maison en pierre, de vieux meubles de famille et quarante à cinquante années de travail fût à jamais anéanti. Hé oui, la brave femme avec ses soixante-quinze ans ne peut le comprendre. Elle croit toujours au Bon Dieu et à sa justice sur terre. »

Il a tiré une pipe de sa poche, la bourre avec énergie, et commence à fumer à grandes bouffées. Christine sent bien ce que ce mouvement renferme de colère. Cette fureur froide, pure, méprisante lui est familière, elle la reconnaît avec plaisir. Sa sœur détourne les yeux, contrariée. Elle éprouve visiblement une aversion croissante envers cet homme qui, sans égards, enfume la pièce, et avec lequel son mari se conduit comme un gamin. Elle s'irrite de le voir si humble devant cet homme mal habillé, hostile et — cela se sent dans l'air — exhalant l'esprit de révolte, un homme qui jette des pierres dans un étang paisible. Franz lui-même est comme abasourdi, il ne cesse de regarder son camarade d'un air à la fois bonhomme et effrayé, et balbutie son inévitable « Non, c'est quelque chose ! ». Il lui faut un certain temps pour se reprendre et recommencer à questionner. « Mais continue donc, qu'est-ce que tu as fait ensuite ? » « Toutes sortes de choses. Au début j'ai cru que, si je trouvais une activité secondaire, cela suffirait pour pouvoir poursuivre mes études, mais ça n'a pas marché, tout juste assez pour la bouffe quotidienne. Oui, mon cher Franz, dans les banques, les bureaux, les commerces on n'a pas attendu les gars qui ont pris deux hivers de vacances superflues en Sibérie et en sont revenus avec une moitié de main. Partout la même chanson : "Nous regrettons, nous regrettons." Partout les autres sont déjà installés, assis sur leurs larges fesses et avec des doigts intacts, partout à cause de cette "bricole" j'étais à la traîne. » « Mais tu avais droit à une pension d'invalidité, tu es inapte au travail ou tout au moins handicapé, tu dois recevoir une indemnité, c'est ton droit. »

« Tu crois ? J'y ai cru aussi. Je pensais que l'État avait le devoir d'aider quelqu'un qui a perdu sa maison, ses vignobles, un doigt et six années de sa vie. Mais, mon cher, en Autriche tout va de travers. J'ai d'abord cru mes droits suffisants, j'ai été à l'office des pensions, je leur ai montré mes titres de guerre et mon doigt. Mais pas du tout : premièrement, je devais apporter la preuve qu'il s'agissait d'une blessure de guerre ou de ses suites ; ce qui n'est pas facile quand la guerre s'est terminée en 1918 et que la blessure date de 1921, contractée dans des circonstances où l'on ne pouvait établir de constat. Mais, à la rigueur, ça aurait pu s'arranger. Alors ces messieurs firent une grande découverte — là, Franz, tu n'en reviendras pas —, ils ont découvert que je n'étais pas un sujet autrichien, j'aurais dû opter à temps. Et voilà, tout était foutu. » « Mais pourquoi ? pourquoi n'as-tu pas opté ? » « Mais, bon Dieu, ne pose pas de questions aussi stupides que les leurs ! Comme si làbas dans les huttes de chaume et les baraques de Sibérie on avait affiché en 1919 le journal officiel austro-allemand. Mon cher, dans notre village tartare, nous ne savions même pas si Vienne était en Bohême ou en Italie, et on s'en fichait éperdument ; notre seule préoccupation : trouver un morceau de pain à se mettre sous la dent, se débarrasser des poux, et comment se procurer, à cinq heures de là, une boîte d'allumettes et une poignée de tabac. Splendide, c'est alors que j'aurais dû opter pour l'Autriche ! Finalement on m'a remis un vague papier déclarant que "dans l'esprit de l'article 65, ainsi que des articles 71 et 74 du traité de paix de Saint-Germain du 10 septembre 1919 j'étais présumé citoyen autrichien". Mais je te vends ce torchon pour un paquet de tabac égyptien, car dans tous les bureaux je n'en ai pas tiré un radis. »

Cette fois, Franz s'anime, le sentiment de pouvoir intervenir lui rend soudain son ardeur. « Cela je m'en occupe, tu peux me faire confiance, nous en viendrons à bout. Si quelqu'un peut témoigner de tes services de guerre, c'est bien moi, et, par le parti, je connais des députés, ils me faciliteront la voie, et tu

obtiendras une recommandation du conseil municipal — ah, nous y arriverons, tu peux y compter. »
« Merci, mon cher ami, merci pour tout, mais je
n'entreprendrai plus aucune démarche. J'en ai assez.
Tu ne te doutes pas de la paperasse que j'ai dû ras-
sembler, papiers militaires, papiers civils, attestation
du maire, du consulat italien, preuve d'absence de
ressources, et je ne sais encore combien de torche-
culs. J'ai plus dépensé en tampons et en port que la
misérable indemnité annuelle escomptée, et je me
suis usé les jambes à m'en écœurer. Je suis allé à la
chancellerie, au ministère de la Guerre, à la police, à
la justice, on m'a adressé à toutes les portes, j'ai
grimpé et descendu tous les escaliers, utilisé tous les
crachoirs. Non, mon cher, plutôt crever que de
refaire cette course d'abruti de bureau en bureau. »
    Franz le regarde, apeuré, comme pris en flagrant
délit. Son propre confort moral lui pèse, il se sent
coupable. Il le relance : « Que fais-tu maintenant ? »
« Des tas de trucs. Ce qui se présente. Pour le
moment, je suis à Floridsdorf comme technicien du
bâtiment, mi-architecte, mi-surveillant. Convenablement payé du reste, et ils me garderont jusqu'à la
fin des travaux ou la faillite de l'entreprise. Alors je
trouverai autre chose, je ne me fais pas de bile. Mais
ce que je t'avais raconté là-bas quand nous étions
couchés sur nos lits de planches, devenir architecte,
constructeur de ponts, c'est fini. Le temps passé derrière les barbelés à rêvasser, à fumer, à s'abrutir, je
ne le rattraperai pas. La porte de la faculté est fermée, je ne l'ouvrirai plus, la clef, ils me l'ont fait sauter de la main d'un coup de crosse au début de la
guerre, elle est dans la boue de Sibérie. Mais laissons
cela, donne-moi plutôt un cognac — l'alcool et les

cigarettes, c'est tout ce qu'on a appris pendant la guerre. »

Obéissant, Franz lui remplit son verre, ses mains tremblent. «Non, c'est quelque chose ! Un garçon comme toi, si travailleur, si intelligent, si sérieux, qui doit ainsi se décarcasser. Vraiment c'est une honte, j'aurais juré que tu arriverais, et, si quelqu'un l'a mérité, c'est bien toi ; hélas ! il en est advenu autrement, il faut se résigner. » « Il faut ? Voyez-vous ! Je l'ai cru aussi pendant cinq années depuis mon retour. Mais le "il faut" est une noix dure à casser et, on a beau secouer l'arbre, elle ne tombe pas toujours. Dans le monde cela se passe autrement que nous l'avons appris dans notre livre de lecture. Sois toujours loyal et honnête... Nous ne sommes pas des lézards dont les queues repoussent rapidement quand on les a arrachées. Quand, mon cher, on a amputé quelqu'un des six meilleures années de sa vie, de dix-huit à vingt-quatre ans, celui-ci reste de façon quelconque un infirme, même s'il a eu la chance, comme tu dis, de rentrer intact chez lui. Lorsque je cherche du travail, je ne vaux pas mieux qu'un apprenti moyen ou qu'un lycéen médiocre, et, quand je me regarde dans la glace, j'ai le visage d'un homme de quarante ans. Non, nous sommes venus au monde dans une triste époque, aucun médecin ne nous guérira de cette amputation de six années de jeunesse, et qui me dédommagera ? L'État ? Cette super-crapule, ce super-voleur ! Parmi vos quarante ministres, chargés pendant la paix et la guerre des affaires judiciaires, de la sécurité sociale, du commerce, des échanges, montre-m'en un qui veille à assurer à chacun son bon droit. On nous a jetés dans la tourmente aux accents de la marche de Radetzky et en chantant *Dieu sauve la patrie*, et maintenant on nous joue un autre air. Oui, mon cher, quand on est dans la merde, le monde n'est pas joli à voir. »

Franz en reste hébété, il remarque l'air furieux de sa femme, et, dans son embarras, tente d'excuser son ami : « Qu'est-ce que tu dis là ! Ferdi, je te reconnais à peine. Vous auriez dû le voir là-bas, c'était le plus chic et le plus patient des gars, le seul convenable parmi tous ces vauriens. Je me rappelle encore quand ils l'ont amené, un gamin efflanqué, il avait dix-neuf ans à l'époque. Les autres jubilaient à l'idée que, pour eux, l'ouragan avait pris fin, lui était blême de rage d'avoir été capturé pendant la retraite au sortir du wagon sans avoir pu se battre et mourir pour la patrie. Le premier soir, je m'en souviens encore — on n'avait jamais vu cela —, arrivé au front tout juste sorti des jupes de sa mère et du catéchisme, il s'est agenouillé et a prié. Quand l'un de nous s'est moqué de l'empereur ou de l'armée, il a voulu lui sauter à la gorge. Voilà ce qu'il était, le plus valeureux d'entre nous, il croyait tout ce qu'imprimaient les journaux et les communiqués militaires, et maintenant il parle ainsi. »

Ferdinand le regarde, l'air sombre. «Je sais que j'ai tout gobé comme un gamin. Mais vous vous êtes chargés de me détromper ! Ne m'avez-vous pas dit, dès le premier jour, que tout n'était que bourrage de crâne, que nos généraux étaient des incapables, les officiers d'intendance de fieffés voleurs, et celui qui ne se rendait pas, un imbécile ? Et qui était là-bas le super-bolcheviste, moi ou toi ? Qui, espèce d'andouille, a discouru sur le socialisme international et la révolution mondiale ? Qui a le premier brandi le drapeau rouge et est allé dans le camp des officiers arracher leurs insignes ? Eh bien, souviens-toi un peu ! Qui du palais du gouverneur a tenu un grand discours à côté du commissaire des Soviets, déclarant que les militaires autrichiens prisonniers n'étaient plus les mercenaires de l'empereur, mais les soldats de la révolution mondiale, qu'ils rentreraient dans leurs foyers pour abattre l'État capitaliste et construire une société d'ordre et de justice ? Hein ! Qu'est-il advenu du grand nettoyage maintenant que tu as trouvé ton plat favori et ta chope de bière de Pilsen ? Où, monsieur le super-socialiste, si je puis me permettre de vous le demander, avez-vous fait votre révolution mondiale ? »

Nelly se lève brusquement et se met à débarrasser la table. Elle ne cache pas sa colère de voir, dans son propre appartement, son mari se laisser réprimander comme un gamin par cet étranger. Christine aussi remarque le mécontentement de sa sœur mais avec une satisfaction étrange, pour un peu, elle éclaterait de rire en contemplant son beau-frère, le futur secrétaire de la circonscription, assis tout penaud, et en l'entendant s'excuser fort gêné : « Nous avons pourtant fait tout ce qu'il fallait faire, la révolution dès le premier jour. » «La révolution ? Tu m'accorderas encore une cigarette pour que je puisse souffler sur votre révolution d'opérette. Vous avez retourné et repeint l'emblème autrichien, mais, respectueux et obéissants, vous n'avez touché à rien dans la boutique, laissant en haut ce qui y était, et en bas de même, vous vous êtes gardés d'user de vos poings et de tout chambouler de fond en comble. Vous avez représenté une pièce de Nestroy[1], mais pas une révo-

---

1. Jean Népomucène Nestroy (1802-1862), acteur et auteur dramatique autrichien. En son temps, comme interprète et comme créateur, le représentant le plus caractéristique de la comédie populaire viennoise. (N.D.T.)

lution. » Il se lève, marche vivement de long en large et s'immobilise soudain devant Franz. «Ne te méprends pas sur mon compte, je n'arbore pas le drapeau rouge. J'ai vu de trop près ce qu'est une guerre civile, et me brûlerait-on les yeux que je ne pourrais plus l'oublier. Lorsque les Soviets ont repris un village — par trois fois passé des Rouges aux Blancs —, on nous a rassemblés pour ensevelir les morts, je les ai enterrés de mes propres mains, des cadavres carbonisés, déchiquetés, des enfants, des femmes, des chevaux, pêle-mêle, un spectacle horrible et une puanteur ! Depuis, je sais ce que signifie la guerre civile, et si je pouvais rapporter du ciel la justice éternelle au prix de telles atrocités, je ne le ferais pas. Ça ne me concerne plus, ça ne m'intéresse pas, je ne suis ni pour, ni contre les bolchevistes, ni communiste, ni capitaliste, ça m'est égal, mon seul souci : l'homme que je suis, et le seul État que je veuille servir, mon travail. Mais comment assurer le bonheur de la prochaine génération, de telle ou telle manière, par le communisme, le fascisme ou le socialisme, je m'en fiche, qu'est-ce que ça peut me faire comment elle vivra ! mon seul souci : comment reconstruire ma vie en miettes et réaliser ce pour quoi je suis né. Quand j'en serai arrivé là où je le désire, quand j'aurai remis de l'ordre dans ma vie, alors peut-être le soir, après le repas, je réfléchirai comment remettre de l'ordre dans le monde. Mais, tout d'abord, il me faut savoir où j'en suis. Vous avez le temps, vous, de vous préoccuper d'autres choses, moi, uniquement des miennes. »

Franz esquisse un geste. « Mais non, Franz, tu n'es pas visé. Je sais que tu es un brave type, je te connais comme ma poche, je sais que si tu le pouvais tu serais prêt à vider pour moi la banque d'État, à me faire nommer ministre. Je sais que tu es débonnaire, mais voilà justement notre faute, notre crime, d'avoir été si débonnaires, si naïfs, et c'est ainsi que les autres nous ont manipulés à loisir. Non, mon cher, pour moi, c'est terminé. Qu'on ne me raconte pas que d'autres sont encore plus mal lotis, ou que j'ai eu de la chance parce que tous mes os sont intacts et que je marche sans béquilles. Qu'on ne vienne pas me dire qu'il faut se contenter de pouvoir respirer et manger à sa faim, et qu'ainsi tout est en ordre. Je ne crois plus à rien, ni en Dieu, ni en l'État, ni à un sens quelconque du monde, à rien. Aussi longtemps que je n'aurai pas le sentiment d'avoir acquis ce qui me revenait, mon droit à la vie, aussi longtemps que je ne l'aurai pas, je dirai que l'on m'a volé, que l'on m'a trompé. Je ne céderai pas avant d'être sûr de vivre ma vie authentique et non de subsister grâce aux déchets que les autres rejettent ou vomissent. Peux-tu comprendre cela ? » « Oui. » Tous relèvent brusquement la tête. Quelqu'un a prononcé à voix haute et passionnée ce « oui ». Christine s'aperçoit que tous la regardent et rougit. Elle avait seulement conscience d'avoir pensé profondément ce « oui » et, à son insu, il s'était échappé de ses lèvres. Elle reste confuse, devenue le point de mire de la curiosité générale. A cet instant Nelly bondit. Elle a enfin l'occasion de laisser exploser sa colère. « De quoi te mêles-tu ? Qu'est-ce que tu y entends ? Comme si tu avais eu quelque chose à voir avec la guerre ! » D'un coup, la pièce est chargée d'électricité. Christine aussi est heureuse de pouvoir donner libre cours à son irritation. « Absolument pas, absolument pas ! Si ce n'est qu'elle nous a ruinés, si ce n'est que nous avions un frère, tu l'as peut-être oublié, oublié aussi la fin misérable de notre père et tout le reste... tout le reste. » « Mais toi tu n'as manqué de rien, tu as une bonne situation, tu devrais être contente, » « Ainsi je devrais être contente, peut-être même remercier le sort de m'avoir placée dans ce trou de bouseux ? Il ne semble pas t'avoir plu particulièrement puisque tu ne venais voir maman qu'aux fêtes carillonnées. Tout ce que M. Farrner a dit est vrai. On nous a volé des années et rien donné en échange, pas un moment de repos, de joie, pas de vacances, de détente. » « Tiens ! pas de vacances ! Et elle revient de Suisse, des hôtels les plus chics, et elle se plaint. » « Je ne me suis jamais plainte, c'est toi que j'ai entendue te plaindre durant toute la guerre. Quant à la Suisse... Justement, ce que j'ai vu là-bas me donne le droit de parler. Je sais seulement maintenant ce... ce qu'on nous a pris... comment on a saboté notre vie... ce que j'ai... »

Elle perd soudain son assurance, elle sent que l'homme la regarde avec insistance et émotion. Elle est troublée d'avoir peut-être trop révélé d'elle-même, et elle baisse le ton. « Il n'est pas question de comparer, d'autres ont naturellement souffert beaucoup plus. Mais chacun de nous en a eu assez, a eu sa part. Je n'ai jamais rien dit, je n'ai jamais été à la charge de quiconque, je ne me suis jamais plainte. Mais, quand tu viens me dire... » « Du calme, les enfants ! Ne nous disputons pas (Franz s'interpose.) Ça servira à quoi, qu'y pouvons-nous tous les quatre ? Assez de politique, on finit toujours par se disputer. Parlons plutôt d'autre chose, ne me gâchez pas ma joie. Vous ne pouvez pas savoir quel plaisir j'éprouve à le voir à côté de moi, même s'il rouspète et me rudoie, je suis heureux quand même. »

La paix règne à nouveau dans le petit groupe, comme, après un orage, souffle un air plus frais.

Pendant un moment ils savourent tous ce silence, cette détente, puis Ferdinand se lève de son siège. « Il faut que je parte ; appelle donc tes garçons, je voudrais bien les voir. » On va les chercher ; curieux, intrigués, ils regardent l'étranger. « Ça c'est Roderich, celui d'avant-guerre, je t'en ai entendu parler, et le second que tu ne connaissais pas, comment s'appelle-t-il ? » « Joachim. » « Joachim ? N'aurait-il pas dû s'appeler autrement, Franz ? » « Mon Dieu Ferdi, je l'avais totalement oublié. Vois-tu, Nelly, nous nous étions promis de nous prendre mutuellement comme parrains, si nous en réchappions et si nous avions un enfant. Je l'avais totalement oublié. Tu ne m'en veux pas ? » « Mon vieux, je crois que tous les deux nous ne pouvons pas nous en vouloir. Si nous avions eu envie de nous disputer, nous avions là-bas largement le temps, mais, tu vois, c'est la preuve. Que nous ayons tout oublié avec le temps met le point final. C'est peut-être mieux ainsi. (Il passe sa main dans les cheveux de l'enfant, et une lueur affectueuse brille dans ses yeux.) Peut-être le prénom ne lui aurait-il pas porté chance. »

Il est maintenant très calme. Depuis sa caresse à Joachim, un peu de la douceur de l'enfance est revenu sur son visage. C'est d'un ton calme, conciliant, qu'il s'adresse à Nelly. « Ne m'en veuillez pas, madame... je sais, je ne suis pas un hôte facile, et j'ai bien remarqué que ma conversation avec Franz ne vous était pas agréable. Mais quand pendant deux ans on s'est mutuellement épouillé la tête, rasé, qu'on a mangé dans la même auge et reposé dans la même ordure, ce serait une imposture de plastronner et de mettre des gants. Quand on rencontre un vieux camarade, on retrouve le langage de là-bas, et, si je l'ai un peu maltraité, c'est parce qu'un moment la colère m'a pris. Il sait bien, et je le sais, que rien jamais ne nous séparera. C'est à vous seule que je présente mes excuses, je comprends que vous soyez contente de me voir descendre l'escalier. Parole d'honneur, je le comprends. »

Nelly dissimule son courroux. Il a exactement exprimé ce qu'elle pensait. « Non, non, je serai toujours heureuse de vous accueillir, et pour mon mari rencontrer un camarade est une bonne chose. Venez donc déjeuner un dimanche, ce sera un plaisir pour nous tous. » Cependant le mot « plaisir » ne résonne pas, il n'est pas convaincant, et la main qu'il serre est froide, distante. Il prend ensuite, sans un mot, congé de Christine. L'espace d'une seconde, elle sent son regard curieux, chaleureux, puis il sort suivi de Franz. « Je t'accompagne jusqu'à la porte de l'immeuble. »

Ils sont à peine dehors que Nelly ouvre violemment les fenêtres toutes grandes. « Comme ils ont enfumé la pièce, c'est à étouffer », dit-elle à Christine en s'excusant et elle vide d'un coup le cendrier sur le rebord en zinc de la croisée avec un bruit aigu, strident comme sa propre voix. Christine comprend son émotion. Tout ce qui est entré avec cet homme, Nelly veut le chasser par ces gestes. Christine regarde sa sœur comme une étrangère ; comme elle est devenue dure, maigre, si maigre, si desséchée, elle autrefois si légère, si leste. Comme un avare à son argent elle se cramponne à cet homme, elle ne veut rien céder, pas même à un ami. Il le lui faut tout entier, soumis, travaillant bravement et économisant pour qu'elle soit bientôt la femme du secrétaire de circonscription. Pour la première fois de sa vie, elle contemple sa sœur, devant laquelle elle s'inclinait toujours respectueusement, avec mépris, avec haine, parce qu'elle ne comprend pas, parce qu'elle ne veut pas comprendre.

Heureusement Franz remonte. Mais un silence épais, inquiétant, s'établit de nouveau entre eux dans la pièce. Timidement il s'approche des deux femmes à petits pas discrets comme s'il s'aventurait en terrain peu sûr. « Tu es resté un bon moment en bas avec lui, moi ça ne me gêne pas, nous aurons encore assez souvent le plaisir de sa visite. Quand quelqu'un est en bas de l'échelle, il grimpe volontiers les degrés chez les autres. » Franz en reste stupéfait. « Voyons, Nelly, qu'est-ce qui te prend ? Tu ne sais pas quel homme c'est. S'il avait voulu venir pour obtenir quelque chose, il serait venu depuis longtemps. Il aurait trouvé mon adresse dans l'annuaire de mon service. Tu ne comprends pas qu'il n'est justement pas venu parce que sa situation était mauvaise. Il sait bien que je lui donnerais tout ce dont il a besoin. » « Oui, tu es d'une grande générosité envers les gens de cet acabit. En ce qui me concerne, tu peux le rencontrer, je ne te l'interdis pas. Mais ici, chez nous, je n'en veux plus, regarde le trou qu'il a fait avec sa cigarette, et regarde le plancher, il ne s'est même pas essuyé les pieds, ton ami, on peut balayer maintenant. Mais si ça te fait plaisir, je ne m'y oppose pas. » Christine serre les poings, elle a honte de sa sœur, honte pour son beau-frère qui reste soumis, à court d'arguments devant la dureté inflexible de sa femme. L'atmosphère est insupportable. Elle se lève. « Il faut aussi que je parte, sinon je manquerai mon train, ne m'en veuillez pas de m'être imposée si longtemps. » « Mais non, dit la sœur, reviens nous voir bientôt. » Elle dit cela comme on dit bonsoir à un étranger. Quelque chose les sépare : l'une hait l'esprit de révolte, l'autre le confort moral de sa sœur.

Tandis que Christine descend l'escalier, elle a soudain l'intuition que l'homme doit l'attendre en bas. En vain, elle essaie de chasser cette pensée, il ne lui a jeté par curiosité qu'un regard rapide, ne lui a adressé aucune parole ; elle ne sait d'ailleurs pas si elle souhaite ou non une telle rencontre, mais l'idée s'incruste en elle avec une force étonnante au fur et à mesure qu'elle descend les marches, à la fin, c'est presque une certitude. Aussi n'est-elle pas particulièrement surprise lorsque, sortant du porche, elle voit flotter la cape de cycliste et l'étranger se dresser devant elle ; il semble inquiet, intimidé.

« Excusez-moi, mademoiselle, de vous avoir attendue, dit-il, d'une voix toute différente, d'une seconde voix en quelque sorte, timide, embarrassée, réservée, et non plus comme l'autre, dure, énergique, agressive, mais pendant tout ce temps, je me demandais avec anxiété si elle ne s'était pas... si votre sœur ne s'était pas fâchée contre vous... Je veux dire, comme je me suis montré grossier avec Franz, et que vous... vous m'avez donné raison... Je regrette de l'avoir ainsi malmené... Je sais qu'il n'est pas convenable de se conduire ainsi dans une maison étrangère et devant des étrangers, mais, ma parole, je ne pensais pas à mal, au contraire... C'est un si brave type, un ami formidable, un homme vraiment, vraiment bon, comme on en rencontre peu... En vérité, quand je l'ai vu devant moi, j'ai failli lui sauter au cou et l'embrasser, lui témoigner ma joie comme il me l'a témoignée... Mais, vous devez me comprendre, j'ai eu honte... honte devant vous et votre sœur, on a l'air si ridicule aux yeux des autres quand on s'abandonne à la sentimentalité... et c'est justement parce que j'avais honte que je me suis emporté bêtement contre lui... Je n'y peux rien, je n'y peux vraiment rien. Ce fut plus fort que moi, en le voyant installé replet et satisfait avec sa petite bedaine, sa tasse de café et son gramophone, j'ai voulu le taquiner, le provoquer un peu... Vous ne l'avez pas connu là-bas, c'était le plus enragé, du matin au soir il discourait sur la révolution, parlait de démolir, de reconstruire, et aujourd'hui quand je l'ai vu douillettement établi, un vrai pantouflard satisfait de tout, de sa femme, de ses gosses, de son parti, de son appartement dans un immeuble collectif avec des fleurs au balcon, un petit-bourgeois en paix avec Dieu et le monde... alors ça m'a pris de le coincer, d'ébranler ses certitudes ; et votre sœur a cru naturellement que j'étais envieux parce qu'il a réussi... Mais je vous jure, j'étais heureux que tout aille bien pour lui, et si je l'ai un peu enguirlandé... c'était... c'était justement parce que j'avais tellement envie de lui taper sur l'épaule, ou sur le ventre, de l'étreindre, ce vieux Franz, mais j'avais honte devant vous... »

Christine est forcée de sourire. Elle comprend aussi l'envie de frapper sur le ventre du brave beau-frère d'un geste de bonhomie un peu railleuse. « Oui, dit-elle pour l'apaiser, j'avais tout de suite compris. C'était un peu pénible de le voir exprimer sa joie avec tant d'exubérance, il était tellement aux petits soins, je comprends votre gêne. » « Ça... ça me fait plaisir de vous entendre, votre sœur n'a pas remarqué, ou peut-être a-t-elle à juste titre remarqué qu'aussitôt après m'avoir vu il était devenu un autre homme... un homme qu'elle ignorait, dont elle ne sait pas que, pendant le temps où nous étions enfermés comme deux détenus dans leur cellule, ensemble jour et nuit, nuit et jour, nous nous connaissions mieux l'un l'autre que mari et femme ; et que, si je voulais, je pourrais l'entraîner à faire n'importe quoi, et lui de même. Elle l'a si bien senti que j'ai essayé de le dissimuler et de me conduire comme si j'éprouvais de la colère ou de l'envie à son égard... C'est vrai, je déborde peut-être de colère... mais je n'ai jamais envié quelqu'un, je parle de l'envie qui vous fait dire : je désire une vie facile pour moi et dure pour les autres. Je concède à chacun son bonheur, mais naturellement... je n'y peux rien, personne n'y peux rien, impossible de ne pas penser, quand on voit les autres bien au chaud, pourquoi pas moi aussi... Vous me comprenez bien... Je ne dis pas pourquoi pas moi à leur place, mais pourquoi pas moi aussi. »

Christine s'arrête involontairement. L'homme à son côté a dit exactement ce qu'elle pense depuis longtemps déjà. Il a exprimé avec netteté ce qu'elle ressentait confusément. Ne rien enlever aux autres, mais obtenir son dû, sa part d'existence, ne pas rester en bas, dehors, les pieds dans la neige, tandis que les autres sont bien installés à l'intérieur. Il se méprend sur cet arrêt, pense qu'elle a assez de sa compagnie, qu'elle veut prendre congé. Il reste devant elle irrésolu et fait mine de se découvrir. En suivant son geste, elle aperçoit d'un regard rapide les mauvaises chaussures éculées, le pantalon froissé, effrangé aux bords, elle comprend que c'est cette pauvreté visible qui rend cet homme énergique si hésitant devant elle. En cette seconde elle se revoit devant l'hôtel de Pontresina, retrouve le tremblement d'alors, de la main qui portait la valise, et elle comprend le manque d'assurance de l'homme comme si elle habitait son corps. Aussitôt elle éprouve le besoin de lui venir en aide, ou plutôt à elle-même dans la peau de l'autre. « Il faut que j'aille à la gare maintenant, dit-elle, et remarque non sans un peu de fierté son trouble, mais si vous voulez m'accompagner... » « Oh ! avec grand plaisir. » Et l'éclat ému, heureux, de sa voix lui est très agréable.

Il peut se permettre de marcher près d'elle, mais il s'excuse encore. « C'était stupide de ma part, et je m'en veux, je n'aurais pas dû le faire. Je n'aurais pas dû en parlant ignorer votre sœur, c'est sa femme, et je suis pour elle un étranger. Il aurait été convenable que je m'inquiète d'abord des enfants, s'ils travaillaient bien, et dans quelle classe, en somme de sujets les concernant tous les deux. Mais quand je l'ai vu, ça m'a pris, j'ai tout oublié, je retrouvais la chaleur humaine. C'est finalement le seul homme qui me connaît et me comprend... non que nous soyons bien assortis... Il est très différent de moi, bien meilleur, plus convenable... d'une tout autre origine, et tout ce que je veux, ce que je souhaiterais, il n'en a pas idée... et pourtant le destin nous a jetés ensemble, jour après jour, nuit après nuit, en dehors du monde comme sur une île... Je ne pouvais pas lui expliquer ce qui me tenait à cœur, et pourtant il le pressentait mieux qu'un autre. Nous n'avions pas besoin de parler, il nous suffisait d'être assis l'un en face de l'autre. A l'instant où j'ai pénétré dans la pièce, j'ai tout su de lui, plus peut-être qu'il n'en savait lui-même, et qu'il a alors découvert... C'est pour cela qu'il était si gêné comme si je l'avais surpris lors d'une mauvaise action, et il a eu honte... de quoi, je ne sais pas, peut-être de sa bedaine ou d'être devenu un honnête bourgeois... A cet instant il est redevenu l'autre, et sa femme n'était plus là, et vous n'étiez plus là, et nous vous aurions volontiers éliminées toutes les deux pour pouvoir bavarder, dialoguer la nuit entière. Oui, et cela n'a pas échappé à votre sœur ; et depuis que nous nous sommes retrouvés, c'est un réconfort réciproque. Nous savons, tous deux, que si l'un de nous est en difficulté il a quelqu'un chez qui aller pour épancher son cœur. Car les autres — non, vous ne pouvez pas comprendre et je ne peux pas non plus bien vous expliquer, mais depuis que je suis de retour après ces six années passées dans un autre monde il me semble parfois être revenu de la lune. Les êtres avec lesquels j'avais vécu autrefois me deviennent étrangers. Quand je suis à table avec des parents ou avec ma grand-mère, je ne sais de quoi parler, je ne partage pas leurs joies, tout ce qu'ils font me paraît insolite, privé de sens. L'impression qu'on a, quand, de la rue, on voit de l'autre côté de la vitre des gens danser dans un bar, et qu'on n'entend pas la musique. On se demande pourquoi ils arborent ces mines ravies et s'agitent sur un rythme que l'on ne perçoit pas, leur attitude nous est incompréhensible et pour eux la nôtre ; ils peuvent nous tenir alors pour envieux ou méchants, et c'est dû simplement à la méconnaissance réciproque... Comme si l'on parlait une autre langue et désirait autre chose qu'eux... Mais, pardonnez-moi, mademoiselle, je parle, je parle, et je dis des bêtises, et je ne vous demande pas d'essayer de comprendre. »

Christine s'est arrêtée et le regarde. « Vous vous trompez, je comprends exactement ce que vous dites, je comprends chaque mot. C'est-à-dire... il y a un an, il y a quelques mois encore, je ne vous aurais peut-être pas compris, mais depuis que je suis revenue... » Elle se ravise, se reprend au dernier moment. Pour un peu elle aurait commencé à tout raconter à cet inconnu. Aussi change-t-elle rapidement de ton. « Il faut que je vous dise encore quelque chose, je dois d'abord aller chercher ma valise à l'hôtel où j'ai passé la nuit. Je suis ici depuis hier soir, et non, comme ma famille l'a cru, ce matin... Je ne voulais pas le dire à ma sœur, elle aurait été vexée que je n'aie pas couché chez eux, mais je n'aime pas être à charge. Je voulais seulement vous prier... si vous voyez mon beau-frère, ne lui en parlez pas. » « Mais bien sûr. »

De nouveau elle le sent heureux et reconnaissant qu'elle lui fasse confiance. Ils vont ensemble chercher la valise, il veut la porter, mais elle refuse. « Non, pas avec votre main, vous avez, vous-même... » Elle se tait, confuse, car elle voit qu'elle l'a humilié. Je n'aurais pas dû le dire, pense-t-elle, pas lui montrer que je m'en souviens, cela lui est probablement pénible. Si bien qu'elle lui laisse prendre la valise. A la gare l'omnibus n'arrive que dans trois quarts d'heure. Ils s'assoient dans la salle d'attente et bavardent, une conversation très objective sur le beau-frère, le bureau de poste, la situation politique en Autriche. Rien d'intime dans tout cela, un entretien ouvert qui les trouve souvent d'accord. Son intelligence précise, rapide, impose à Christine du respect. Puis l'heure du train arrive, elle se lève et dit : « Il faut que je parte. »

Lui aussi se lève avec une sorte d'effroi ; qu'il souffre vraiment de devoir interrompre leur dialogue est pour Christine source d'émotion et de contentement. Il sera tout seul ce soir, pense-t-elle, et elle éprouve une certaine fierté à l'idée qu'enfin un hasard inespéré conduit un homme à s'intéresser à elle, et qu'elle, personne insignifiante, auxiliaire des postes, chargée de vendre des timbres, de poser des cachets sur des télégrammes, d'établir sur demande des communications, représente quelque chose pour quelqu'un. Le visage désolé de l'homme éveille en elle une pitié subite, et, se ravisant soudain : « A vrai dire, je pourrais prendre un train plus tard, à dix heures vingt il en part un autre, nous pourrions encore nous promener et dîner quelque part... C'est-à-dire, si vous n'avez rien de prévu... » En parlant, elle observe avec délice la joie qui, apparue dans les yeux brillants de son compagnon, illumine tout son visage, suivie d'une réponse vibrante : « Oh ! pas le moins du monde. »

Ils mettent la valise à la consigne et déambulent un certain temps sans but par les rues, les avenues. Une brume bleuâtre assombrit progressivement la soirée de septembre, des halos de lumière flottent entre les maisons. Ils vont côte à côte, flânant à pas lents, et bavardent en promeneurs de choses et d'autres. Dans le faubourg ils découvrent une petite auberge bon marché, on peut encore s'asseoir en plein air dans une arrière-cour avec de petites tonnelles, aux tables séparées par une paroi à claire-voie couverte de lierre. On est seul et pas isolé, vu par les autres et pas surveillé. Tous deux se réjouissent de découvrir une place libre dans un angle du jardin. Autour de la cour, des maisons se dressent, d'une fenêtre ouverte un gramophone grinçant égrène une valse ; on entend rire aux tables voisines, on voit les faces gonflées, satisfaites, des buveurs solitaires ; sur chaque table est plantée une petite lumière, attirés par elles des insectes bourdonnent tout autour. Il fait agréablement frais. Il pose son chapeau et, comme il est assis en face d'elle, elle distingue nettement sa figure éclairée par la bougie, un visage de Tyrolien aux traits accusés, aux os saillants avec au coin des yeux et autour de la bouche des petits plis, des rides, un visage tendu, sévère, comme ravagé. Mais derrière celui-ci il y en a, pour ainsi dire, un second, comme derrière sa voix coléreuse une autre voix, un second visage qui apparaît quand il sourit, quand ses plis se tendent et que la violence dans le regard le cède à la clarté. Il prend alors un aspect tendre, juvénile, presque un visage d'enfant, confiant, affectueux, et elle se rappelle d'instinct que c'est celui que son beau-frère a connu, tel qu'il était alors. Ces deux visages alternent étrangement au cours de leur conversation. Dès qu'il fronce les sourcils, ou crispe sa bouche d'un pli amer, des ombres apparaissent comme lorsqu'un nuage passe soudain sur une prairie verdoyante, et l'assombrit. C'est curieux, pense-t-elle, est-ce possible que deux êtres cohabitent en lui ? Puis elle se souvient de sa propre métamorphose, du miroir oublié qui se trouve à des kilomètres de distance, et reflète d'autres visages.

Le serveur leur apporte les plats simples qu'ils ont commandés et deux verres de vin de Gumpoldskirch. Il prend le sien et se lève pour trinquer. Mais, comme il se redresse, on entend un petit tintement sec. Un bouton décousu s'est détaché de son veston, il rebondit et roule sur la table avant de tomber par terre. Le léger incident ombrage immédiatement son visage. Il s'efforce d'attraper le bouton et de le cacher, mais, comme il remarque que ce petit malheur n'a pas échappé à sa compagne, il redevient embarrassé, morose, troublé. Cette anicroche révélatrice émeut Christine. Personne ne pense à lui, ne s'occupe de lui. Spontanément elle comprend qu'aucune femme ne veille sur lui. Déjà auparavant elle avait remarqué d'un œil exercé que son chapeau n'était pas brossé, avec sur le ruban une épaisse couche de poussière, que son pantalon était froissé, non repassé, et elle comprend par sa propre expérience sa confusion.

« Ramassez-le, dit-elle, j'ai toujours dans mon sac une aiguille et du fil, des gens comme nous doivent tout faire eux-mêmes, je vais vous le coudre immédiatement. » « Mais non », dit-il gêné. Cependant il obéit et se penche pour ramasser le bouton dans le gravier, puis, incertain, rétif, le garde dans la main. « Non, non, s'excuse-t-il, je le ferai coudre à la maison. » Et, comme elle réitère son offre, il s'emporte. « Non, je ne veux pas, je ne veux pas ! », et il attache nerveusement les deux autres boutons de son veston. Christine n'insiste pas. Elle voit bien qu'il est humilié. Leur agréable tête-à-tête est perturbé, elle devine à ses lèvres pincées qu'il va dire quelque chose de désagréable. Il va être agressif, parce qu'il est vexé.

C'est exactement ce qui arrive. Il se ramasse en quelque sorte sur lui-même et la fixe d'un air provocant. « Je sais que je ne suis pas habillé proprement, mais je ne pensais pas rencontrer quelqu'un. Pour une visite à l'hospice, c'était bien suffisant. Si j'avais su, je me serais mieux vêtu — du reste c'est faux. Pour dire la vérité, je n'ai pas les moyens de m'habiller convenablement, je ne peux tout acheter d'un coup. Une fois des chaussures neuves, mais le chapeau est usé, une fois un chapeau, mais le veston est élimé, une fois cela, je n'arrive jamais au bout. Est-ce ma faute ou non, je m'en fiche, veuillez donc enregistrer que je suis mal habillé. »

Christine remue les lèvres, mais, avant qu'elle ait pu parler, il récidive : « S'il vous plaît, épargnez-moi les formules de consolation, je les connais déjà. Vous allez me dire qu'il n'y a pas de honte à être pauvre, mais c'est faux. Si on ne peut pas le dissimuler, c'est une honte. Il n'y a rien à faire, on a honte comme il arrive, lors d'une invitation, que l'on fasse une tache sur la nappe. Méritée ou non, honnête ou crapuleuse, la pauvreté pue. Oui, elle pue comme peut puer une chambre au rez-de-chaussée donnant sur une courette, comme puent les vêtements pas assez souvent renouvelés. On le sent comme si on était soi-même du purin. Ça ne sert à rien d'arborer un nouveau chapeau, comme quelqu'un qui se rince la bouche alors que l'odeur fétide provient de son estomac. Cela tient à vous, colle à vous, et chacun qui vous frôle ou vous regarde le perçoit. Votre sœur l'a remarqué immédiatement, je connais bien ces regards inquisiteurs des femmes à la vue d'une manchette effilochée. Je sais que c'est pénible pour les autres, mais encore plus pour soi-même. On n'en sort pas, on ne s'en tire pas, on peut tout au plus se soûler, et voilà (il saisit son verre et le vide d'un trait ostensiblement), voilà le grand problème social, voilà pourquoi les basses classes s'abandonnent proportionnellement plus à l'alcool. Voilà le problème sur lequel se penchent avec perplexité nos comtesses, nos dames patronnesses des comités de bienfaisance devant leur tasse de thé. Pendant quelques minutes, quelques heures on ne remarque pas que l'on est importun aux autres et à soi-même. Je sais que ce n'est pas un grand honneur que d'être vu avec quelqu'un ainsi accoutré, mais ce n'est pas un plaisir pour moi non plus. Si cela vous gêne, dites-le-moi, mais, je vous en prie, pas de politesse, pas de pitié. » Il recule son siège, menace de se lever. Christine lui pose rapidement la main sur le bras. « Plus bas, ça n'intéresse pas les gens ! Approchez-vous ! »

Il obéit. De provocante son attitude redevient subitement craintive. Christine s'efforce de cacher sa compassion. « Pourquoi vous torturer et me torturer ? C'est ridicule. Me prenez-vous vraiment pour une "dame", comme on dit ? Si j'en étais une, je n'aurais pas compris un mot de ce que vous venez de dire, et vous aurais pris pour un individu exalté, injuste, haineux. Mais je vous comprends et je vais vous raconter pourquoi. Approchez-vous, nos voisins n'ont pas besoin d'entendre. » Elle lui raconte son voyage, elle lui raconte tout : son amertume, son humiliation, son enthousiasme, sa métamorphose. Une joie pour elle de pouvoir pour la première fois parler de l'ivresse de la richesse, et une autre joie mauvaise, masochiste, de décrire comment, à son départ, le portier l'arrêta comme une voleuse, uniquement parce qu'elle portait elle-même sa valise et était vêtue d'une robe minable. Il reste immobile, muet, seules ses narines se contractent et frémissent. Elle sent qu'il s'imprègne de son récit. Il la comprend comme elle le comprend dans la solidarité de la colère qui unit ces deux êtres rejetés par la société. une fois la digue ouverte, elle ne peut plus la refermer. Elle en dit plus sur elle-même qu'elle ne le voudrait, sa haine contre le village, sa fureur à la pensée des années perdues. C'est un flot ininterrompu de paroles farouches. Elle ne s'est jamais confiée ainsi à quelqu'un.

Il est toujours muet, il ne la regarde pas. Il se replie toujours davantage sur lui-même. « Pardonnez-moi, dit-il enfin, émergeant de ses pensées, de m'en être pris à vous si stupidement. Je voudrais me battre d'être toujours si maladroit, si coléreux, si agressif... Comme si la première personne rencontrée était responsable de tout, comme si j'étais le seul. Je sais pourtant que je n'en suis qu'un parmi des légions et des millions. Chaque matin, quand je me rends à mon travail, je vois les autres sortir de leurs demeures, mal réveillés, de mauvaise humeur, les visages éteints, partir pour une tâche qu'ils n'ont pas voulue, qu'ils n'aiment pas, qui ne les concerne pas, et je les vois rentrer le soir dans les tramways, du plomb dans les yeux, du plomb dans les jambes, tous épuisés par un labeur dénué de sens ou dont le sens leur échappe. Mais ils ne savent pas tous, ils n'en sont pas persuadés, ne la ressentent pas tous aussi fort que moi, cette épouvantable absurdité. Pour eux, réussir, c'est gagner dix schillings de plus par mois ou obtenir un autre titre, un autre collier de chien, ou bien ils fréquentent le soir les réunions politiques et se laissent persuader que le monde capitaliste est au bord de l'effondrement, que la pensée socialiste va conquérir le monde, encore une décennie, deux décennies et on l'emportera, mais je ne suis pas si patient. Je ne veux pas attendre une, deux décennies. J'ai trente ans, j'en ai perdu onze. J'ai trente ans et ne sais pas encore qui je suis, et ne sais pas encore pourquoi le monde existe, n'ayant vu que de l'ordure, du sang et de la sueur. Je n'ai rien fait qu'attendre, encore attendre, toujours attendre. Je ne peux plus supporter d'être confiné dans le bas ou rejeté dehors, ça me rend furieux, me rend malade, je sens que tout le temps m'échappe, il s'écoule sous mes chaussures déchirées, car je suis toujours le manœuvre des autres, alors que j'ai conscience de ne pas être inférieur à l'architecte qui me commande, d'en connaître autant que ceux qui trônent en haut, d'avoir les mêmes poumons, le même sang et d'être seulement arrivé trop tard ; on est tombé de la voiture et, on a beau courir, on ne peut la rattraper. On a conscience de pouvoir tout entreprendre, j'ai appris pas mal de choses, et je ne suis pas sot, j'étais le premier au lycée et au catéchisme, j'ai étudié la musique, appris le français auprès d'un Père abbé originaire d'Auvergne. Mais je n'ai pas de piano pour m'exercer et je désapprends, je n'ai personne avec qui parler français, et je l'oublie. J'ai suivi sérieusement pendant deux ans les cours du technique tandis que les autres s'agitaient dans les réunions d'étudiants, et j'ai continué à travailler pendant ma captivité dans la crotte sibérienne, et cependant je n'avance pas. J'aurais besoin d'un an, d'une année de liberté, comme on prend de l'élan pour réussir un saut... Un an, et je serais en haut, je ne sais ni où, ni comment, mais j'en suis sûr. Je pourrais encore aujourd'hui serrer les dents, tendre tous mes muscles, apprendre pendant dix, quatorze heures, mais encore quelques années comme celle-ci et je serai semblable aux autres, fatigué, satisfait, je me résignerai et dirai : c'est fini ! c'est passé ! Mais aujourd'hui je n'en suis pas là, aujourd'hui, je les déteste tous, ces gens satisfaits, ils m'exaspèrent tant que je dois parfois serrer les poings dans mes poches pour ne pas les flanquer dans leurs figures béates. Voyez nos trois voisins. Pendant tout le temps que je vous parle, ils me tapent sur les nerfs ; je ne sais pas pourquoi, peut-être par envie parce qu'ils sont si bêtement joyeux, comblés par leur bonheur bourgeois. Regardez-les, l'un probablement commis dans un magasin de tissus, toute la journée il sort des coupons du rayon et se penche, fait l'article, "la toute dernière mode, 1,80 le mètre, véritable tissu anglais, solide, durable", puis il remonte le coupon et en tire un autre, puis un autre, puis du galon, de la frange, et il rentre le soir chez lui croyant avoir vécu ; et les autres, le second peut-être aux douanes ou à la caisse d'épargne, le jour entier des chiffres défilent, des chiffres, des centaines de mille, des millions de chiffres, intérêts, débits, crédits, il ne sait pas à qui ces sommes appartiennent, qui verse, qui paie, qui est endetté et pourquoi, lui aussi chez lui, le soir, croit avoir vécu ; et le troisième, où est-il ? je n'en sais rien, peut-être dans quelque administration, mais je vois à sa chemise qu'il gratte tout le jour du papier, encore du papier à la même table de bois, de sa main vivante. Mais aujourd'hui, comme c'est dimanche, ils ont enduit leurs cheveux de gomina et leurs visages de satisfaction. Ils ont passé l'après-midi au football, ou aux courses, ou auprès d'une fille et se racontent leur journée, l'un plastronne, n'est-il pas intelligent, adroit, laborieux ? Entendez-les rire, d'un rire énorme, comblé, plein de suffisance, des automates du dimanche, des esclaves du travail à crédit. Écoutez le rire gras de ces pauvres types, des chiens qu'on a détachés pour une journée et qui croient que leur maison et le monde leur appartiennent ; je leur ficherais volontiers mon poing sur la figure. »

Il respire lourdement. « Je sais que c'est insensé, qu'on frappe toujours à côté, sur ceux qui n'y sont pour rien. Je sais, ce sont de pauvres types, pas si bêtes, ils choisissent la solution la plus raisonnable, ils s'accommodent. Ils se laissent anesthésier doucement et deviennent insensibles, mais moi, triple idiot, je suis poussé à les provoquer, à les chasser de leur petite quiétude, peut-être pour appartenir aussi à une meute, pour ne pas rester seul avec moi-même. Je sais que c'est stupide, que je suis mon propre bourreau, mais je n'y peux rien, je me suis tellement gorgé de haine pendant ces onze années maudites qu'elle me remonte jusqu'aux lèvres. Quand je sens que je ne peux plus la retenir, où que je me trouve, je rentre rapidement chez moi ou je vais à la bibliothèque publique. Mais je ne prends plus de plaisir à lire. Les romans qu'on écrit aujourd'hui ne me concernent pas. Leurs petites histoires, comment

Hans conquiert Grete, et Grete Hans, comment Paula trompe Johann, et Johann, c'est à vomir ; quant aux livres de guerre, pas besoin de me les raconter. Et je n'ai plus vraiment le cœur au travail depuis que je sais que cela ne sert à rien, qu'on ne peut réussir sans un pedigree universitaire, et pour cela l'argent me manque, et, manquant d'argent, impossible d'en gagner ; c'est ainsi que la fureur vous prend et qu'on s'enferme soi-même comme un chien méchant. Rien ne vous rend plus enragé que le sentiment d'impuissance face à son adversaire insaisissable, à un obstacle dû aux hommes, mais pas à un en particulier qu'on pourrait saisir à la gorge. Le Franz en sait quelque chose. Je n'aurai qu'à lui rappeler comment parfois, la nuit, couchés dans notre baraque, nous avons hurlé, enfoncé de rage nos ongles dans la terre, cassé stupidement des bouteilles, comment nous nous sommes demandé si nous n'allions pas abattre à coups de pioche le pauvre Nicolas, notre gardien, un brave garçon tranquille, devenu notre ami, uniquement parce qu'il était le seul de tous ceux responsables de notre sort que nous pouvions saisir. Oui, n'est-ce pas, vous comprenez, vous aussi, pourquoi je me suis tant échauffé quand j'ai vu Franz. Je ne pouvais plus me souvenir qu'il y avait une personne susceptible de me comprendre, lui et puis vous. » Elle relève la tête, voit comme il la dévore des yeux. Très vite la honte le reprend. « Pardonnez-moi, dit-il dans sa seconde voix, celle qui est douce, inquiète, discrète, qui contraste étrangement avec l'autre, dure, coléreuse, provocante, pardonnez-moi, je ne devrais pas tant parler de moi. C'est mal élevé. Mais, de tout le mois, je n'ai pas parlé avec les autres autant qu'avec vous. » Christine regarde droit devant elle la bougie, sa lueur vacille, soudain un souffle frais avive la flamme, et son extrémité bleue en forme de cœur brille d'un plus vif éclat. Alors elle répond : « Moi aussi. »

Ils restent un moment silencieux. Leur conversation, qui a pris inopinément une tournure dramatique, les a tous deux épuisés. Aux tables voisines les bougies s'éteignent, les fenêtres dans la cour ne sont plus éclairées et le gramophone s'est tu. Le serveur s'attarde avec insistance près d'eux. Il débarrasse les tables proches ; Christine s'avise qu'il doit être tard. « Je crois qu'il faut que je parte, le dernier train est à dix heures vingt. Quelle heure est-il donc ? » Son regard redevient dur, seulement l'espace d'un instant, et il commence à sourire. « Vous voyez, je m'améliore déjà. Si vous m'aviez posé cette question il y a une heure, le roquet agressif qui sommeille en moi aurait bondi sur vous, mais maintenant je peux dire comme à un camarade : j'ai engagé ma montre. Pas tellement à cause de l'argent, c'est une belle montre en or, enrichie de brillants, un cadeau de l'archiduc à mon père qui, lors d'une chasse, s'était chargé, à la satisfaction générale, de tout le festin, officiant lui-même à la cuisine, et vous comprendrez — vous comprendrez tout — que tirer de sa poche sur un chantier une montre en or avec des brillants c'est faire porter l'habit à un nègre. En outre, là où je demeure, elle ne serait pas en sûreté, mais je n'ai pas voulu la vendre, c'est, pour ainsi dire, la ration de survie. Aussi je l'ai engagée. (Il lui sourit comme s'il avait réussi quelque exploit.) Voyez-vous, je vous raconte cela très posément, je fais des progrès. » L'atmosphère s'est éclaircie comme après la pluie. La tension est tombée, une heureuse détente suit. Ils ne s'observent plus avec prudence et crainte, mais se font confiance. L'amitié, la concorde règnent entre eux. Ils se rendent à la gare. Les fenêtres des maisons plongées dans l'obscurité sont des yeux vides, après la chaleur du jour, les pierres exhalent de nouveau de la fraîcheur. Il est agréable de se promener, mais plus ils approchent du but, plus leurs pas se font nerveux, hâtifs. Comme une épée de Damoclès la proximité de la séparation plane au-dessus de leur étroite et fragile union.

Elle achète son billet. Quand elle se retourne, elle est frappée par l'expression de son visage. Il s'est transformé. De son front des ombres tombent sur ses yeux, la lueur de gratitude qui l'avait tant réjouie s'est éteinte, il resserre sa cape — il se croit inobservé — comme s'il avait froid. Elle a pitié de lui. « Je reviendrai bientôt, dit-elle, probablement dimanche prochain. Et, si vous êtes libre... » « Je suis toujours libre. C'est la seule chose que j'aie, et en abondance, mais je ne voudrais pas... je ne voudrais pas... » Il s'interrompt. « Que ne voulez-vous pas ? » « Je ne voudrais pas... c'est-à-dire... pas être une gêne pour vous... vous avez été si bonne pour moi... Je sais que ce n'est pas un plaisir d'être avec moi... Et peut-être déjà dans le train ou demain vous vous direz : à quoi sert de se laisser importuner par les récriminations des autres ? Je sais, je ressens de même quand quelqu'un me raconte un épisode douloureux de sa vie, je l'écoute, je compatis, puis lorsqu'il s'est éloigné je me dis : qu'il aille au diable, pourquoi m'accable-t-il de ses soucis ?... chacun de nous a suffisamment de peine à porter les siens. Aussi, ne vous croyez pas obligée de m'aider, je m'en sortirai tout seul. » Christine détourne les yeux. Elle ne peut supporter de le regarder quand il se déchaîne ainsi contre lui-même, cela la torture. Mais il se méprend sur son geste. Il croit l'avoir vexée et aussitôt c'est la petite voix timide, la voix d'enfant qui succède à celle coléreuse et méchante : « Naturellement je... je serais très heureux... je pensais seulement au cas où... je voulais simplement dire... » Il balbutie lamentablement en lui présentant le visage bouleversé d'un gosse qui demande pardon. Et elle comprend son trouble, elle comprend que cet homme rude, passionné, torturé par la honte, veut la prier de revenir et n'en a pas le courage.

Un sentiment grandit en elle, mélange de chaleur maternelle et de pitié, un besoin de consoler cet homme farouche et humble, de faire plier sa fierté intraitable d'un geste, d'un mot. Elle aimerait passer la main sur son front et lui dire : « Vous, sale gamin ! » mais elle craint de le blesser. Dans son embarras elle ne trouve que : « Vous le regrettez... le regrettez vraiment ? » Le ton est sarcastique, mais le regard implorant. Il a une façon de se tenir désemparé, désespéré devant la solitude proche qu'elle l'imagine déjà, seul dans le hall de gare, suivant d'un regard désolé le train qui l'emporte, seul dans la ville, seul dans le monde, et elle sent qu'il tient à elle de toute la force de son âme. Révélation bouleversante pour Christine de se savoir à nouveau désirée, plus profondément désirée qu'elle ne le fut jamais, merveilleusement confirmée dans son existence. Être enfin aimée ainsi a quelque chose de miraculeux qui provoque en elle le désir soudain d'y répondre avec générosité.

Précédant la réflexion, sa décision est prise en un éclair. Une impulsion, un élan. Elle se retourne, marche vers lui et dit, semblant réfléchir (mais son inconscient a déjà tranché) : « A vrai dire... je pourrais encore rester avec vous et prendre le train de 5 h 30, j'arriverai à temps pour mon idiot de travail. »

Il la fixe intensément. Jamais elle n'aurait soupçonné que des yeux puissent briller ainsi. Comme une allumette dans une pièce sombre, tout n'est plus que lumière, tous ses traits s'animent. Il a compris, tout compris avec l'intuition clairvoyante du cœur. Il a repris courage, il saisit son bras. « Oui, dit-il, rayonnant, oui, restez, restez... »

Elle ne lui interdit pas de prendre son bras et de l'entraîner. Le sien est chaud et fort, il tremble de joie et lui communique sa vibration. Sa résolution est prise. Elle a délibérément abdiqué sa liberté et savoure cet abandon. Tout en elle est détente, elle a, pour ainsi dire, mis hors circuit volonté et pensée, elle ne se demande pas si elle aime cet homme qu'elle connaît à peine, si elle le désire physiquement, elle ne goûte que ce renoncement à toute volition, cet abandon à un sentiment qui exclut toute responsabilité, la joie d'être libérée de toute attache.

Peu lui importe ce qui va suivre, elle ne sent que ce bras qui la conduit, se laisse aller sans force comme une brindille entraînée par le courant à une vitesse croissante vers une chute vertigineuse. Parfois elle ferme les yeux pour mieux savourer le plaisir d'être emportée, d'être désirée.

Puis vient un moment délicat. Il s'arrête intimidé. « J'aurais aimé... vous prier de venir chez moi... mais ce n'est pas possible... je n'habite pas seul... Il faut traverser une autre chambre... nous pouvons aller ailleurs... dans un hôtel... Pas dans le vôtre d'hier soir... oui, nous pouvons... » « Oui, dit-elle, oui », sans savoir ce qu'elle approuve ; le mot « hôtel » ne l'effraie pas, un lustre le pare à ses yeux. Comme dans une brume elle revoit la chambre éblouissante, les meubles étincelants, le bruissement léger de la nuit, l'air enivrant de l'Engadine. « Oui, dit-elle,

244

oui », d'une voix confiante, amoureuse, la voix de ses rêves.

Ils reprennent leur marche par des rues de plus en plus étroites. D'un regard mal assuré il examine anxieusement les maisons. Il en découvre enfin une, à l'éclairage discret, avec une enseigne lumineuse. Il la dirige là sans qu'elle résiste. Ils passent la porte, pénètrent dans un couloir sombre qui, probablement à dessein, n'est éclairé que par une faible ampoule. Un portier sale aux vêtements tachés apparaît en bras de chemise derrière la porte vitrée. Les deux hommes discutent à voix basse comme s'ils se livraient à quelque trafic illicite. Dans leurs mains tintent des objets, des pièces de monnaie, des clés. Pendant ce temps, Christine est restée seule dans la pénombre du couloir, elle fixe le mur lépreux, indiciblement déçue par cet antre misérable. Elle ne veut pas y penser, mais, comme une obsession, le souvenir lui rappelle l'entrée de l'autre hôtel (le mot même le provoque) avec ses vitres étincelantes, ses flots de lumière, sa richesse, son confort.

« Chambre neuf », annonce le portier d'une voix claironnante et ajoute aussi fort : « premier étage », comme pour avertir quelqu'un en haut. Ferdinand va vers Christine, la prend par le bras. Elle le regarde, suppliante. « Ne peut-on pas... » Elle ne sait pas ce qu'elle veut dire. Il lit dans ses yeux l'épouvante et le désir de fuir. « Non, ils sont tous ainsi... Je n'en connais pas d'autres. » Il la soutient pour monter l'escalier. C'est nécessaire car il semble à Christine qu'une lame lui a tranché les jarrets et que tous ses muscles sont paralysés.

Une porte de chambre est ouverte. Une domestique en sort, sale elle aussi, avec un visage boursouflé de sommeil. « Un instant, s'il vous plaît, je vous

245

apporte tout de suite des serviettes propres. » Ils entrent, ferment vivement la porte derrière eux. La pièce carrée à une seule fenêtre est effroyablement exiguë avec un seul siège, un portemanteau, un lavabo ; tout cela volontairement minable comme pour montrer que le seul meuble important ici est le grand lit défait. Il trône là parfaitement impudique, réclamant pour son usage tout l'étroit espace. On ne peut l'éviter, on ne peut l'ignorer. L'air est lourd, aigre, une odeur de fumée refroidie et de mauvais savon, plus une autre âcre, indéfinissable. Instinctivement elle serre les lèvres pour ne pas le respirer. Puis la peur la saisit de se trouver mal de répugnance et de dégoût. Elle va rapidement à la fenêtre, ouvre le battant, respire, comme au sortir d'une galerie envahie par les gaz, l'air frais, non pollué, affluant du dehors.

On frappe doucement à la porte. Elle sursaute, c'est seulement la domestique qui apporte les serviettes propres et les pose sur le lavabo. Remarquant qu'on a ouvert la fenêtre de la chambre sans éteindre, elle demande, un peu inquiète : « S'il vous plaît, baissez les stores alors. » Puis elle se retire poliment. Christine reste debout près de la fenêtre, cette injonction la frappe, elle comprend que l'on ne vient que pour cela dans de telles ruelles, dans de tels bouges puants. Peut-être, elle en frémit, croit-il, lui aussi, qu'elle n'est venue que pour cela, uniquement pour cela.

Bien qu'il ne voie pas son visage, tourné obstinément vers la rue, il remarque son attitude penchée, crispée, ses épaules tremblantes, il comprend son épouvante. Il s'approche d'elle tendrement, craignant de la blesser d'un mot, caresse doucement ses épaules, puis descend le long des bras pour atteindre ses doigts glacés, frémissants. Elle sent qu'il veut la calmer. « Pardonnez-moi, dit-elle, sans se retourner, mais j'ai eu un étourdissement. Ça va passer. Encore un petit peu d'air frais... c'est seulement parce que... » Elle voudrait dire parce que c'est la première fois que je vois une telle maison, une telle chambre. Mais elle se mord les lèvres : a-t-il besoin de le savoir ? Elle se retourne soudain, ferme la fenêtre, et commande : « Éteignez ! »

Il tourne le bouton, la nuit règne subitement dans la pièce, en efface les contours. Le plus dur est passé, le lit n'attend plus si effrontément, il n'est plus qu'une tache blanche, imprécise dans une pièce évanescente. Mais la peur subsiste. Voici qu'elle entend soudain dans le silence de petits bruits, des craquements, des soupirs, des rires, des grincements, des pas légers de pieds nus, des écoulements d'eau. Elle devine que dans tout l'hôtel se déroulent des scènes impudiques, qu'il sert uniquement à des accouplements. Cette peur la pénètre progressivement comme un souffle glacé. Elle court d'abord sur sa peau, puis elle atteint les membres, les paralyse, puis s'approche du cerveau, du cœur ; car il ne lui est plus possible de penser, de sentir, tout lui est indifférent, tout lui semble absurde, étranger, y compris la respiration de cet inconnu près d'elle. Par bonheur, il est tendre, ne la presse pas, il l'attire vers lui, ils s'assoient, tout habillés, au bord du lit en silence. Il caresse doucement l'étoffe de sa manche et de sa main nue. Il attend patiemment que la peur la quitte, que l'épouvante glacée qui l'étreint fonde peu à peu. Cette humilité, cette soumission la touchent. Et lorsque finalement il la prend dans ses bras, elle ne résiste pas.

Il a beau l'étreindre ardemment, passionnément, il ne peut vaincre complètement sa peur. La zone glacée est trop profonde. Christine reste nouée, quelque chose en elle résiste à l'abandon. Quand il lui enlève ses vêtements, et la presse contre son corps nu, chaud, frémissant, elle sent en même temps le contact odieux du drap humide. La tendresse qu'il lui prodigue est souillée par le caractère minable, pitoyable du lieu. Les nerfs de Christine sont tendus et, alors qu'il l'attire contre lui, elle souhaiterait s'écarter non de lui, non de cet homme profondément épris, mais de cette maison où des gens paient pour s'accoupler comme des animaux — vite, vite, au suivant —, où l'on vend au premier venu, comme on achète un timbre, un journal qu'on jette ensuite. L'air oppresse, cet air lourd, humide, confiné, exhalaison de ces corps étrangers, de leurs ardeurs, de leurs ivresses. Et elle a honte non de son abandon, mais de ce que cet acte grave ait lieu ici, où tout est écœurant, abject. Une répulsion qui contracte de plus en plus ses nerfs. Soudain elle n'en peut plus, elle gémit, puis des sanglots étouffés, sanglots de la déception et de l'amertume font tressaillir son corps nu. Ferdinand en perçoit les soubresauts. Il les interprète comme un reproche. Pour l'apaiser, il lui caresse les épaules sans oser parler. Elle sent son désespoir. « Ne t'inquiète pas pour moi, dit-elle, c'est une crampe stupide, ne t'inquiète pas, cela passera vite, c'est seulement parce que... » Elle s'arrête, pousse un soupir. « Laisse donc, tu n'y peux rien. »

Il se tait, il a tout compris : sa déception, le désespoir farouche de son corps. Il a honte de lui dire la vérité, qu'il n'a pas cherché un meilleur hôtel, pris une chambre plus convenable, parce qu'il n'avait sur lui en tout et pour tout que huit schillings et qu'il avait pensé donner son anneau au portier au cas où le prix aurait été plus élevé. Mais il ne peut pas et ne veut pas parler d'argent, il préfère se taire et attendre patiemment, humblement, en silence que la crise soit passée.

Avec une acuité intense elle perçoit les bruits qui proviennent d'en haut, d'en bas, des couloirs : des pas, des rires, des toux, des gémissements. Dans une chambre voisine un des deux occupants doit être un peu ivre, car il braille sans arrêt, puis on entend des claques résonner sur une chair nue, suivies du rire nerveux d'une voix de femme vulgaire. C'est insupportable, et elle l'entend d'autant plus que son compagnon se tait. La peur la reprend et soudain elle lui demande : « Je t'en prie, parle-moi, raconte-moi n'importe quoi pour que je n'entende plus ce bruit à côté, c'est si horrible ici. Quel endroit épouvantable ! Je ne sais pas pourquoi, mais tout m'effraie, je t'en prie, parle, dis-moi quelque chose pour que... pour que je n'entende pas... Oh, c'est affreux ici ! » « Oui, dit-il dans un soupir, c'est affreux ici et j'ai honte de t'y avoir conduite, je n'aurais pas dû le faire. Moi-même je ne savais pas. »

Il caresse tendrement son corps, elle en ressent de la chaleur, du réconfort, mais cela ne tue pas l'angoisse qui la fait toujours frissonner par moments. Elle ne sait pas pourquoi elle tremble, se rétracte. Elle s'efforce de contenir ce frémissement dans ses membres, ce tressaillement de dégoût toujours renouvelé, causé par ce lit humide, le dialogue lubrique de leurs voisins, l'hôtel odieux, mais elle n'y parvient pas. Par intervalles des frissons la parcourent.

Il se penche vers elle. « Crois-moi, je comprends que ce doit être affreux pour toi. J'ai connu la même chose une fois... justement la première fois où j'ai été avec une femme... ça ne s'oublie pas. A cette époque, quand je fus mobilisé, puis fait prisonnier, j'ignorais tout de cela, et pour cette raison les autres, y compris ton beau-frère, se moquaient de moi. Ils me parlaient toujours des filles, je ne sais si c'était par méchanceté ou par désespoir, mais ils ne parlaient que de ça. Pas d'autre sujet de conservation de jour comme de nuit, toujours les femmes, et comment ça s'était passé avec celle-ci, avec celle-là, chacun racontait son histoire pour la centième fois, on la connaissait par cœur. Ils montraient des photos ou faisaient des dessins obscènes comme les détenus sur les murs des prisons. J'étais écœuré de toujours les entendre, et pourtant... j'avais dix-neuf ans, ça vous travaille à cet âge, ça vous rend malade. Puis vint la Révolution et on nous transporta plus loin, en Sibérie, ton beau-frère était déjà parti, on nous menait en rond comme un troupeau de moutons, puis, un jour, un soldat s'installa avec nous... Il devait nous surveiller, mais où aurions-nous pu nous sauver ? Il s'occupait de nous, nous avait à la bonne... Je le vois encore, un épais visage massif avec un gros nez en patate, une large bouche bienveillante... oui, je voulais dire... oui, un soir donc, il s'assoit près de moi comme un frère et me demande depuis combien de temps je n'avais pas eu une femme... j'aurais eu honte naturellement de dire : "Jamais encore..." N'importe quel homme aurait eu honte (et n'importe quelle femme aussi, pensa-t-elle), aussi je répondis : "Deux ans." "Boze moï[1]." Il en resta la bouche ouverte de stupeur, je me rappelle encore aujourd'hui sa stupéfaction... Il se rapprocha, me caressa comme un agneau. "Oh,

---

1. « Mon Dieu. » (N.D.T.)

pauvre petit, pauvre petit... tu vas tomber malade..."
Il me caressait encore et je voyais bien qu'il
réfléchissait fiévreusement en même temps. Réfléchir, mettre bout à bout des pensées, représentait un
rude effort pour ce lourdaud de Serge au front obtus,
plus rude que soulever un tronc d'arbre. Son visage
en devenait sombre et ses yeux rêveurs. A la fin il
parla : "Attends, petit frère, je m'en charge, j'en trouverai une pour toi. Il y en a beaucoup au village, des
femmes de soldats, des veuves, je te conduirai de nuit
auprès de l'une d'elles. Je sais que tu ne t'évaderas
pas." Je ne lui dis ni oui, ni non, je n'en avais pas
envie, ne ressentais aucun désir... qui ça pouvait
être... une paysanne grossière, bestiale, et cependant,
retrouver une chaleur humaine, une union avec un
autre être... pour ne plus se sentir épouvantablement
seul... je ne sais si tu me comprends ? » Elle réplique
dans un souffle : « Oui, je comprends. »

« Effectivement il vint un soir dans notre baraque.
Il siffla doucement comme nous étions convenus ;
dehors, dans l'ombre, une femme se tenait près de
lui, petite et trapue, aux cheveux gras comme huilés
recouverts d'un fichu bariolé. "C'est lui, dit Serge, le
veux-tu ?" La petite femme aux yeux bridés me
regarda attentivement. Puis elle répondit : "Oui."
Nous avons marché un bout de chemin ensemble,
tous les trois, Serge nous accompagnait. "D'où l'avez-
vous traîné, le pauvre ? lui dit-elle, compatissante. Et
jamais une femme, toujours seul parmi des hommes,
le pauvre... Oh, oh, oh." Le ton était chaleureux,
plein de bonté, réconfortant. Je comprenais qu'elle
m'acceptait non par amour, mais par pitié. "Ils m'ont
tué mon homme, me raconta-t-elle plus tard ; il était
grand comme un frêne, fort comme un jeune ours.
Il ne buvait pas, ne me battait pas, c'était le meilleur

du village, maintenant je vis avec mes enfants et ma belle-sœur. Dieu a été dur pour nous." J'allai avec elle jusqu'à sa maison, une hutte au toit de chaume avec de minuscules fenêtres fermées. En entrant, elle me tirait par la main, je fus suffoqué par une fumée âcre. L'air était lourd et chaud comme dans une mine. Elle me guida jusqu'au poêle sur la banquette duquel elle couchait, m'y fit monter ; soudain j'entendis un bruit, j'eus peur. "Ce sont les enfants", dit-elle d'une voix tranquille. Je perçus alors dans la pièce les respirations de plusieurs dormeurs. Quelqu'un toussa, et de nouveau elle me rassura : "C'est la grand-mère, elle est malade de la poitrine." Tous ces souffles et la puanteur de la pièce, je ne sais pas combien nous étions, cinq ou six ou plus, me glaçaient le cœur. Il me semblait affreux, indiciblement affreux d'avoir des rapports avec une femme dans la pièce même où reposaient les enfants et peut-être sa mère. Elle ne comprit pas mon hésitation et elle vint se blottir contre moi. Elle enleva mes chaussures, mes vêtements avec une tendresse un peu triste, me caressa comme un enfant, elle était d'une beauté touchante... puis, très lentement, m'attira à elle. Ses seins lourds étaient doux et chauds comme du pain frais, sa bouche tendre était collée à la mienne, ses mouvements émouvants dans leur humilité, leur soumission... Oui, elle était vraiment touchante, elle me plaisait, et je lui étais reconnaissant. Mais l'angoisse me serrait la gorge, je ne pouvais supporter d'entendre un des enfants remuer dans son sommeil, ou la grand-mère malade gémir, et avant l'aube je m'enfuis... J'avais une peur panique de rencontrer le regard des enfants ou celui de l'aïeule malade... ils auraient certainement trouvé cela naturel qu'un homme partage le lit de la femme, mais moi, je... je ne pouvais pas, je partis. Elle m'accompagna à la porte, docile comme un animal domestique, elle me fit comprendre qu'à partir de maintenant elle m'appartenait, et me conduisit encore dans l'étable où elle voulut traire pour moi du lait tout chaud. Elle me donna du pain pour la route et une pipe, probablement celle de son mari, puis elle me demanda, non, elle me pria... Une prière humble, respectueuse : "Tu reviendras bien cette nuit ?"... Mais je ne suis pas revenu, le souvenir de la hutte, avec la fumée, les enfants, la grand-mère, la vermine sur le sol, m'épouvantait... Et cependant je lui étais reconnaissant, et aujourd'hui encore je pense à elle avec une sorte d'affection. Je la revois trayant la vache, me donnant le pain, me donnant son corps... Je sais que je l'ai offensée en ne revenant pas... Et les autres... ils n'ont pas compris... tous m'ont envié, ils étaient si misérables, si abandonnés qu'ils ont pu m'envier ça. Chaque jour je prenais la résolution d'aller chez elle, et chaque fois... »

« Mon Dieu ! Qu'est-ce qui se passe ? » Christine a crié, elle s'est redressée et tend l'oreille. « Rien », veut-il répondre, mais lui-même s'inquiète, quelque incident a dû se produire. On entend des voix bruyantes, du tapage, des hurlements, un tumultueux remue-ménage. L'un crie, l'autre rit, quelqu'un lance des ordres. Il est arrivé quelque chose. « Attends », dit-il, et, sautant du lit, il enfile rapidement ses vêtements, va à la porte, écoute. « Je vais voir de quoi il retourne. »

Il est arrivé quelque chose. Comme un dormeur sortant d'un cauchemar s'éveille en sursaut, criant, gémissant, le murmure ouaté de l'hôtel borgne se change en un vacarme inexplicable. On sonne, on frappe, on monte et on descend rapidement l'escalier, le téléphone retentit, des pas résonnent, des fenêtres claquent. Des appels, des discussions, des interrogatoires se mêlent dans un étonnant brouhaha. Des voix étrangères à l'hôtel se font entendre, des poings cognent, tambourinent aux portes, des pas lourds retentissent, chaussés ceux-là. Il est arrivé quelque chose. Une femme pousse un cri hystérique, des hommes discutent avec animation, on renverse quelque chose, un siège, au-dehors ronfle un moteur d'auto. L'excitation gagne toute la maison. Au-dessus d'eux Christine entend courir, dans la chambre voisine l'ivrogne interpelle bruyamment, anxieusement son amie, à droite, à gauche on déplace des sièges, des clés grincent dans les serrures. De la cave au grenier toute la maison bourdonne comme les rayons d'une ruche humaine.

Ferdinand revient, pâle, nerveux, deux plis durs de part et d'autre de la bouche. Il tremble d'émotion. « Qu'est-ce qu'il y a ? » demande Christine encore blottie dans le lit. Comme il allume, elle sursaute, réalisant qu'elle est demi-nue, et tire sur elle la couverture. « Rien, dit-il avec un sifflement rageur. Une ronde, ils contrôlent l'hôtel. » « Qui ? » « La police. » « Vont-ils venir ici ? » « Peut-être, probablement. Mais n'aie pas peur. » « Peuvent-ils nous inquiéter ?... parce que je suis avec toi ? » « Non, ne crains rien. J'ai mes papiers sur moi et je me suis régulièrement inscrit à la réception, je m'arrangerai. J'ai déjà connu ça au foyer des hommes où j'habitais, ce n'est qu'une formalité... A vrai dire (son visage redevient sombre, dur), à vrai dire ces formalités ne s'appliquent qu'à nous. Et parfois ils assomment un pauvre type. Il n'y a que les gens de notre espèce qu'ils vien-

nent déloger la nuit, chasser comme des chiens...
Mais n'aie pas peur, je me charge de tout, et maintenant... commence par t'habiller. » « Éteins ! » Un sentiment de pudeur lui rend ce moment très pénible,
elle enfile rapidement ses légers vêtements. Ses jambes sont en plomb. Ils s'assoient au bord du lit. Elle
reste sans forces. Dès la première seconde dans cette
affreuse maison elle a pressenti une catastrophe, elle
est là.

On entend toujours en bas cogner aux portes. Ils
visitent le rez-de-chaussée, chambre par chambre, et
chaque fois qu'un poing résonne contre le bois d'une
porte elle éprouve comme un coup au cœur. Assis
près d'elle il lui caresse les mains. « C'est ma faute,
pardonne-moi. J'aurais dû y penser... je ne voyais pas
d'autre solution, et je voulais... je voulais tant être
avec toi. Pardonne-moi. » Il caresse toujours ses
mains qui restent glacées, parcourues par un frémissement venu de tout le corps. « N'aie pas peur, la
rassure-t-il, ils ne peuvent rien te faire. Et si un de
ces salauds se permettait d'être insolent, il aurait
affaire à moi. » « Non, répond-elle, inquiète de le voir
fouiller dans sa poche revolver, je t'en conjure, reste
calme. Si tu m'aimes un peu, reste calme, je préfére-
rais plutôt... » Elle n'a pas le temps de continuer.

Cette fois les pas montent dans l'escalier. Ils sont
tout près. Leur chambre est la troisième, on entend
frapper à la première. Tous deux retiennent leur
souffle. A travers la mince porte le moindre bruit est
perceptible. Cela se passe rapidement dans la première chambre, maintenant ils sont à côté. Pan !
pan ! pan ! trois coups, puis quelqu'un ouvre brutalement la porte et une voix fortement avinée clame :
« N'avez-vous rien d'autre à faire que d'empoisonner
de nuit les honnêtes gens ? Vous feriez mieux de cou-

rir après les bandits ! » Une voix sévère demande : « Vos papiers ! » Puis une question posée plus discrètement. « Ma fiancée ? Bien sûr que c'est ma fiancée ! déclare d'un ton haut et provocant l'homme éméché. Je peux le prouver, nous sommes ensemble depuis deux ans. » Cela semble suffire, la porte est refermée d'une poussée énergique.

Maintenant ils vont arriver. Il n'y a que quatre ou cinq pas d'une porte à l'autre, tac, tac, tac, les voilà. Le cœur de Christine cesse de battre. On frappe. Ferdinand va tranquillement au-devant de l'inspecteur qui est resté discrètement à la porte. Il est d'ailleurs sympathique avec son visage rond et son élégante petite moustache. Son col d'uniforme trop étroit lui fait monter le sang aux joues. On peut se le représenter en civil ou en manches de chemise, rêveur dodelinant de la tête au son d'une valse, mais ici il fronce sévèrement les sourcils et dit : « Vous avez vos papiers sur vous ? » Ferdinand se rapproche. « Les voilà et, si vous le désirez, j'ai même mes papiers militaires, celui qui en a ne s'étonne plus des emmerdements, il est habitué. » L'inspecteur veut ignorer le ton agressif, il compare les papiers avec la fiche de l'hôtel, puis jette un regard rapide à Christine qui détourne la tête. Elle est là tassée sur une chaise comme au banc des accusés. Il tempère sa voix. « Vous connaissez madame personnellement... je veux dire... depuis longtemps ? » On voit qu'il veut lui faciliter la réponse. « Oui », dit Ferdinand. Le commissaire remercie, salue, et va pour s'éloigner. Mais Ferdinand, tremblant de colère en voyant Christine si humiliée et se sentant libéré de sa promesse, fait un pas vers lui. « J'aimerais savoir si... si de telles descentes de police ont lieu également à l'hôtel Bristol ou dans les palaces du Ring, ou seulement ici ? » L'inspecteur reprend son visage officiel glacial et répond avec hauteur : « Je n'ai pas à vous renseigner, j'exécute les ordres. Félicitez-vous plutôt que je ne pousse pas plus loin mes vérifications, il se pourrait que le renseignement sur la fiche concernant votre femme (il souligne le mot) ne résiste pas à l'examen. » Ferdinand se mord les lèvres, il étouffe de rage, il tient ses mains derrière son dos et les serre pour ne pas frapper le fonctionnaire au visage, mais le commissaire semble accoutumé à de tels éclats, il ferme tranquillement la porte sans lui accorder un regard. Ferdinand demeure immobile, fixant la porte, presque anéanti de fureur. Puis il se souvient de Christine restée prostrée sur sa chaise. On la croirait morte de peur, toujours inconsciente. Il passe doucement la main sur son épaule. « Tu vois, il n'a même pas demandé ton nom... c'était vraiment une simple formalité... si ce n'est qu'avec ces formalités ils gâchent notre vie, la détruisent. J'ai lu, il y a huit jours, je m'en souviens maintenant, qu'une personne s'est jetée par la fenêtre par peur d'être conduite au poste de police et que sa mère l'apprenne, ou parce qu'elle craignait un examen médical pour maladie vénérienne... elle a préféré sauter dans le vide du troisième étage, je l'ai lu dans le journal, en tout deux lignes, deux lignes... c'était, n'est-ce pas, un fait insignifiant, ne demandons pas trop... elle aura droit à sa propre tombe et non à la fosse commune d'autrefois ; question d'habitude, à dix mille morts par jour que représente un seul être humain ? surtout une personne comme nous, une de celles avec qui on peut tout se permettre. Oui, dans les bons hôtels ils sont très courtois, on n'y envoie que des détectives pour protéger les bijoux de ces dames, mais personne ne vient fouiner, la nuit, dans la chambre d'un honnête bourgeois. Là, je n'aurais pas à me gêner. » Christine se voûte un peu plus. Brusquement elle se rappelle les paroles de la jeune fille de Mannheim... D'une chambre à l'autre, que d'allées et venues la nuit. Elle se souvient des grands lits aux draps blancs resplendissants dans la lumière du matin, des portes qu'on manœuvre sans bruit, des tapis épais, du vase de fleurs près du lit. Là-bas tout était beau, bon, facile, tandis qu'ici...

Elle se secoue de dégoût, il se tient à son côté, désespéré, ne sait que répéter : « Calme-toi, calme-toi, calme-toi. C'est fini. » Mais, sous sa main, le corps glacé est toujours parcouru de nouveaux frémissements. Quelque chose en elle s'est déchiré et ses nerfs le répercutent comme une corde arrachée par une tension trop forte. Elle ne l'écoute pas, elle n'a d'oreille que pour les coups qui continuent de porte en porte, d'une personne à une autre. L'horreur occupe encore la maison.

Maintenant ils sont à l'étage supérieur. Soudain on entend frapper avec force, de plus en plus énergiquement. « Ouvrez ! Au nom de la loi ! » Dans l'instant de silence qui suit, tous deux écoutent, attentifs. On tambourine contre une porte, bientôt à coups de poing. Le bruit sourd se répercute sur toutes les portes, dans tous les cœurs. « Ouvrez ! Ouvrez ! » rugit là-haut une voix impérative. Apparemment quelqu'un s'y refuse. Puis un coup de sifflet, des pas courent dans l'escalier, ce sont maintenant quatre, six, huit poings qui martèlent la porte. « Ouvrez immédiatement ! » Puis un choc qu'on ressent dans toute la maison, un craquement de bois brisé, puis un cri de femme aigu, strident, expression d'une peur intense, un cri déchirant. Un fracas de chaises renversées, le bruit d'une lutte, des corps qui tombent lourdement comme des sacs de pierre, et toujours de plus en plus violents les cris de la femme.

Tous deux tendent l'oreille comme si cela les concernait. *Lui* est l'homme qui se bat là-haut furieusement avec les policiers, *elle* la femme qui, à demi nue, hurle de colère, et, saisie au poignet d'une prise experte par un commissaire, se débat en gémissant, et à nouveau, distinctement cette fois, le cri retentit : « Je n'irai pas, je n'irai pas ! » proféré dans une bouche écumante, vociférante. Un tintement de vitre brisée, elle ou quelqu'un d'autre l'a enfoncée. Et maintenant à deux, à trois, ils ont saisi cette femme, traquée comme un animal, et la traînent sur le sol. Elle a dû se jeter par terre, on perçoit à travers portes et cloisons des piétinements, des respirations haletantes. En ce moment on la tire dans le couloir, puis dans l'escalier, ses cris, étranglés par la peur, résonnent de plus en plus faiblement : « Je n'irai pas, je n'irai pas ! Lâchez-moi ! Au secours ! » Puis ils sont en bas. Un moteur est mis en marche, on la pousse de force dans la voiture : un animal est pris dans un sac.

Le silence est revenu, beaucoup plus dense que précédemment. Comme une nuée épaisse l'horreur recouvre la maison. Il tente de la prendre dans ses bras, il la soulève de sa chaise, embrasse son front glacé. Mais elle gît dans ses bras, inerte, en sueur, sans connaissance, comme une noyée. Il l'embrasse. Ses lèvres sont sèches et ne s'ouvrent pas. Il essaie de l'asseoir sur le lit. Elle s'écroule, vidée, l'air égaré. Il se penche sur elle, caresse ses cheveux. Enfin elle ouvre les yeux. « Partons ! murmure-t-elle. Emmène-moi, je ne le supporterai pas, je ne le supporterai pas une seconde de plus. » Et soudain, dans une véritable crise d'hystérie, elle tombe à genoux devant lui.

« Emmène-moi, je t'en supplie, fuyons cette affreuse maison ! » Il s'efforce de l'apaiser. « Mon petit, où aller... il n'est pas encore trois heures et demie et ton train ne part qu'à six heures et demie. Où pourrions-nous aller, ne préfères-tu pas te reposer ? » « Non, non, non » Elle jette un regard affolé, un regard de dégoût sur le lit saccagé. « Partons, partons d'ici ! Et jamais plus... jamais plus ! » Il obéit. Un policier se tient encore dans la loge du portier, les fiches d'entrée devant lui, il prend des notes. Il leur jette un coup d'œil rapide, incisif. Christine chancelle, Ferdinand doit la soutenir. Mais déjà le commissaire se penche de nouveau sur ses papiers, et au moment où, parvenue dans la rue, elle respire l'air libre il semble à Christine que la vie lui a été donnée une seconde fois.

L'aube est encore lointaine. Cependant les lumières des réverbères paraissent plus pâles, comme fatiguées. D'ailleurs tout paraît fatigué, les ruelles vides, les maisons mornes, les commerces fermés, et fatigués de leur propre corps les rares passants. D'un trot lourd, tête basse, les chevaux traînent les longues charrettes des paysans portant des légumes au marché. On sent une odeur humide et sure quand on les croise, puis les voitures des laitiers résonnent sur le pavé avec leurs récipients de zinc tintinnabulants, ensuite le calme revient, et avec lui la grisaille grimaçante. Les quelques personnes visibles, apprentis boulangers, égoutiers, ouvriers ont des visages d'ombre gris et blêmes, un bizarre mélange de manque de sommeil et de mauvaise humeur. Tous deux sentent cette répugnance qu'affiche la ville endormie à l'égard des vivants, et ces derniers à l'égard de la ville. Ils ne parlent pas, marchent muets dans l'obscurité vers la gare. Là on peut s'asseoir, se reposer, on trouve quatre murs pour s'abriter ; un foyer pour ceux qui n'en ont pas.

Ils s'assoient dans un coin de la salle d'attente ; sur des bancs, des hommes et des femmes sont couchés et dorment la bouche ouverte, à côté d'eux des paquets, eux-mêmes ont l'air de paquets bosselés, abandonnés, déchets de quelque destin. De l'extérieur parviennent parfois des bruits étranges : halètements, crachements, sifflements : on déplace les locomotives, on chauffe les chaudières. Sinon tout est calme.

« N'y pense plus, dit-il, rien n'est arrivé, je veillerai la prochaine fois à ce que de telles choses ne se reproduisent pas. Je sens que tu m'en gardes rancune, même sans le vouloir, ce n'est pourtant pas ma faute. » « Oui, dit-elle, songeuse, je sais bien, je sais que ce n'est pas ta faute. Mais la faute à qui ? Pourquoi cela tombe-t-il toujours sur nous ? On n'a rien fait, rien, à personne, et dès qu'on avance d'un pas cela nous saute dessus. Je n'ai jamais exigé beaucoup de la vie, je suis allée une fois en vacances, j'ai voulu une fois être aussi heureuse que les autres, passer gaiement, sans soucis, huit jours, quinze jours, et il y a eu ma mère... et j'ai voulu une fois... » Elle s'interrompt. Il essaie de l'apaiser. « Mais, mon petit, que s'est-il passé ? Sois raisonnable... On recherchait un individu, alors ils ont vérifié tous les papiers, ce n'est qu'un hasard. » « Je sais, je sais, seulement un hasard. Mais ce qui est arrivé... tu ne comprends pas, non, Ferdinand, tu ne comprends pas, pour cela il faut être une femme. Tu ne sais pas ce que c'est ; fillette, enfant déjà, on en rêve, comment peut être l'union physique avec un homme qu'on aime, on ne peut rien se représenter, même si vos amies vous ont raconté bien des choses. Mais chaque fille, chaque femme s'en fait une image exceptionnelle, quelque chose de beau... La plus belle chose de la vie... Pour ainsi dire, je ne peux pas l'expliquer parfaitement, comme le but de la vie... ce qui vous emporte par-delà la banalité quotidienne... des années, des années durant on en rêve, on se l'imagine... non, on ne se l'imagine pas, on ne veut pas se le représenter, et on ne le peut pas, seulement le rêver comme quelque chose de beau, de façon très, très vague comme on... et puis... et puis... c'est si affreux, si effrayant, si épouvantable... Non, on ne peut pas comprendre, car ce qui est alors détruit, ce qui a été une fois gâché, souillé, personne ne peut vous le remplacer. »

Il caresse sa main, mais sans faire attention à lui, elle fixe le plancher sale. « Et de penser que cela tient seulement à l'argent, à cet argent dégoûtant, vulgaire, méprisable. On en aurait eu seulement un peu, deux, trois billets, on aurait été heureux, on serait partis en auto quelque part, là où personne ne nous aurait suivis, où l'on aurait été seuls et libres... Ah, quel bonheur ç'aurait été, comme on se serait détendus, toi aussi... toi aussi, tu te serais transformé, tu n'aurais plus été si perturbé, si oppressé... Mais des gens comme nous doivent se tapir comme un chien dans une écurie étrangère où on le reçoit à coups de fouet... ah, je n'aurais jamais pensé que cela pût être aussi affreux. » Et, comme elle lève les yeux et voit son visage, elle ajoute très vite : « Je sais, je sais, tu n'y peux rien, et peut-être que l'angoisse est encore en moi... Il te faut comprendre ce qui m'a si terriblement impressionnée. Laisse-moi un peu de temps, ça passera... » « Mais tu reviendras... tu reviendras ? » L'inquiétude dans sa voix agit comme un baume sur

Christine. C'était le premier mot chaleureux. « Oui, dit-elle, je reviendrai, tu peux y compter. Mais pas avant dimanche prochain... tu sais bien... mais je te demande une seule chose... » « Oui, dit-il, je te comprends, je te comprends. »

Après son départ il se rend au buffet, il a la gorge desséchée, il boit rapidement quelques petits verres, l'alcool lui redonne une nouvelle ardeur, verse du feu dans ses membres. A pas toujours plus rapides il parcourt la rue, agitant les bras, défiant un adversaire invisible qu'il s'apprête à charger. Les passants le regardent avec étonnement ; également sur le chantier on est frappé par son humeur coléreuse et la hargne avec laquelle, contrairement à sa réserve habituelle, il répond brutalement aux questions. Au bureau de poste Christine se tient comme toujours silencieuse, accablée, dans une attente pénible. Quand ils pensent l'un à l'autre, ce n'est pas avec passion, amour, mais avec une sorte d'émotion douloureuse, sentiment porté non à un être aimé mais à un compagnon de misère.

Après cette première rencontre, Christine se rend chaque dimanche à Vienne. C'est le seul jour où elle soit libre, son congé d'été est épuisé. Ils s'entendent bien. Tous deux, trop fatigués, trop déçus pour une aventure passionnée ou un amour grisé d'espoir, sont simplement heureux de trouver quelqu'un auprès de qui s'épancher. Toute la semaine ils économisent pour ce dimanche. Car, ce jour-là, ils se veulent libérés de l'éternel souci d'épargner ; ils désirent aller au restaurant, au café, au cinéma, dépenser quelques schillings sans toujours compter, calculer. Et, pendant la semaine, ils mettent aussi de côté des paroles, des sentiments, réfléchissent à ce qu'ils se raconteront, se réjouissent d'avoir quelqu'un à qui confier les événements de leurs vies, un être qui les écoute avec sympathie et compréhension. C'est déjà beaucoup après des mois d'une solitude déprimante, et ils attendent impatiemment ce petit bonheur, dès le lundi, puis le mardi, le merdredi, une impatience qui grandit le jeudi, le vendredi, le samedi. Ils conservent cependant une certaine retenue. Il y a des mots qu'ils ne prononcent pas, des mots qui, d'habitude, viennent facilement aux lèvres des amoureux : ils ne parlent pas de mariage, d'union éternelle, tout est encore si irréel, si lointain, n'a pas vraiment commencé à exister. Elle arrive habituellement vers neuf heures (elle ne peut pas passer la nuit de samedi à Vienne, c'est trop coûteux de prendre une chambre pour elle, et elle appréhende encore une nuit commune, elle n'a pas encore surmonté son angoisse). Il vient la chercher à la gare, ils se promènent par les rues, s'assoient sur les bancs des jardins publics, quittent la ville par un train de banlieue, déjeunent au-dehors, vont en forêt. De belles journées, et ils ne se lassent pas lors de leurs tête-à-tête de se regarder avec une mutuelle reconnaissance. Ils sont heureux de parcourir à deux une prairie, de jouir ensemble des petites choses qui appartiennent à tous, même aux pauvres : un ciel bleu d'automne par une soirée ensoleillée de septembre, quelques fleurs, une journée faste de liberté. Pour eux cela représente beaucoup et ils se réjouissent de se retrouver le dimanche suivant, jour qu'ils attendent avec la patience sereine d'être assagis par les épreuves. Le dernier dimanche d'octobre, l'automne, lassé de sa complaisance envers les humains, balaie les rues d'un vent violent, amoncelle les nuages, il pleut du matin au soir, et brusquement ils se sentent étrangers, inutiles en ce monde. Ils ne peuvent pas, sans parapluies, trotter toute la journée entière par les rues avec de simples pèlerines; il est stupide et pénible de rester assis l'un près de l'autre dans des cafés bondés où l'on ne peut parler à cause des voisins, et de se contenter en signe d'intimité de frôler un genou sous la table, et de ne pas savoir où aller, ni comment tuer le temps, ce temps, cependant si précieux, devenu un cauchemar.

Ils savent, tous deux, ce qui leur manque à ce jour : ridiculement peu, une petite chambre, une petite pièce personnelle, une retraite de quelques mètres carrés entre quatre murs. Ils sentent ce qu'il y a d'absurde pour de jeunes êtres qui se désirent de se promener tout le jour, sans but, dans des vêtements trempés ou d'être assis dans des salles combles ; mais s'acheter une retraite pour une nuit, ils n'osent pas. Le plus simple serait que Ferdinand prenne une chambre où elle puisse lui rendre visite, mais il ne gagne que cent soixante-dix schillings et habite chez une vieille dame dont il doit traverser la pièce pour atteindre son petit réduit, et il ne peut lui donner congé. Car, pendant les mois où il était chômeur, elle lui avait généreusement fait confiance et même avancé de l'argent pour sa nourriture ; il lui doit encore deux cents schillings qu'il rembourse partiellement chaque mois, mais il ne peut espérer liquider cette dette avant un trimestre. Tout cela il ne l'explique pas à Christine, malgré leur intimité il subsiste en lui en sentiment de honte à l'idée d'avouer le degré de sa pauvreté et de ses dettes. Christine, de son côté, se doute bien que c'est une question financière qui l'empêche de déménager et de prendre une autre chambre. Elle lui proposerait bien de l'argent, mais son intuition féminine lui fait craindre de le blesser si c'est elle qui fournit la possibilité de se retrouver, tous deux, dans une intimité totale. Ainsi elle n'en parle pas, et ils demeurent, désespérés, dans des locaux enfumés, scrutant les vitres pour voir si la pluie ne cessera pas. Jamais encore ils n'ont éprouvé à ce degré la puissance de l'argent quand on le possède, et, encore plus quand il vous manque. Divin lorsqu'il vous dispense la liberté, diabolique lorsqu'il vous la refuse avec mépris. Une colère, fruit de l'amertume, s'empare d'eux quand, le matin ou le soir, ils aperçoivent des fenêtres éclairées, et savent que derrière ces rideaux habitent des centaines de milliers d'hommes, chacun avec la femme qu'il désire, libre, à l'abri, tandis qu'eux errent bêtement, sans foyer, par les rues, trottinant sous la pluie ; une cruauté qui n'a d'égale dans la nature que celle de la mer sur laquelle on peut mourir de soif. Il y a là des chambres aux lits moelleux baignées de lumière et de chaleur, de silencieuses retraites, et il y en a des dizaines de milliers, des centaines de milliers, peut-être d'innombrables que personne n'utilise, ni n'occupe ; eux seuls n'ont rien pour s'appuyer un instant l'un contre l'autre et unir leurs lèvres, rien pour éteindre en eux cette soif dévorante et ce courroux contre un monde insensé, car il ne leur reste qu'à se tromper eux-mêmes en feignant de croire que cela ne peut durer éternellement, et ils commencent, tous deux, à se mentir. Au café il lit avec elle les petites annonces, leur répond et lui raconte qu'il a des chances sérieuses d'obtenir une brillante situation. Un de ses amis, un camarade de guerre, veut le caser au secrétariat d'une grande entreprise de bâtiment, il gagnera suffisamment d'argent pour poursuivre ses études techniques et devenir architecte ; de son côté, elle lui explique — et cela n'est pas un mensonge —

qu'elle a adressé une demande à la direction des Postes pour être affectée à Vienne, et qu'elle est allée trouver son oncle qui y a de hautes protections. Dans huit, quinze jours elle aura une réponse, probablement favorable. Mais ce qu'elle n'a pas dit, c'est qu'elle est bien allée un soir chez son oncle, sans lui en parler. Elle avait sonné à huit heures et demie après s'être assurée en entendant leurs voix par les fenêtres qu'ils étaient tous à la maison ; dans l'entrée elle avait perçu des bruits d'assiettes, puis l'oncle était apparu, un peu nerveux, disant qu'il était dommage qu'elle vienne aujourd'hui, que sa tante et ses cousines étaient en voyage (ce que démentaient les manteaux entrevus dans l'entrée) et qu'il dînait avec deux amis, sinon il l'aurait fait entrer, qu'y avait-il pour son service ? Elle le lui avait dit, il l'avait écoutée, avait émis un « Oui, oui, bien sûr » et elle avait parfaitement compris qu'il avait redouté qu'elle vienne quémander de l'argent, et qu'il avait hâte de la voir partir. Mais cela elle ne le raconte pas à Ferdinand, à quoi bon le décourager davantage ? Elle ne lui a pas dit non plus qu'elle a acheté un billet de loterie dont elle espère, comme tous les pauvres, un miracle. Elle préfère lui faire croire qu'elle a écrit à sa tante la priant de l'aider à trouver une situation ou de l'accueillir en Amérique, alors elle l'emmènerait et lui procurerait un métier, car là-bas on a besoin de travailleurs compétents. Il l'écoute et ne la croit pas, de même pour elle. Ils restent assis, déprimés, leur joie délavée par la pluie, leurs yeux assombris par le soir qui descend, et ils ont conscience d'une situation sans espoir. Puis ils parlent de Noël, de la fête nationale, ils auront deux jours de congé, ils pourront entreprendre une excursion ensemble, mais novembre est encore loin de décembre, aussi, devant eux un espace de temps interminable, vide, dénué d'espérance.

Ils s'illusionnent avec des mots, mais au fond d'eux-mêmes ils ne sont pas dupes, ils savent quelle dérision cela représente d'être dans une salle bruyante parmi la foule quand on souhaiterait être seuls, et d'y raconter des mensonges à voix basse alors que le corps et l'âme sont avides de vérité et d'intimité profonde. « Dimanche prochain il fera certainement beau, dit-il, la pluie ne peut pas toujours tomber. » « Oui, répond-elle, il fera certainement beau. » Mais ils n'ont plus le cœur à se réjouir, ils savent que l'hiver, l'ennemi des sans-abri, arrive, savent que leur sort ne peut s'améliorer. D'un dimanche à l'autre ils attendent un miracle, mais il ne se produit pas ; ils marchent ensemble, déjeunent ensemble, bavardent ensemble, et, peu à peu, cette communauté constante leur procure plus de tourment que de plaisir. A plusieurs reprises ils se disputent, tout en sachant que leur colère n'est pas dirigée contre l'autre mais contre le caractère absurde de leur situation, et ils ont tous les deux honte ; toute la semaine ils se réjouissent à la pensée du dimanche passé en commun, et, le dimanche soir, ils sentent que quelque chose dans leur vie est faux, insensé. La pauvreté étouffe presque l'ardeur de leur sentiment et rend leurs rencontres désirées et redoutées.

Par une journée pluvieuse de novembre, dans le bureau dont les fenêtres mal lavées laissent filtrer à midi une faible lumière, Christine est assise à son pupitre et calcule. Elle boucle difficilement son budget depuis qu'elle se rend tous les dimanches à Vienne : le train, le café, le tramway, le déjeuner, et d'autres petites dépenses représentent une somme assez élevée. Elle a déchiré son parapluie en montant dans le train, elle a perdu un gant, et puis (elle est femme) elle a fait quelques frais pour le rencontrer, une nouvelle blouse, une paire de chaussures fines. Ses calculs montrent un déficit, peu important il est vrai, de douze schillings en tout, déficit largement comblé par ce qui lui reste de francs rapportés de Suisse, mais elle se demande malgré tout si elle pourra continuer ses voyages dominicaux à la ville sans demander une avance ou s'endetter. Deux solutions qui inspirent une égale horreur à son esprit bourgeois, héritage de trois générations. Elle réfléchit, qu'adviendra-t-il de tout cela ? Lors de leur dernière rencontre, il y a deux jours, pluie et tempête se déchaînaient, ils sont restés tout le temps dans des cafés ou abrités sous des auvents, ils ont même cherché refuge dans une église ; elle est rentrée avec des vêtements trempés, froissés, infiniment fatiguée et triste. Ferdinand a paru étrangement troublé, il a dû se quereller sur le chantier ou avoir un ennui quelconque ; envers elle, il s'est montré brusque, presque désagréable. Pendant une demi-heure il n'a pas prononcé un mot, et c'est en silence, presque brouillés, qu'ils ont cheminé l'un après l'autre. Elle essaie de s'imaginer ce qui a pu le contrarier. Était-il furieux qu'elle ne puisse prendre sur elle de l'accompagner encore une fois dans un hôtel aussi affreux, un souvenir pour elle horrible, démoralisant, ou bien était-ce seulement le temps et le désespoir de devoir aller sans but d'un café à l'autre, cette errance qui use les nerfs et détruit l'âme, qui prive leur rencontre de toute signification, de toute joie ? Elle sent que quelque chose s'éteint en eux, pas leur amitié, pas leur camaraderie, mais une certaine énergie qui les abandonne en même temps. Ils n'ont plus le courage de se leurrer mutuellement. Ils ont au début partagé l'illusion de pouvoir s'entraider, se persuader qu'une issue était possible, qu'ils pourraient desserrer l'étreinte de la pauvreté ; maintenant ils n'y croient plus, l'hiver approche dans son manteau humide, il approche en ennemi juré.

Elle ne sait plus où trouver un motif d'espoir. Dans le tiroir gauche de son bureau se trouve le pli dactylographié reçu la veille de la direction des Postes de Vienne. « En réponse à votre demande du 17-9-1926, nous avons le regret de vous communiquer que le déplacement que vous sollicitez dans le secteur postal de Vienne n'est pas possible en ce moment, vu que, selon le décret ministériel B.D.Z. 1794, une augmentation de personnel dans les bureaux de Vienne ne peut être envisagée, et qu'il n'y a pas à ce jour de poste vacant. »

Elle ne s'attendait pas à un autre résultat ; le conseiller aulique est peut-être intervenu, peut-être l'a-t-il oublié, en tout cas il était le seul à pouvoir faire quelque chose. En dehors de lui, elle ne connaît personne, et cela signifie qu'elle restera ici, un an, cinq ans, éventuellement sa vie entière ; le monde est absurde.

Elle réfléchit, le crayon à la main, doit-elle le dire à Ferdinand ? Chose curieuse, il ne lui a jamais demandé ce qu'il était advenu de sa requête, probablement il n'y a jamais cru. Non, plutôt n'en pas parler, son silence sera assez explicite. A quoi bon le tourmenter ? cela n'aurait pas de sens. D'ailleurs, rien n'a de sens, rien.

La porte s'ouvre. Par réflexe, Christine se lève, dispose des formulaires. C'est un mouvement instinctif chez elle quand un usager entre de s'arracher à sa rêverie en se plongeant dans le travail. Mais quelque chose la frappe, la façon inhabituelle dont la porte est ouverte, timidement, prudemment, tandis que les paysans la poussent avec fracas et la laissent retomber de même derrière eux comme une porte d'écurie. Cette fois elle tourne doucement comme sous l'action d'un vent léger, très lentement, seuls les gonds grincent un peu. Machinalement elle jette un regard curieux par le guichet et sursaute. La personne à laquelle elle s'attendait le moins se dresse devant elle derrière la paroi de verre : Ferdinand.

L'émotion fait trembler le menton de Christine, cette surprise n'est pas de bon augure. Ferdinand lui a déjà proposé pour lui éviter la peine d'un voyage à Vienne de venir lui-même. Mais elle le lui a toujours défendu, peut-être parce qu'elle se sentirait humiliée de se montrer avec sa blouse de travail, confectionnée par elle, dans ce petit bureau délabré, vanité féminine ou pudeur. Peut-être aussi par crainte des ragots ; que diraient-elles, l'aubergiste d'à côté et sa voisine, si elles la voyaient se promener en forêt avec un inconnu venu de Vienne ? et Fuchsthaler serait vexé. Il est là cependant, ce qui ne présage rien de bon.

« Tu es étonnée, hein, tu ne t'y attendais pas ? » Le ton se voudrait dégagé, mais les mots butent dans sa gorge. « Qu'est-ce qu'il y a ? Qu'est-ce qui se passe ? » demande-t-elle effrayée. « Rien. Que veux-tu qu'il arrive ? J'ai eu congé et j'ai pensé : va jusque là-bas. Ça ne te fait pas plaisir ? » « Si, si, balbutie-t-elle, naturellement. » Il se retourne. « Ah, voilà ton domaine ? La salle d'apparat de Schönbrunn est plus belle, plus imposante, mais, après tout, tu es seule et n'as pas de patron sur le dos. C'est beaucoup ! »

Elle ne répond pas et ne pense qu'à une chose : que

veut-il ? « N'as-tu pas maintenant une pause pour le déjeuner ? J'ai pensé que nous pourrions être un peu ensemble pour sortir et bavarder. » Christine regarde l'heure. Un peu plus de midi moins le quart. « Pas tout de suite, mais bientôt. Seulement... je crois... il serait préférable... préférable de ne pas partir ensemble. Tu ne sais pas comme c'est ici quand on vous voit sortir avec quelqu'un, l'épicier, les commères, et celui-ci, et celui-là, tous vous interrogent : qui était-ce ? avec qui j'étais ? et je n'aime pas mentir. Il vaut mieux que tu partes devant. Tu prends sur ta droite le chemin de l'église, tu ne peux pas te tromper, tu le suis jusqu'au pied de la colline. Puis le chemin de croix qui monte jusqu'à l'église Saint-Michel. A l'orée de la forêt se dresse un grand crucifix, tu l'apercevras dès la sortie du village, devant il y a des bancs pour les pèlerins. Attends-moi là, je te suivrai dans cinq minutes, et nous serons libres jusqu'à deux heures. » « Bon, dit-il, je trouverai bien. A tout à l'heure. »

Il ferme à moitié la porte derrière lui. Son ton dur, bref, la saisit. Quelque chose est arrivé. Il n'est pas venu sans motif, il devrait être au travail. Et puis, le voyage coûte de l'argent, six schillings aller-retour. Il faut qu'il ait une raison. Elle descend la vitre, ses mains tremblent, elle peut à peine tourner la clé pour fermer. Ses genoux sont en plomb. « Où allez-vous donc ? » demande la femme d'Huber, une paysanne qui revient juste de son champ, en voyant la postière se diriger à midi vers la forêt contre toute habitude. « Me promener », répond-elle à cette voisine curieuse. Pour chaque pas il faut s'excuser, c'est une surveillance de chaque seconde. Dans son angoisse elle presse de plus en plus l'allure, elle grimpe presque en courant les derniers mètres du chemin de croix. Ferdinand est assis sur un banc de pierre devant le calvaire. Le crucifié se détache haut sur le ciel, les bras tordus fixés par les clous, sa tête avec la couronne d'épines tombe de côté, exprimant une résignation tragique. L'ombre de Ferdinand, juste au-dessous de la grande croix, semble faire partie de ce tableau dramatique. Il incline la tête d'un air sombre vers le sol, plongé dans une réflexion absorbante, il garde une immobilité totale. Il a enfoncé un bâton en terre. Il ne l'a pas entendue venir, il sursaute, retire le bâton, se retourne et la regarde sans intérêt, sans joie, sans tendresse. « Te voilà déjà, dit-il seulement. Assieds-toi, il n'y a personne. » La peur fait trembler les lèvres de Christine, elle ne peut se contenir plus longtemps. « Dis-moi. Qu'est-il arrivé ? » « Rien, répond-il, sans la regarder, pourquoi serait-il arrivé quelque chose ? » « Ne me tourmente pas. Je le vois bien, il se passe quelque chose pour que tu sois libre aujourd'hui. » « Libre, à vrai dire, tu as raison. A vrai dire, je suis libre. » « Mais comment, on ne t'a pas renvoyé ? » Il rit méchamment. « Renvoyé, non, pas à proprement parler, on ne peut pas appeler cela renvoyer. Plus de construction. » « Comment, plus de construction ? Qu'est-ce que ça veut dire ? » « Notre entreprise a fait faillite et l'entrepreneur a disparu. Un escroc, disent-ils maintenant, un aigrefin, avant-hier encore c'était un monsieur respectable. Déjà samedi quelque chose m'a alerté, il avait téléphoné de tous les côtés avant l'arrivée de la paie, puis il ne nous a versé que la moitié de notre salaire, une erreur de calcul, a assuré le comptable, ils n'en avaient pas assez retiré de la banque, le reste viendrait lundi. Et lundi rien n'est arrivé, et mardi et mercredi non plus, et aujourd'hui c'est la fin. L'entrepreneur s'est envolé, la construction provisoirement interrompue, et les gens de notre espèce peuvent s'offrir le luxe d'aller se promener. »

Elle le regarde fixement, ce qui l'inquiète le plus, c'est son ton calme, railleur. « Mais ils te doivent de par la loi une indemnisation. » Il rit. « Oui, oui, je crois, la loi stipule quelque chose comme ça. Nous verrons. Pour le moment il ne reste pas un timbre, tout est hypothéqué, et même les machines à écrire sont engagées. Nous pouvons attendre, nous avons bien le temps. » « Et que... que vas-tu faire ? » Il demeure songeur, ne répond pas. Il gratte la terre avec son bâton. Adroitement il dégage des cailloux, les met en tas. Elle ne peut le supporter. « Parle donc ! Qu'est-ce que tu as ?... qu'est-ce que tu envisages ? Que feras-tu ? » « Ce que je ferai ? » Il rit de nouveau d'un rire bref, étrange. « Ce que l'on fait en pareil cas. Je taperai sur mon compte en banque. Je vivrai de mes "économies". Je ne sais pas encore comment. Dans six semaines, il me sera probablement permis d'en appeler à cette généreuse institution de notre République nommée allocation chômage. J'essaierai de vivre avec, comme trois cent mille autres dans notre bienheureux État danubien. Et si cette tentative échoue il ne me restera qu'à crever. » « C'est idiot ! » Son calme glacé la rend furieuse. « Ne dis pas de telles bêtises ! Comment peut-on prendre cela aussi au tragique ? Un homme comme toi... tu trouveras un emploi, cent pour un. » Il bondit, frappe le sol avec son bâton. « Mais je ne cherche pas un emploi ! J'en ai assez ! Le mot seul m'exaspère, voilà onze ans que je suis employé ici et là, à des tâches différentes mais toujours secondaires. Pendant quatre ans dans l'usine à tuer, puis dans d'autres usines, dans d'autres commerces. J'ai toujours trimé pour les autres, jamais pour moi, jusqu'au coup de sifflet final : c'est terminé ! Foutez le camp ! Allez ailleurs ! Et toujours recommencer à zéro. Mais maintenant, je n'en peux plus, j'en ai assez, je ne marche plus. »

Christine esquisse un geste pour l'interrompre, mais il ne lui laisse pas la parole. « Je n'en peux plus, Christine, crois-moi, j'en ai assez, je n'en peux plus, je te le jure, je n'en peux plus. Plutôt crever que retourner au bureau de placement, faire la queue sur deux rangs comme un mendiant, et attendre qu'on vous remette une feuille, puis une autre feuille. Et alors courir, grimper, dégringoler des étages, écrire des lettres auxquelles personne ne répond, des offres d'emploi que le balayeur retrouve le matin chiffonnées parmi les ordures. Non, je ne supporte plus cette existence de chien, attendre dans les antichambres, puis être introduit auprès de quelque petit fonctionnaire, gonflé de son importance, qui vous toise d'un sourire étudié, froid, indifférent, pour vous faire comprendre qu'il en a des centaines comme vous et qu'il vous a fait la grâce de vous écouter. Sentir son cœur battre à chaque fois que quelqu'un feuillette négligemment votre dossier, regarde les certificats d'un air dédaigneux, et puis vous dit : "Je vais l'examiner, repassez éventuellement demain." Et le lendemain, c'est en vain, ainsi que le surlendemain jusqu'au jour où l'on est enfin casé quelque part en attendant d'être remercié. Non, je ne le supporte plus. J'ai beaucoup enduré : avec des souliers et des semelles en lambeaux j'ai marché des heures sur les routes russes, j'ai bu l'eau des fossés, j'ai porté trois mitrailleuses sur mon dos, mendié du pain pendant la captivité, enterré des cadavres, j'ai été roué de coups par un gardien ivre, j'ai ciré les bottes de la compagnie et vendu des photos obscènes pour avoir de quoi manger trois jours, j'ai tout fait, tout supporté dans l'espoir qu'un jour cela prendrait fin, que j'obtiendrais une situation, gravirais le premier échelon, puis le second. Mais à chaque fois on vous rejette en bas. J'en suis arrivé au point que je pourrais plutôt tuer quelqu'un, l'abattre froidement que lui quémander une aumône. Aujourd'hui, je n'en peux plus. Je ne veux plus traîner dans les antichambres, faire le pied de grue dans les bureaux de placement. J'ai trente ans et je n'en peux plus. »

Elle touche son bras, elle ressent une pitié immense et ne veut pas la lui montrer, mais il ne le remarque pas. Elle est comme une enfant qui tente de secouer un arbre, il reste figé, muré dans sa colère. « Maintenant, tu es au courant, mais ne crains rien, je ne suis pas venu pour t'importuner de mes lamentations. Je ne demande pas ta pitié, garde-la pour d'autres qu'elle aidera peut-être. Je suis venu pour te dire adieu. Nos relations n'ont plus de sens. En arriver à vivre à tes crochets, j'ai encore trop de fierté pour cela. Plutôt mourir de faim ! Le mieux est de nous séparer convenablement et que l'un de nous ne décharge pas son fardeau sur l'épaule de l'autre. Voilà ce que je voulais te dire et te remercier encore pour tout... » « Mais, Ferdinand. » Elle le saisit plus fortement. Tremblante, elle s'accroche à lui de toutes ses forces. « Ferdinand, Ferdinand, Ferdinand », elle ne trouve pas d'autre mot, ne trouve rien d'autre à dire dans son affolement, son désarroi. « Honnêtement, crois-tu que cela ait un sens ? Ne souffres-tu pas, toi aussi, de nous voir contraints de déambuler crottés par les rues, de traîner dans les cafés, et aucun de nous ne peut soutenir l'autre et doit lui mentir ? Combien de temps cela va-t-il encore durer ? et qu'attendre ? J'ai trente ans et je n'ai

276

encore rien pu réaliser de ce que je souhaitais. Toujours embauché, débauché, et chaque mois je vieillis d'une année. Je n'ai rien vu du monde, rien obtenu de la vie si ce n'est cet espoir : cela viendra, c'est le commencement. Mais, je le sais maintenant, cela ne viendra plus, je n'ai rien de bon à attendre. Je suis fini, je ne remonterai plus la pente. Et un type comme moi, il faut l'éviter... Je sais que mon influence n'est bénéfique à personne, ta sœur l'a tout de suite bien senti, elle s'est placée devant Franz pour que je ne l'ébranle pas et ne l'entraîne pas, et toi aussi je ne ferais que t'entraîner dans ma chute. Ça n'aurait pas de sens. Séparons-nous au moins proprement comme deux camarades. » « Oui, mais... que veux-tu faire ? » Il ne répond pas. Il reste figé, muet, attend. Elle le regarde et prend peur. Il tient solidement le bâton dans son poing et creuse avec la pointe un petit trou en terre. Fasciné, il le fixe, comme s'il voulait s'y engloutir. Soudain, Christine comprend, tout lui devient clair. « Tu ne veux pourtant pas... » « Si, répond-il calmement. Si, c'est la seule chose raisonnable à faire, j'en ai assez. Je n'ai pas de courage pour recommencer, mais, pour en finir, j'en ai suffisamment. Là-bas quatre d'entre nous l'ont déjà fait. Ça va vite. J'ai vu leurs visages, ils étaient calmes, satisfaits, apaisés. Ce n'est pas difficile, plus facile que de continuer à vivre ainsi. »

Elle se cramponne toujours à lui comme l'instant d'avant, mais soudain ses bras retombent sans force, elle ne dit rien. « Ne comprends-tu pas ? lui demande-t-il en relevant calmement les yeux. N'as-tu pas toujours été honnête avec moi ? » Elle réfléchit, puis dit simplement : « J'ai pensé la même chose ces trois derniers jours. Mais je n'ai pas osé l'envisager aussi nettement. Tu as raison, continuer n'a aucun sens. » Il la regarde, incertain, la question qu'il lui pose est empreinte de la séduction du désespoir : « Toi aussi, tu... » « Oui, avec toi. » Son ton est tranquille, décidé, comme s'il s'agissait d'une promenade. « Seule je n'aurais pas le courage, je ne sais pas... je n'ai pas encore réfléchi de quelle façon, sinon je l'aurais peut-être déjà fait depuis longtemps. » « Tu le ferais... » Bouleversé de bonheur, il bute sur les mots, il saisit ses mains. « Oui, dit-elle très posément, quand tu voudras, mais ensemble. Je n'ai plus de raison de te mentir. Mon déplacement à Vienne est refusé, et ici au village c'est pour moi une mort lente. Qu'elle vienne plutôt vite. Je n'ai pas écrit en Amérique, je sais qu'ils ne m'aideront pas, ils m'enverraient peut-être dix dollars, vingt dollars, cela nous avancerait à quoi ? Plutôt en finir rapidement que de continuer à se tourmenter, tu as raison. »

Il la fixe longuement, il ne l'a jamais contemplée avec une expression si passionnée. Ses traits se sont adoucis et peu à peu un sourire apparaît derrière le regard dur. Il lui caresse les mains. « Je n'avais pas pensé que tu... que tu voudrais m'accompagner si loin. Ça m'est maintenant deux fois plus facile, je me faisais du souci pour toi. » Ils restent assis, joignant leurs mains. Un passant les prendrait pour un couple d'amoureux, tout juste réunis, tout juste fiancés qui auraient gravi le chemin de croix pour confirmer leurs vœux au pied du calvaire. Jamais ils n'ont été l'un près de l'autre si détendus, si assurés. Pour la première fois ils ressentent un sentiment de sécurité entre eux et pour l'avenir. Ils demeurent ainsi longtemps, la main dans la main, à se regarder, leurs visages expriment le contentement, la sérénité. Puis elle demande calmement : « Comment vas-tu faire ? »

Il tire de la poche arrière de son pantalon un revolver militaire. Un rayon du soleil de novembre frappe le canon lisse qui étincelle. L'arme n'a rien d'effrayant. « Dans la tempe, dit-il, tu n'as pas à avoir peur, j'ai une main sûre, je ne tremblerai pas... puis pour moi, dans le cœur. C'est une arme de guerre, un gros calibre, on peut lui faire confiance. Avant qu'ils entendent la détonation au village, ce sera fini. Il ne faut pas avoir peur. » Elle regarde le revolver posément, sans émotion, avec un intérêt objectif. Puis elle lève les yeux. Devant elle, à trois mètres du banc où ils se trouvent, se dresse, gigantesque, le grand calvaire en bois foncé avec le grand crucifié qui agonisa trois jours. « Pas ici, dit-elle en hâte, pas ici, et pas maintenant. Car... (elle le regarde et sa main presse plus chaudement celle de Ferdinand) je voudrais que nous soyons une fois encore ensemble... vraiment ensemble sans la moindre anxiété... Toute une nuit... peut-être a-t-on encore maintes choses à se dire... Les paroles définitives qu'on ne prononce d'habitude jamais dans la vie... et puis je voudrais être avec toi, rien qu'avec toi une nuit entière... Ils nous trouveront le lendemain matin. » « Oui, répond-il, tu as raison, il faut goûter encore ce que la vie a de meilleur avant de la rejeter. Pardonne-moi de ne pas y avoir pensé. »

Ils restent assis en silence, frôlés par un vent léger. Ils sentent la chaleur du soleil douce, tiède. Il fait bon d'être là. Pour une fois heureux et étrangement sereins. Soudain la cloche de l'église sonne, une fois, deux fois, trois fois. Elle bondit. « Deux heures moins le quart ! » Un sourire amusé éclaire le visage de Ferdinand. « Tu vois, voilà comme nous sommes.

Tu es courageuse, tu ne crains pas la mort, mais tu es terrifiée à l'idée d'être en retard au bureau. On nous a bien dressés, nous avons ça dans le sang. Il est temps de se libérer de ce monde absurde. Es-tu vraiment prête au grand départ ? » « Oui, dit-elle, c'est mieux ainsi. Mais je voudrais auparavant tout mettre en ordre. C'est bête, mais je ne sais pas... cela me sera plus facile si j'ai tout réglé, et je voudrais encore écrire quelques lettres. Et puis... si je suis aujourd'hui à mon poste jusqu'à six heures du soir, personne ne se doutera de rien et on ne me cherchera pas. Et ce soir nous irons par le train à Krems, ou à Saint-Pölten, ou à Vienne. J'ai assez d'argent pour prendre une bonne chambre, nous y dînerons et vivrons une fois comme nous le voulions... il faut que ce soit beau, très beau, et demain matin quand ils nous trouveront, rien n'aura plus d'importance. Viens me chercher à six heures, c'est égal maintenant qu'ils me voient, ils pourront bien dire et penser ce qu'ils voudront... Alors je fermerai la porte derrière moi, derrière tout, tout... Alors je serai libre... nous serons vraiment libres. » Il la regarde à nouveau, ravi de cette fermeté insoupçonnée. « Oui, dit-il, je serai là à six heures. Jusque-là, je vais me promener et contempler encore une fois le monde. Eh bien, à tout à l'heure. » Gaie, légère comme jamais, elle descend en courant le chemin de croix, jette un regard en arrière. Il est là à la suivre des yeux, puis il tire son mouchoir et l'agite. « A bientôt, à bientôt ! »

Christine regagne la poste. Soudain tout est facile. Tous les objets : bureau, siège, pupitre, balance, téléphone, piles de papiers, ne l'attendent plus avec hostilité. Leur hargne muette, méchante ne lui redit plus : « des milliers de fois, des milliers de fois, des milliers de fois », car elle sait que la porte est ouverte, un pas, et elle sera libre.

Un calme merveilleux l'habite brusquement, le calme serein d'une prairie, le soir, sur laquelle déjà l'ombre descend. Elle accomplit tout aisément, comme en se jouant. Elle écrit plusieurs lettres pour prendre congé, une à sa sœur, une à la direction des Postes, une à Fuchsthaler, et s'étonne elle-même de la netteté de son écriture, le début de chaque ligne exactement sous la précédente, des mots calligraphiés respectant bien les intervalles, des pages aussi propres que ses devoirs d'écolière. Des gens se présentent, remettent des lettres, veulent une communication téléphonique, apportent des paquets, font des versements. Elle exécute chaque opération avec minutie et amabilité. Elle souhaite inconsciemment que ces gens, le Thomas, la fermière Huber, l'adjoint des Eaux et Forêts, l'apprenti de l'épicerie, la bouchère, gardent d'elle un souvenir agréable ; dernière petite vanité féminine. Elle ne peut s'empêcher de sourire légèrement quand on lui dit « Au revoir » et elle répond avec d'autant plus de cordialité : « Au revoir ! », car elle respire déjà un autre air, l'air de la délivrance. Puis elle prend les affaires restées en retard, compte, calcule, met en ordre : jamais le pupitre n'a été aussi propre, elle efface même les taches d'encre et redresse le calendrier. Celle qui lui succédera n'aura pas à se plaindre. Ne donner des sujets de plainte à personne, maintenant qu'elle est heureuse. Comme dans sa vie, tout ici doit être en ordre.

Elle travaille si joyeusement, elle règle tout avec tant de célérité et d'adresse qu'elle ne voit pas le temps passer, et qu'elle est véritablement surprise lorsque la porte s'ouvre. « Est-il vraiment six heures déjà ? Mon Dieu, je n'ai pas fait attention. Encore dix minutes, vingt minutes et j'ai terminé. Tu comprends que je veuille tout laisser impeccable. Je n'ai plus qu'à fermer le bureau, à faire la caisse et je suis à toi. » Il veut attendre dehors. « Mais non, assieds-toi là, je vais baisser les rideaux, et s'ils nous voient partir ensemble, cela n'a plus d'importance, demain ils en sauront davantage. » « Demain, sourit-il, je me réjouis à la pensée qu'il n'y aura pas de "demain", tout au moins pour nous. Cette promenade fut merveilleuse, le ciel, les couleurs, la forêt ; hum ! Dieu le Père était un fameux architecte, un peu vieux jeu, mais meilleur que je le serais devenu. » Elle le conduit dans le Saint des Saints de l'autre côté des guichets où aucune personne étrangère au service ne pénètre. « Je n'ai pas de siège à t'offrir, la générosité de notre République ne va pas jusque-là, mais assieds-toi sur le rebord de la fenêtre et fume une cigarette, j'en ai fini dans dix minutes (elle respire, libérée), fini avec tout. »

Elle additionne des colonnes, aisément, rapidement. Ensuite elle tire de la caisse la sacoche noire, on dirait une cornemuse, pour vérifier. Elle empile les billets sur le bureau, de cinq, de dix, de cent, de mille, mouille son doigt à l'éponge et compte avec une adresse professionnelle les billets bleus. Cela va vite, comme une mécanique, dix, vingt, trente, quarante, cinquante, soixante, elle note rapidement au crayon le total des différentes sortes de coupures, puis, avec impatience déjà, reporte le chiffre dans les livres, vérifie l'encaisse, enfin tire un trait, le dernier trait au crayon, le trait libérateur. Subitement elle entend derrière elle une respiration bruyante, oppressée. Elle lève la tête. Ferdinand, qui s'était dressé sans bruit et avait traversé la pièce, se tient dans son dos et regarde par-dessus son épaule. « Qu'est-ce qu'il y a ? » « Tu permets ? (Sa voix est rauque.) Tu permets que j'en prenne un en main. Il y a longtemps que je n'ai vu un billet de mille schillings, et, de toute ma vie, jamais une telle somme. » Il en saisit un entre ses doigts avec précaution comme s'il était fragile ; elle remarque que ses mains tremblent. Qu'est-ce qu'il a ? Il fixe d'un regard étrange le billet bleu, ses narines frémissent, une lueur bizarre passe dans ses yeux. « Tant d'argent... tu as toujours autant d'argent ici ? » « Naturellement, aujourd'hui c'est même assez peu : 11 570 schillings. A la fin du trimestre quand les vignerons paient leurs impôts, ou lorsqu'on vire les salaires de l'usine, il y a parfois jusqu'à quarante, cinquante et même soixante mille, une fois cela montait à quatre-vingt mille schillings. » Il regarde intensément le pupitre et garde les mains derrière son dos comme s'il avait peur. « Et pour toi... pour toi, ce n'est pas inquiétant d'avoir une telle somme là dans ton pupitre ? Tu ne crains rien ? » « Craindre quoi ? Le local est fermé par des grilles, regarde, de solides barreaux de fer, et à côté il y a l'épicerie, au-dessus loge le propriétaire de la ferme Weidenhof, ils entendraient si quelqu'un forçait la porte. Et le soir, l'argent est toujours au coffre dans la sacoche, non, il ne peut rien arriver. » « Moi, j'aurais peur », répond-il d'une voix étranglée. « C'est stupide. Peur de quoi ? » « De moi-même. » Elle lève les yeux, voit une bouche mi-close, un regard qui se dérobe. Alors il commence à arpenter la pièce.

« Je ne pourrais pas le supporter, pas une heure, je ne pourrais pas respirer auprès d'une telle somme d'argent, je calculerais toujours : voilà mille schillings, un simple bout de papier quadrangulaire, si je le prends et le fourre dans ma poche, j'ai trois mois, six mois, un an de liberté, je peux faire ce que je veux, mener une existence à ma guise, et, avec ce qui est là — combien as-tu dit ? 11 570 schillings —, nous pourrions subsister deux ans, trois ans, voir le monde, vivre vraiment chaque minute, non comme nous l'avons fait jusqu'à présent, mais selon nos désirs, pour réaliser l'être qui est en nous, lui permettre de se développer, et non d'être cloué sur place. Un geste seulement : refermer mes cinq doigts, et c'est la liberté — non, je n'aurais pas pu le supporter, je serais devenu fou à regarder cet argent, à l'avoir si près, à le flairer, et à savoir qu'il appartient à cet épouvantail grotesque, l'État, qui ne respire pas, qui n'a ni volonté, ni connaissance, la plus stupide invention de l'humanité, qui broie l'homme, son inventeur. Je serais devenu fou... je me serais enfermé la nuit pour ne pas prendre la clé et ouvrir le coffre. Et tu aurais de quoi vivre ! Tu n'y as jamais pensé ? » « Non, dit-elle, tout effrayée, je n'y ai jamais pensé. » « Eh bien, l'État a de la chance, les fripouilles en ont toujours. Maintenant prépare-toi, range cet argent, je ne peux plus le voir. »

Elle ferme rapidement le coffre. Ce sont ses mains à elle qui tremblent à ce moment. Puis ils partent en direction de la gare. La nuit est tombée, on voit les fenêtres éclairées, les gens sont en train de dîner, et, comme ils passent près d'une des dernières maisons, ils entendent un murmure régulier : la prière du soir. Il ne parle pas, elle ne parle pas, comme s'ils n'étaient pas seuls. Une pensée les accompagne comme leur ombre. Ils la sentent devant eux, derrière eux, et, lorsqu'ils quittent la rue du village et pressent le pas involontairement, elle les suit.

Arrivés aux dernières maisons, ils s'arrêtent. Il fait nuit noire. Le ciel est plus clair que la terre, dans sa lumière vitreuse les contours du chemin se détachent en lignes noires, les arbres aux branches dépouillées tendent dans l'air immobile des doigts calcinés. Des paysans isolés et quelques attelages passent dans la rue, on les entend plus qu'on ne les voit, roulements de lourds chariots, pas dans l'obscurité — on n'est pas seul. « N'y a-t-il pas d'ici un sentier à travers champs pour atteindre la gare, un sentier où l'on ne rencontre personne ? » « Si, répond Christine, ici à droite. » Elle est contente qu'il lui ait parlé, elle peut échapper une minute à la pensée qui la hante depuis le départ du bureau de poste, pensée sourde, lancinante, ombre qui la suit pas à pas.

Il marche un certain temps près d'elle sans une parole, on dirait qu'il a oublié sa présence. Sa main ne cherche même pas la sienne. Soudain sa question brise brutalement le silence comme une pierre dans une vitre. « Tu penses que tu pourrais avoir trente mille à la fin du mois ? » Elle comprend immédiatement où il veut en venir, mais domine sa voix pour que l'émotion n'y perce pas. « Oui, je crois. » « Et si tu retardais les versements... si tu conservais les paiements d'impôts et ton encaisse quelques jours de plus — je connais mon Autriche, les contrôles n'y sont pas si stricts —, combien pourrais-tu accumuler ? » Elle réfléchit. « Certainement quarante mille. Peut-être même cinquante mille... mais pourquoi... ? » Il répond presque brutalement : « Tu sais déjà pourquoi. » Elle n'ose pas protester. Il a raison, elle sait pourquoi. Ils marchent silencieux ; dans un étang proche les grenouilles soudain coassent furieusement, et ce vacarme railleur leur est pénible. Il s'immobilise tout d'un coup. « Christine, nous n'avons pas de raison de nous en conter. Notre situation est terriblement sérieuse, et nous devons être d'autant plus sincères l'un vis-à-vis de l'autre. Réfléchissons ensemble, calmement, clairement. »

Il allume une cigarette, éclairant un instant ses traits tendus. « Réfléchissons : nous étions décidés aujourd'hui à en finir, nous voulions, comme l'écrivent si bien nos journalistes, quitter la vie. Ce n'est pas vrai. Nous ne voulions pas quitter la vie, ni toi, ni moi. Nous voulions échapper à une vie foutue, et c'était la seule solution. Nous ne voulions pas quitter la vie, mais notre pauvreté, notre odieuse, insupportable, inéluctable pauvreté. Cela seulement. Et nous avons cru que le revolver était la dernière, la seule voie. C'était une erreur. Nous savons maintenant tous deux qu'il en existe une autre, l'avant-dernière. Reste la question : aurons-nous le courage de la prendre, et comment ? » Elle se tait, il tire sur sa cigarette. « Il faut peser, étudier cela très calmement, très rationnellement comme un problème d'algèbre... Je ne veux pas te tromper. Je te dis carrément que cette voie réclame plus de courage que l'autre. La première était facile. Une pression du doigt, un muscle que l'on tend, un éclair, et c'est fini. L'autre voie est plus difficile parce que plus longue. Ce n'est pas la tension d'une seconde, ça dure des semaines, des mois, il faut continuellement être sur ses gardes, se cacher. Il est toujours plus dur de faire face à l'imprévisible qu'au prévisible, une peur brutale, précise se surmonte mieux qu'une angoisse prolongée, indéfinissable. C'est pourquoi nous devons examiner si nous en avons la force, si nous pouvons soutenir ces tensions et pour quel prix. Examiner si nous devons en finir rapidement avec l'existence, ou recommencer à vivre, voilà mon problème. » Il reprend sa marche, elle derrière comme un automate. Ses jambes fonctionnent pour elle. Toute sa pensée attend, décontenancée, la suite de ses paroles. Elle n'a plus la force de réfléchir elle-même, sa volonté est mortellement ébranlée, paralysée.

Il s'arrête de nouveau. « Ne te méprends pas. Je n'ai pas le moindre accès de scrupule moral, je me sens parfaitement libre face à l'État. Il a commis de tels crimes envers nous tous, envers notre génération que nous avons tous les droits. Nous pouvons lui nuire autant que nous le voulons, nous, notre génération sacrifiée, ce ne sera qu'un dédommagement. Quand je vole, qui me l'a appris, qui me l'a commandé, si ce n'est lui. Pendant la guerre on appelait ça des réquisitions, et dans le traité de paix des expropriations, des réparations. Si nous trichons, à qui devons-nous cette science ? C'est lui qui nous a enseigné comment l'argent épargné par trois générations pouvait être réduit à zéro en deux semaines, comment on pouvait, en l'espace d'une génération, escroquer à un individu des prairies, des maisons, des champs, depuis cent ans dans sa famille. Et si j'assassine quelqu'un, qui m'y a entraîné, dressé ? Six mois à la caserne et puis des années au front ! Notre procès contre l'État est engagé auprès du Bon Dieu, nous le gagnerons devant toutes les instances, jamais il ne pourra rembourser la dette énorme qu'il a contractée envers nous, ni nous rendre ce qu'il nous a pris. Se conduire scrupuleusement vis-à-vis de l'État était normal en d'autres temps quand l'État était un tuteur bienveillant, économe, sérieux, correct. Maintenant qu'il se comporte comme une crapule à notre égard, nous avons le droit d'être des crapules. N'est-ce pas, tu me comprends ? Je n'ai pas l'ombre d'une hésitation, et je crois que tu n'as pas besoin d'en avoir, si nous prenons notre revanche, si je m'octroie moi-même la pension d'invalidité qui me revient de plein droit et que cette digne institution me refuse, avec en plus une compensation pour l'argent dérobé à ton père et au mien et pour la part de vie authentique déniée à nous et à mes semblables. Non, je te le jure, sur ce point ma conscience est parfaitement tranquille, égale à son indifférence pour notre vie ou notre mort. Il n'y aura pas un pauvre de plus dans cet État si nous volons cent billets bleus, ou mille, ou dix mille, il le sent aussi peu que la prairie à laquelle la vache arrache une touffe d'herbe. Cela ne me trouble absolument pas, et je crois que si j'avais volé trente millions je dormirais aussi bien qu'un directeur de banque ou qu'un général après trente batailles perdues. Je ne pense qu'à nous, à toi et à moi. Mais nous ne devons rien entreprendre de façon irréfléchie, à la manière d'un apprenti de quinze ans qui prend dix schillings dans la caisse, les gaspille en une heure, et ne sait plus pourquoi il a fait cela. Nous sommes trop vieux pour expérimenter. Nous n'avons plus que deux cartes en main, il faut jouer l'une ou l'autre. Une telle décision demande réflexion. »

Il repart pour se détendre. Elle remarque l'intensité de sa concentration, et frissonne de l'entendre parler avec un tel détachement, une telle logique. Sa supériorité lui apparaît plus forte que jamais, et elle se sent, plus que jamais, soumise à sa volonté. « Procédons lentement, Christine, pas à pas, et non par bonds. Surtout pas d'espoirs trompeurs et de chimères. Réfléchissons. Si nous en finissons aujourd'hui, nous sommes débarrassés de tout. Un instant, et la vie est derrière nous — à vrai dire, une pensée étonnante, je me rappelle toujours notre professeur du lycée qui expliquait doctement que l'unique supériorité de l'homme sur l'animal est de pouvoir mourir quand il le veut, et pas seulement quand la nature l'y force. C'est peut-être le seul espace de liberté que l'on possède pleinement durant toute notre existence, la liberté de pouvoir rejeter la vie. Mais, nous deux, nous sommes encore trop jeunes, nous ne savons pas ce que nous rejetons. Simplement une vie que nous n'avons pas voulue, que nous contestons, alors qu'on peut imaginer qu'il en existe une autre digne d'être approuvée. L'argent transforme la vie, du moins je le crois et toi aussi. Tant que nous croyons encore à quelque chose — tu me comprends, n'est-ce pas ? —, ce « non » dit à la vie n'est pas tout à fait vrai, et nous détruisons un bien sur lequel nous n'avons aucun droit, notre vie non encore vécue, une possibilité nouvelle, pourquoi pas grandiose. Peut-être qu'une poignée d'argent me permettrait de réaliser ce qui est en moi, ce qui existe mais ne peut se manifester, qui périt comme cette herbe que j'arrache, uniquement parce que je l'arrache. Quelque chose qui pourrait grandir en moi, et toi ? Tu pourrais peut-être avoir des enfants, tu pourrais... On ne sait pas... et justement, ne pas le savoir, c'est magnifique... N'est-ce pas que tu me comprends ? Je veux dire... une sorte de vie comme celle qui gît derrière nous ne vaut pas la peine d'être prolongée, s'échiner lamentablement de semaine en semaine, d'un congé à l'autre. Mais on pourrait peut-être en tirer un bien avec du courage, le courage d'entreprendre autre chose. Et, finalement, en cas d'échec, il est toujours possible d'acheter un revolver. Ne penses-tu pas qu'on devrait... qu'on devrait, quand on vous met, pour ainsi dire, l'argent dans la main, tout simplement le garder ? »

« Oui, mais... Où aller avec cet argent ? » « A l'étranger. Je connais des langues, je parle français, et même fort bien, le russe parfaitement, un peu d'anglais, et le reste on l'apprend. » « Oui, mais... Ils feront des recherches, ne crois-tu pas qu'ils nous retrouveront ? » « Je ne sais pas, on ne peut pas savoir. Peut-être, probablement même, peut-être pas. Je crois que cela dépend surtout de nous, si l'on tient le coup, si l'on est assez habiles, assez prudents et méfiants, si l'on a bien tout envisagé. Mais cela exige naturellement une tension énorme. Ce ne sera pas une vie facile, nous serons pourchassés, notre existence sera une fuite perpétuelle. La réponse ne m'appartient pas, c'est à toi de savoir si tu en auras le courage. »

Christine réfléchit. Il est difficile d'envisager tout cela subitement. Puis elle dit : « Seule, je n'ai le courage de rien. Je suis une femme, pour moi seule, je ne peux rien mais pour quelqu'un, avec quelqu'un, je peux agir. Pour nous deux, pour toi, je peux tout. Donc si tu veux... » Il marche plus vite. « C'est là la question, je ne sais pas si je le veux. Tu dis : à deux cela te sera plus facile. Pour moi, ce serait d'être seul. Alors je saurais quel est l'enjeu, une vie foutue, mutilée, d'accord, au rebut ! Mais j'ai peur de t'entraîner. Tu n'y as pas pensé, l'idée est de moi. Je ne veux pas t'entraîner, je ne veux t'inciter à rien ; si tu veux entreprendre quelque chose que ce soit de par ta volonté et non de par la mienne. »

Derrière les arbres apparaissent de petites lumières. Le chemin de terre se termine, ils vont arriver à la gare. Christine demeure abasourdie. « Mais... comment le feras-tu ? dit-elle apeurée. Je ne comprends pas. A quoi cela nous mènera-t-il ? Je lis toujours dans les journaux que tous les coupables de cette espèce sont arrêtés. Comment te représentes-tu la chose ? » « Je n'ai pas encore commencé à y songer. Tu me surestimes. L'idée vous vient en une seconde, et seuls les imbéciles l'exécutent sans délai. C'est pourquoi ils sont toujours pris. Il y a deux sortes de crimes — ce qu'on appelle crime au sens courant —, ceux commis sous l'emprise de la passion et ceux mûrement prémédités. Les premiers sont peut-être les plus beaux, mais ils échouent la plupart du temps. C'est ainsi que procèdent les petits employés, ils puisent dans la caisse, vont jouer aux courses pensant qu'ils gagneront ou que le chef ne remarquera rien, ils croient aux miracles. Moi, je ne crois pas aux miracles, je sais que nous sommes tous deux totalement seuls, seuls face à une organisation gigantesque, mise en place depuis des siècles avec à sa disposition l'expérience, l'intelligence de milliers de limiers ; je sais que le détective, pris isolément, est un imbécile, que je suis plus capable et plus roublard que lui, mais eux ont la pratique, la méthode. Si nous — tu vois, je dis encore si — nous décidons vraiment à risquer ce coup, je ne songe pas à un jeu d'enfant conçu étourdiment. Ce qu'on fait vite, on le fait mal. Un tel plan doit être étudié dans ses moindres détails, en tenant compte de chaque possibilité. Un calcul de probabilités. Examinons tout attentivement, minutieusement, et viens à Vienne dimanche, et alors nous nous déciderons, pas aujourd'hui. »

Il s'arrête. Sa voix brusquement s'éclaircit. C'est l'autre voix, la voix d'enfant étouffée en lui qu'elle aime tant. « N'est-ce pas étrange ? Cet après-midi, quand tu es allée à ton travail, j'ai été me promener. J'ai contemplé le monde en pensant que c'était la dernière fois. Il était beau et clair dans la chaude lumière vivifiante du soleil, et j'étais encore assez jeune et solide, encore vivant. Alors j'ai tout récapitulé, et je me suis demandé : qu'ai-je fait en vérité dans ce monde ? Et la réponse fut amère. Il est triste de constater que je n'ai à vrai dire rien fait, ni pensé pour moi. A l'école j'ai pensé et appris ce que voulaient les maîtres. A la guerre j'ai exécuté les gestes, les pas que l'on me commandait. En captivité nous n'avions qu'un ardent désir : en sortir ! et je m'y suis fatigué à force d'inactivité ; par la suite, j'ai trimé pour d'autres, bêtement, sans but, pour une maigre croûte et pour payer l'air que je respirais. Aujourd'hui, pour la première fois, j'aurai trois jours jusqu'à dimanche pour penser à une chose qui n'intéresse que moi, moi et toi ; vraiment je m'en réjouis. Vois-tu, je voudrais que nous l'organisions comme on construit un pont où chaque clou, chaque vis doit être à sa place, où un millimètre d'erreur réduit à néant toutes les lois de la statique. Je voudrais la construire pour qu'elle puisse durer des années. Je sais que c'est une grosse responsabilité, mais, pour la première fois, une responsabilité pour moi et pour toi, non pas cette sale, petite responsabilité comme à l'armée ou dans les entreprises où l'on n'est qu'un zéro accolé à un dénominateur qu'on ne connaît pas. Allons-nous le faire ou non ? L'avenir décidera, mais déjà exposer, creuser une idée, combiner ses moindres aboutissements, voilà une joie sur laquelle je ne comptais plus. Une chance que je sois venu te voir aujourd'hui. »

La gare est toute proche, on distingue déjà les différentes lumières. Ils s'arrêtent. « Il est préférable que tu ne m'accompagnes pas. Il y a une demi-heure, cela n'avait aucune importance que l'on nous voie ensemble. Maintenant, personne ne doit te voir avec moi, cela fait partie (il rit) de notre grand plan. Personne ne doit soupçonner que tu as un complice, et me faire remarquer ne serait pas indiqué. Oui, Christine, à partir de maintenant il faut penser à tout ; ça ne sera pas facile, je te l'ai dit tout de suite, l'autre solution était plus simple. Mais, d'un autre côté, je n'ai pas, nous n'avons pas connu véritablement la vie. Je n'ai jamais vu la mer, jamais été à l'étranger. Je n'ai jamais su ce que peut être l'existence quand on n'est pas forcé à chaque occasion de penser : ça coûte combien ? Nous n'avons jamais été libres. Peut-être faut-il l'être pour connaître exactement la valeur de la vie. Sois patiente, ne te tourmente pas, je vais tout étudier jusqu'au moindre détail, et même par écrit ; ensuite nous l'examinerons ensemble, point par point, et nous pèserons le pour et le contre, possibilité contre impossibilité. Et alors nous déciderons. Veux-tu ? » « Oui », dit-elle d'une voix forte, résolue.

Les journées jusqu'au dimanche suivant sont pour Christine insupportables. Pour la première fois elle a peur d'elle-même, peur des gens, peur des choses. Ouvrir la petite caisse le matin, saisir les billets devient une torture. Lui appartiennent-ils ou à l'État ? Sont-ils tous là ? Elle recompte sans cesse les coupures bleues et ne trouve jamais le résultat correct. Ou bien sa main tremble ou bien elle se trompe en additionnant. Elle a perdu toute assurance et par là même toute spontanéité. Au fond d'elle-même, un sentiment confus la trouble : elle s'imagine que tous les gens doivent deviner son intention, partager ses réflexions, elle croit que tous l'observent, l'épient. En vain elle se raisonne : c'est de la folie. Je n'ai encore rien fait, nous n'avons encore rien fait. Tout est en ordre, les billets sont au complet dans le coffre, les comptes exacts au chiffre près, je peux affronter n'importe quel contrôle. Cependant tout regard étranger lui pèse, et lorsque le téléphone sonne elle sursaute et ne décroche l'écouteur qu'au prix d'un grand effort. Quand le vendredi matin le gendarme, baïonnette cliquetant au côté, pénètre soudain d'un pas lourd dans le bureau, ses yeux se troublent, elle se cramponne des deux mains à la table comme s'il allait l'entraîner de force, mais le gendarme, le cigare à la bouche, veut simplement expédier un mandat, une pension alimentaire, à une fille qui lui a donné un enfant illégitime, et il plaisante sur cette dette interminable pour un plaisir si court. Mais elle n'a pas le cœur à rire et son écriture sur l'attestation de versement est tremblée. Elle peut seulement respirer lorsqu'il part en claquant la porte, et que, se précipitant au coffre, elle peut se convaincre que l'argent est encore là ; 32 712 schillings et 40 groschens, somme correspondant exactement au chiffre du livre de comptes. La nuit, elle ne peut dormir, et quand elle dort ses rêves sont épouvantables, car la pensée est toujours plus terrifiante que l'action, l'acte à venir plus lourd d'angoisse que l'acte exécuté.

Le dimanche matin Ferdinand l'attend au train. Il l'examine avec attention. « Mon pauvre petit ! Comme tu as mauvaise mine, une figure ravagée. Tu t'es tourmentée, n'est-ce pas ? Je l'ai tout de suite craint. C'était peut-être une erreur de t'en parler auparavant. Mais ce sera bientôt fini, aujourd'hui tout sera décidé, oui ou non. » Elle l'observe de biais. Ses yeux sont clairs, ses mouvements, remarquablement alertes, libérés de toute lourdeur. Il remarque son regard. « Oui, je vais bien. Depuis des semaines, des mois je ne me suis jamais senti si bien que pendant ces trois jours. Je sais seulement maintenant quelle joie cela représente de pouvoir se consacrer à ses propres, à ses seules pensées... Ne plus être la petite partie d'un tout qui ne vous concerne pas mais construire pour soi des fondations jusqu'au faîte, uniquement pour soi. Un château en Espagne, si l'on veut, qui s'écroulera peut-être en une heure. Possible que tu le détruises d'un mot, ou que nous l'abattions ensemble. En tout cas, ce fut un travail pour moi, et j'y ai pris du plaisir. C'était vraiment excitant de suivre sa pensée jusqu'à l'ultime possibilité, de dresser un plan de bataille contre les armées coalisées de l'État, de la police, de la presse, contre toutes les puissances de la terre, de faire manœuvrer ses idées, et maintenant j'ai envie de la guerre réelle. Tout au plus serons-nous vaincus, mais ne le sommes-nous pas depuis longtemps ? Eh bien, tu vas voir. »

Ils quittent la gare. Le ciel est gris, un brouillard glacial enveloppe les maisons, des porteurs, des hommes de peine aux visages mornes attendent. Tout est baigné d'humidité. Mêlée au froid, elle provoque sur les lèvres à chaque mot une petite bouffée de buée. La chaleur a disparu du monde. Il saisit son bras pour traverser la rue, la guide entre les voitures. Il la sent tressaillir nerveusement à son contact. « Qu'as-tu ? Qu'est-ce qui ne va pas ? » « Rien, dit-elle, je suis tellement impressionnable tous ces jours-ci. Je crois que chaque personne qui s'adresse à moi m'observe. Je crois que chacun pense à la même chose que moi. Je sais bien que c'est une peur stupide, mais j'ai l'impression que chacun peut le lire sur mon front, que tous les gens du village savent déjà tout, flairent tout. Quand l'adjoint des Eaux et

Forêts m'a demandé dans le train : "Qu'allez-vous donc faire à Vienne ?" je suis devenue si rouge qu'il a commencé à rire, et puis j'ai été rassurée. Il vaut mieux qu'il croie cela qu'autre chose. Mais dis-moi, Ferdinand (elle se serre soudain contre lui), il n'en sera pas toujours ainsi, si nous... si nous le faisons vraiment ? Car, je le sens maintenant, je n'aurais pas la force. Je ne pourrais pas supporter de vivre continuellement dans l'angoisse, d'avoir peur de chaque personne, de ne pas pouvoir dormir de peur d'entendre frapper à la porte. N'est-ce pas, il n'en sera pas toujours ainsi ? »

« Non, je ne crois pas. C'est seulement ici où tu es conditionnée par ta vie passée. Une fois ailleurs, dans d'autres vêtements, avec un autre nom, dans un autre pays, tu oublieras celle que tu as été. Tu m'as toi-même raconté le changement total de personnalité que tu avais connu. Une seule chose serait dangereuse, si tu faisais ce que nous projetons avec mauvaise conscience. Si tu as le sentiment de commettre un délit en volant ce maître voleur qu'est l'État, alors notre affaire part mal et je l'abandonne. En ce qui me concerne, je me trouve parfaitement dans mon droit. Je sais qu'on a commis une injustice à mon égard, et je risque ma peau pour ma propre cause, et non, comme pendant la guerre, pour une idée morte, pour la maison de Habsbourg, ou pour une Mitteleuropa ou quelque construction politique qui ne m'intéresse pas. Mais, nous l'avons dit, ce n'est pas encore décidé, nous ne faisons que jouer avec cette pensée, et, quand on joue, il faut être gai. Tête haute ! Je sais bien que tu peux être courageuse. » Elle respire profondément. « Je crois que je suis capable d'endurer pas mal de choses, tu as raison, et puis, je le sais, nous n'avons rien à perdre. J'ai déjà

296

subi beaucoup d'épreuves, mais ce qui est dur, c'est l'incertitude. Lorsque ce sera fait, tu pourras à nouveau compter sur moi. » Ils continuent à marcher. « Où allons-nous ? » demande-t-elle.

Il sourit. « C'est étrange, toute cette affaire ne m'a causé aucune peine, c'était vraiment pour moi comme une plaisanterie d'envisager toutes les possibilités, comment nous pourrions fuir, nous cacher, nous mettre en sûreté, et je crois en vérité avoir pinaillé sur chaque détail, aussi je peux dire : ça marche, ça colle. J'ai tout calculé, un jeu d'enfant de tout organiser, comment nous allions vivre, nous défendre si nous avions un jour de l'argent ; il n'y a qu'une chose que je ne pouvais pas trouver : le lieu. Ces quatre murs, la chambre où nous pourrions discuter en paix de notre projet. J'ai fait de nouveau l'expérience qu'il est plus aisé de vivre dix ans avec de l'argent qu'un seul jour sans ; vraiment, Christine (il sourit presque avec fierté), il m'a été plus difficile de découvrir ces quatre murs entre lesquels personne ne pourra nous voir ni nous entendre que de préparer toute notre aventure. J'ai envisagé toutes les éventualités : partir à la campagne, il fait trop froid ; une chambre d'hôtel, on peut nous écouter de celle d'à côté, et puis, je te connais, tu seras inquiète, troublée, et il nous faut un esprit clair. Dans un restaurant, particulièrement s'il est vide, on est observé par les serveurs ; à l'extérieur, on attire l'attention à bavarder, assis, par un froid pareil. Oui, Christine, tu n'as pas idée quelle difficulté cela représente, quand on n'a pas d'argent, pour pouvoir s'isoler dans une ville d'un million d'habitants. J'ai supputé les possibilités les plus extravagantes, oui, je me suis même demandé si nous ne devions pas grimper en haut de la tour de la cathédrale Saint-Étienne. Personne n'y monte par un tel brouillard, mais c'était absurde. Finalement je me suis adressé au gardien qui veille sur notre construction interrompue par la faillite. Il a une cabane en bois avec un poêle de fonte, une table et, je crois, un seul siège. Je le connais bien. Je lui ai servi tout un boniment à propos d'une grande dame polonaise que je connais depuis la guerre qui loge au Sacher avec son mari, et qui est trop distinguée et trop connue pour se montrer avec moi dans la rue. Tu te représentes comme le pauvre type a ouvert de grands yeux, et a naturellement considéré comme un réel honneur de me rendre service. Nous nous connaissons depuis longtemps et je l'ai tiré deux fois du pétrin. Il placera la clé à un endroit précis sous une poutre, me laissera son autorisation afin que nous soyons en règle à tout hasard, et il m'a promis d'allumer le poêle tôt le matin. Là nous serons seuls, ce ne sera pas confortable, mais l'enjeu est notre bonheur futur, et nous allons nous tapir dans cette niche pour deux heures. Là personne ne nous entendra, ne nous verra. Là nous pourrons nous décider en paix. »

Le chantier se trouve en banlieue à Florisdorf, vide, entouré de palissades, le gros œuvre avec sa centaine de fenêtres vides se dresse dans un abandon grotesque. Des fûts de goudron, des brouettes, des tas de ciment, des piles de tuiles sont dispersés sur le sol détrempé dans une pagaille totale ; on a l'impression que quelque catastrophe naturelle a interrompu l'agitation laborieuse. Il y règne un silence anormal pour un lieu de travail. La clé se trouve sous une planche. Le brouillard humide bouche complètement la vue. Il ouvre la petite baraque, et, comme promis, le poêle est allumé, il y fait une douce chaleur et ça sent bon le bois. Ferdinand ferme la porte et jette encore quelques morceaux de bois dans le poêle. « Si quelqu'un venait, je brûlerais rapidement les papiers, nous ne risquons rien, n'aie pas peur ; au reste, personne ne viendra, personne ne peut nous entendre, nous sommes seuls. »

Christine se sent mal à l'aise, tout lui semble irréel, à part cet homme près d'elle. Ferdinand tire de sa poche quelques feuilles, les déplie et dit : « S'il te plaît, Christine, assieds-toi et écoute bien. Voici le plan de toute l'affaire, je l'ai étudié à fond, repris par écrit trois, quatre, cinq fois, je crois que maintenant il est parfaitement clair, je te prie de le lire le plus attentivement possible, point par point. Là où quelque chose ne te paraît pas exact, écris à droite au crayon des questions ou tes réserves, et nous reprendrons ces observations ensemble. L'enjeu est de taille, il ne tolère pas l'improvisation. Mais, auparavant, je veux t'entretenir d'un autre aspect qui n'est pas exposé dans ce projet, un aspect que nous devons discuter ensemble. L'affaire ne concerne que nous. Donc nous l'exécutons toi et moi. Nous sommes ainsi également responsables, bien que, comme je le crains, tu sois considérée par la loi comme la principale coupable. En tant que fonctionnaire, tu es responsable, c'est toi qui seras recherchée, poursuivie, ta famille, tout le monde te considérera comme une criminelle, tandis que, tant qu'on ne nous aura pas arrêtés tous les deux, personne ne connaîtra ma complicité, ni le fait que j'en suis l'instigateur. Ton enjeu est beaucoup plus important que le mien. Tu as une situation qui t'assure jusqu'à la fin de ta vie un traitement, une retraite, je n'ai rien. Je risque beaucoup moins au regard de la loi, et au regard —

comment puis-je l'exprimer ? —, disons au regard de Dieu. Notre partie est donc inégale. C'est toi qui cours le plus grand danger, c'est mon devoir de te le dire, de te mettre en garde. »

Il voit qu'elle baisse les yeux. « Il me fallait te le préciser très brutalement, et, à l'avenir, je ne te dissimulerai aucun danger. Une chose avant tout : ce que tu feras, ce que nous ferons est irréversible. Pas question de revenir en arrière. Même si avec cet argent nous gagnions des millions et pouvions rembourser cinq fois la somme, tu ne pourrais jamais revenir ici et personne ne t'absoudrait. Nous nous sommes définitivement exclus des rangs des gens convenables, des honnêtes citoyens, nous serons en danger notre vie durant. Il faut que tu le saches, et, quelles que soient nos précautions, un hasard, un hasard totalement imprévu et imprévisible peut nous arracher à une heureuse tranquillité, nous conduire en prison, et, comme on dit, nous couvrir de honte. Pas de sécurité assurée dans une telle aventure, pas même de l'autre côté de la frontière, ni aujourd'hui, ni demain, jamais. Tu dois regarder le danger en face comme dans un duel le pistolet de ton adversaire. La balle peut vous manquer, vous atteindre, mais on est toujours face à l'arme. »

Il fait de nouveau une pause et s'efforce d'apercevoir son regard. Elle fixe le sol, et il remarque que la main qui repose sur la table ne tremble pas. « Encore une fois, je ne veux pas te bercer de faux espoirs. Je ne peux te donner aucune assurance, absolument aucune, ni pour toi, ni pour moi. Si nous tentons ensemble cette aventure, cela ne veut pas dire que nous serons unis pour la vie. Nous l'entreprenons pour être libres, pour vivre libres. Peut-être souhaiterons-nous un jour être libérés l'un de l'autre.

Peut-être même très bientôt. Je ne peux prendre aucun engagement, je ne sais pas qui je suis, et encore moins ce que je deviendrai lorsque j'aurai respiré l'air de la liberté. Peut-être que le caractère tourmenté qui est le mien aujourd'hui provient seulement de ce qui veut s'exprimer en moi, mais peut-être aussi qu'il durera, augmentera même. Nous ne nous connaissons pas bien, nous n'avons passé que quelques heures ensemble, ce serait folie de dire que nous pouvons et voulons rester éternellement unis. La seule chose que je puisse t'assurer est d'être pour toi un bon camarade, c'est-à-dire que je ne te trahirai jamais, que je ne te forcerai jamais à faire quelque chose contre ta volonté. Le jour où tu voudras me quitter, je ne te retiendrai pas. Mais je ne puis te promettre que je resterai près de toi. Je ne puis rien te promettre. Ni que l'entreprise réussira, ni que tu seras par la suite heureuse, débarrassée de tout souci, même pas que nous resterons ensemble — je ne puis rien promettre. Je ne cherche pas à te convaincre, au contraire, je t'avertis : ta situation est plus défavorable, tu passeras pour l'auteur du vol, de plus, tu es une femme, et par là plus dépendante des circonstances. Tu risques gros, un risque effroyable, je ne voudrais pas t'y inciter, je ne t'y encourage pas. Je t'en prie, lis le plan, examine-le et décide-toi, mais, encore une fois, tu dois savoir que cette décision sera irréversible. » Il pose les feuilles devant elle : « S'il te plaît, lis-les avec la plus extrême méfiance, avec la plus extrême vigilance, comme si on t'offrait un mauvais marché ou te proposait un contrat dangereux. Entre-temps, je ferai quelques pas dehors, je jetterai un coup d'œil à la construction. Je ne veux pas être là. Tu ne dois pas avoir l'impression que je pèse sur ta décision par ma présence. » Il se lève, sort, sans la regarder. Christine a devant elle les grandes feuilles in-folio repliées, soigneusement écrites. Elle doit attendre quelques minutes tellement son cœur bat, puis elle commence la lecture.

Le texte manuscrit est présenté de façon soignée comme un document d'un siècle précédent. Il comporte des têtes de chapitres soulignées à l'encre rouge.
   I. Exécution de l'acte proprement dit.
  II. Destruction des indices.
 III. Comportement à l'étranger et autres projets.
 IV. Comportement en cas de malchance ou de découverte.
  V. Résumé.
Le premier chapitre, « Exécution de l'acte proprement dit », se décompose à son tour en sous-paragraphes, de même les suivants. Christine le prend et le lit d'un bout à l'autre.

I. *Exécution de l'acte proprement dit*
   a) Choix du jour : Pour la date de l'exécution n'entre naturellement en ligne de compte qu'une journée précédant un dimanche ou un jour férié. Ainsi la découverte du trou dans la caisse est retardée d'au moins vingt-quatre heures, et l'avance, indispensable à la fuite, assurée. Comme le bureau ferme à six heures il est possible de prendre un train de nuit pour la Suisse ou la France, de plus la tombée de la nuit de bonne heure en novembre présente un autre avantage. Novembre est le plus mauvais mois pour voyager. On peut s'attendre, à coup sûr, dans le train de nuit en Autriche à être seuls dans le compartiment. Ainsi lorsque la nouvelle paraîtra dans les journaux, on trouvera difficilement des témoins pour fournir

une description des voyageurs. Particulièrement favorable serait en outre le 10 novembre avant la fête nationale (les postes seront fermées) et parce qu'on arriverait à l'étranger un jour de semaine, d'où l'avantage de pouvoir procéder sans attirer l'attention aux premières acquisitions et aux transformations de personne. Il serait recommandé de retarder, autant que faire se peut, la remise des versements effectués, pour réunir à cette date la somme la plus importante possible.

b) Départ : Il doit naturellement se faire séparément. Prendre des billets pour de petits parcours, jusqu'à Linz, puis de Linz à Innsbruck ou à la frontière, et de la frontière pour Zurich. Tu dois te procurer ton billet pour Linz quelques jours auparavant, ou, mieux, je m'en chargerai afin que l'employé de la gare qui te connaît certainement ne puisse rien dire sur ta destination. Pour les autres mesures visant à égarer les recherches et à détruire les indices, voir paragraphe II. Je monterai dans le train à Vienne, toi à Saint-Pölten ; pendant le trajet de nuit en Autriche nous n'échangerons pas une parole. Il est important pour les recherches qui suivront que personne ne sache, ou suppose que l'action a été exécutée avec un complice, ainsi toutes les recherches seront axées sur ton nom et ton signalement, et non sur le couple que nous formerons à l'étranger. Également toute apparence d'un lien entre nous doit être dissimulée devant les contrôleurs, les employés, tant que nous ne serons pas loin à l'étranger. Exception faite des douaniers auxquels nous présenterons un passeport commun.

c) Papiers : Le mieux serait évidemment de se procurer, à côté des authentiques, de faux passeports. Nous n'en avons pas le temps. Nous pourrons essayer plus tard à l'étranger. Naturellement, à aucune frontière le nom Hoflehner ne doit apparaître, tandis que moi, au passé irréprochable, je puis m'inscrire partout sous mon nom véritable. J'apporterai à mon passeport un petit changement en y ajoutant ton nom et ta photographie. Je fabriquerai moi-même le tampon, ayant appris en son temps à sculpter le bois. Je puis en outre (j'ai vérifié) modifier le F de mon nom d'un petit trait qu'on lira alors Karrner, c'est sous cette forme qu'il peut servir au cas, que je tiens pour exclu (voir paragraphe II), abordé dans une autre rubrique. Le passeport sera valable pour nous deux comme mari et femme, et nous suffira jusqu'à ce que nous puissions, dans quelque port, nous en procurer des faux. Dans deux ou trois ans si nous avons assez d'argent nous y arriverons sans difficulté.

d) Transport de l'argent : Si cela est possible, prendre des mesures pour réunir dans les derniers jours surtout de grosses coupures, de mille ou de dix mille, afin de ne pas se charger. Les billets par liasses de cinquante ou de deux cents (selon qu'il s'agit de coupures de mille ou de cent), tu les répartiras pour le voyage dans ta valise, ton sac, au besoin une partie dans les coutures de ton chapeau, ce qui suffira pour un contrôle de routine à la frontière. En cours de route je changerai quelques billets dans les gares de Zurich et de Bâle pour avoir de l'argent à l'arrivée en France et n'être pas forcé pour les premières acquisitions importantes de changer au même endroit, de façon voyante, trop d'argent autrichien.

e) Première destination pendant la fuite : je propose Paris. Cette ville présente l'avantage d'être atteinte rapidement par train direct. Nous y serons seize heures avant la découverte de la disparition, et vingt-quatre-heures avant que soit lancé un mandat d'arrêt, et nous aurons le temps de prendre des dispositions pour modifier complètement le signalement communiqué (qui ne concerne que toi). Je parle couramment le français, ainsi nous pourrons éviter les hôtels pour étrangers et descendre dans un établissement plus discret à la périphérie. Paris présente l'avantage d'un énorme réseau de communications qui rend une surveillance individuelle presque impossible ; également, d'après ce que m'ont raconté des amis, l'inscription dans les hôtels est faite peu sérieusement, contrairement à l'Allemagne où les hôteliers, de même que la nation entière, sont curieux et exigent des précisions. En outre, on peut supposer que les journaux français donneront moins de détails sur un vol commis dans les postes autrichiennes que les journaux allemands. Et d'ici que les journaux en publient les premières nouvelles, nous serons probablement déjà loin de Paris. (Voir paragraphe III.)

II. *Destruction des indices*

Le plus important est de compliquer les recherches des autorités, et, autant que possible, de les mettre sur de fausses pistes, chaque enquête dans une mauvaise direction retarde les poursuites, et, au bout de quelques jours, le signalement diffusé dans le pays même et surtout à l'étranger tombe complètement dans l'oubli. Il est donc capital dès le début de se représenter les mesures qu'arrêteront les autorités, et de prendre les contre-mesures correspondantes.

Comme à l'accoutumée, les autorités dirigeront leurs recherches dans trois directions : a) Fouille approfondie du domicile ; b) Enquête auprès des parents et relations ; c) Recherche d'autres personnes ayant pu participer au délit. Il ne suffit donc pas de détruire tous les papiers restés au domicile, il s'agit de prendre des mesures pour embrouiller les recherches, les diriger sur une fausse piste. Il faut pour cela :

a) Le visa : Habituellement, à l'occasion de chaque délit la police enquête auprès des consulats pour savoir si la personne en question, en l'occurrence H, a obtenu un visa dans les jours précédents. Comme je demanderai un visa français, non pour le passeport de H, mais pour ma propre personne qui, provisoirement, n'a rien à voir avec l'affaire, il suffirait de ne pas en demander un pour le passeport de H. Cependant, comme nous voulons orienter les recherches vers l'est, je ferai en ton nom une demande de visa pour la Roumanie, ce qui aura pour effet de faire concentrer l'enquête en premier lieu sur ce pays et les Balkans.

b) Pour fortifier cette hypothèse, il sera bon que tu envoies la veille de la fête nationale un télégramme à Branco Riczitsch, gare de Bucarest, poste restante. « Arriverai demain après-midi avec tous mes bagages, attends-moi à la gare. » On peut admettre avec certitude que les autorités examineront toutes les dépêches et télégrammes expédiés de ton bureau, qu'ils tomberont immédiatement sur ce message particulièrement suspect qui leur fera croire qu'ils connaissent un complice, et qu'ils ont découvert dans quelle direction la fuite a eu lieu.

c) Pour les renforcer dans cette erreur, très importante pour nous, je t'écrirai d'une écriture déguisée une longue lettre que tu déchireras en petits morceaux et jetteras dans la corbeille. Les inspecteurs fouilleront naturellement celle-ci, reconstitueront le texte qui confirmera leur conviction sur la piste erronée.

d) Tu te renseigneras discrètement à la gare, la veille de notre départ, pour savoir si on délivre des billets directs pour Bucarest, et ce qu'ils coûtent. Sans aucun doute, l'employé du chemin de fer témoignera et contribuera à égarer les poursuites.

e) Pour que ma personne — personne avec qui tu voyageras en qualité d'épouse — reste complètement en dehors de tout cela, il n'est besoin que d'un détail. Autant que je sache, on ne nous a jamais vus ensemble, et, à part ton beau-frère, personne ne sait que nous nous connaissons. Pour l'induire lui aussi en erreur, j'irai le voir aujourd'hui pour lui faire mes adieux, je lui dirai que j'ai enfin obtenu une situation à ma convenance en Allemagne et que j'y pars. Je paierai ce que je dois à mon hôtesse et je lui montrerai un télégramme. Comme je disparaîtrai dix jours avant l'acte, tout rapport entre nous sera totalement exclu.

III. *Comportement à l'étranger et autres projets*

Il ne peut être déterminé avec précision que sur place : voici seulement quelques indications générales :

a) Apparence extérieure : Nous devons par notre habillement et notre comportement marquer notre appartenance à la classe moyenne, celle qui attire le moins l'attention. Ni trop élégants, ni trop pauvres, et je me présenterai comme membre d'une corporation qui éveille le moins le soupçon d'être mêlé aux affaires financières, je jouerai le rôle d'un peintre. J'achèterai à Paris un petit chevalet, un pliant, une toile, une palette ; ainsi partout où nous passerons, ma profession se révélera à première vue et rendra toute question superflue. En France, dans tous les coins pittoresques, on rencontre toute l'année des milliers de peintres. Cela n'étonne personne et suscite d'emblée une certaine sympathie envers des individus originaux et inoffensifs.

b) L'habillement doit être en rapport : une veste de velours ou de toile soulignant le côté artiste, à part cela, rien de voyant. Tu auras l'air de m'assister, tu porteras la boîte à couleurs et un appareil photo. On épargne à de telles personnes les pourquoi ? et les d'où venez-vous ? On n'est pas surpris de les voir rechercher des petits coins tranquilles ou de les entendre parler une langue étrangère.

c) La langue : Il est de la plus haute importance que nous parlions ensemble uniquement quand nous sommes seuls. Il faut éviter en tout cas que les gens remarquent que nous parlons allemand tous les deux. En public nous utiliserons de préférence un jargon enfantin qui sera non seulement impossible à comprendre pour des étrangers, mais qui laissera également planer le doute sur l'origine de notre langue. Dans les hôtels, choisir si possible des chambres d'angle ou telles qu'un voisin ne puisse nous épier.

d) Changement fréquent de lieu : Un changement fréquent de résidence est indiqué, parce que, au bout d'un certain délai, des problèmes se poseront : taxes à payer, vérifications d'identité, qui n'auront évidemment aucun rapport avec notre affaire, mais pourront cependant nous créer des désagréments. De dix à quinze jours, et dans d'assez petites localités quatre semaines, sera une durée convenable, également elle empêchera d'être connus des hôteliers.

e) L'argent : Il doit toujours être réparti entre nous deux tant que nous n'aurons pas pu louer un coffre dans une banque, ce qui serait dangereux dans les premiers mois. Il n'est naturellement pas question de le porter simplement sur soi ou dans un portefeuille, mais cousu dans la doublure des vêtements, des chapeaux ou des chaussures, ainsi lors d'une fouille à l'improviste ou au cours d'un accident imprévisible on ne découvrira pas des sommes importantes qui provoqueraient des soupçons. Il ne faudra changer l'argent que lentement, prudemment, et uniquement dans des villes importantes comme Paris, Monte-Carlo, Nice, jamais dans de petites localités.

f) Éviter autant que possible, surtout dans les premiers temps, de lier connaissance avant d'avoir pu se procurer de nouveaux papiers (ce qui doit être facile dans les ports) et de pouvoir quitter la France pour gagner l'Allemagne ou une autre contrée à notre convenance.

g) Il est superflu d'élaborer à l'avance les buts et les plans de notre existence future. D'après mes calculs actuels, si nous menons une vie discrète d'un niveau moyen, la somme devrait suffire pour quatre ou cinq ans, c'est pendant cette période que notre avenir se décidera. Il faudra s'arranger très vite pour ne plus garder tout l'argent avec soi, mais le mettre en dépôt, ce qui ne pourra être entrepris que lorsque des possibilités sûres, discrètes, seront trouvées. Pendant les premiers temps une prudence sans faille, une réserve des plus strictes et un contrôle constant de soi seront nécessaires ; au bout de six mois nous pourrons nous déplacer librement, les mandats d'arrêt éventuels seront oubliés. Mettre à profit ce temps pour se perfectionner en langues étrangères, pour modifier son écriture, et surmonter l'impression d'étrangeté et d'incertitude. Acquérir, si possible, une certaine qualification qui permette une autre forme de vie ou d'activité.

IV. *Comportement en cas de malchance ou de découverte*

Dans une entreprise comportant de nombreuses incertitudes, il faut compter dès le départ avec l'échec. A quel moment et de quel côté peuvent survenir des situations périlleuses, on ne peut le prévoir, et il faudra y remédier cas par cas en examinant ensemble la situation. Il serait bon cependant de s'en tenir à certains principes de base :

a) Si, au cours du voyage ou pendant un de nos multiples arrêts, nous sommes séparés par un hasard ou une erreur quelconque, nous reviendrons immédiatement en arrière au lieu où nous aurons passé la dernière nuit ensemble, et nous nous attendrons à la gare ou nous nous écrirons à la poste centrale de la ville en question.

b) Si, par quelque malchance, on découvrait notre trace et que nous soyons arrêtés, nous devons avoir pris à l'avance toutes les mesures pour en tirer les conséquences dernières. Mon revolver ne quitte pas ma poche et je l'aurai toujours près de moi dans mon lit. Pour toi je préparerai pour toute éventualité du poison, du cyanure, que tu pourras porter toujours discrètement sur toi dans un poudrier. Le sentiment d'être toujours prêts à exécuter notre décision primitive nous donnera à chaque instant une assurance supérieure. Pour ma part, je suis absolument décidé à ne pas me retrouver derrière des barbelés ou des fenêtres grillagées. Si, par contre, l'un de nous deux était arrêté en l'absence de l'autre, ce dernier considérera comme un devoir de fuir immédiatement. Ce serait la plus grossière erreur que de se livrer par sentimentalité mal inspirée pour partager le sort de son camarade, car l'individu isolé supporte mieux l'épreuve et peut mieux lors d'un simple interrogatoire s'en tirer avec des boniments. En outre, celui des deux resté en liberté a la possibilité de le secourir, d'effacer des traces, de lui faire parvenir des nouvelles, et, éventuellement, de l'aider à s'évader. Ce serait de la folie de renoncer volontairement à la liberté pour laquelle on a tout entrepris. Il restera toujours assez de temps pour se suicider.

V. *Résumé*

Nous courons cette aventure, y risquons notre vie, pour être libres, tout au moins un certain temps. A ce concept de liberté en général s'ajoute celui de liberté individuelle l'un vis-à-vis de l'autre. Si, pour des raisons intimes ou extérieures, la vie en commun devenait pesante ou insupportable pour l'un de nous deux, il doit, sans tergiverser, se séparer de l'autre. Chacun de nous s'engage dans cette affaire sans exercer une pression, une contrainte sur son partenaire. Chacun de nous n'est responsable qu'envers soi, et n'a pas le droit de faire un reproche quelconque à l'autre sur le plan matériel ou moral. De même que nous partagerons l'argent dès la première minute afin de préserver la liberté de chacun, de même nous partagerons la responsabilité, le danger et en assumerons, chacun pour soi, les conséquences. Pour tout comportement ultérieur, seule compte cette responsabilité personnelle, et la conviction, à tout moment, que nous n'avons aucun tort envers l'État ou l'un vis-à-vis de l'autre, conscients d'avoir fait la seule chose valable, naturelle, dans notre situation. Risquer un tel danger avec mauvaise conscience serait folie. C'est seulement si chacun de nous, sans tenir compte de l'autre, en arrive, après mûre réflexion, à la conviction que cette voie était la seule possible, la seule juste que nous aurons le droit et le devoir de la prendre.

Elle repose les feuilles et relève la tête. Il est revenu et fume une cigarette. « Relis-les de bout en bout. » Elle obéit, et ce n'est que lorsqu'elle a terminé qu'il demande : « Tout est clair et précis ? » « Oui. » « As-tu constaté un oubli ? » « Non, je crois que tu as pensé à tout. » « A tout ? Non ! (Il sourit.) J'ai oublié quelque chose. » « Quoi ? » « Ah ! si je le savais ! Dans chaque plan il manque quelque chose. Dans chaque crime il y a toujours une faille. On ne sait pas laquelle à l'origine, chaque criminel, si astucieux soit-il, commet presque toujours une faute infime. Il met tous ses papiers à l'abri et oublie son passeport, il calcule tous les obstacles et ne voit pas le plus évident, le plus normal. On oublie toujours quelque chose et j'ai probablement oublié de penser au plus important. » La voix de Christine marque sa surprise. « Ainsi, tu crois... tu crois que ça ne réussira pas... ? »

« Je ne sais pas. Je sais seulement que c'est difficile. L'autre solution était plus facile. On échoue presque toujours quand on se rebelle contre sa propre loi — je ne pense pas aux arcanes de la justice, ni à la législation de l'État ou à la police, de ceux-là on viendrait à bout. Mais chacun a sa propre loi, l'un est entraîné vers le haut, l'autre vers le bas, et celui qui doit monter montera, et celui qui doit tomber tombera. Rien ne m'a réussi jusqu'à présent, et à toi non plus, peut-être, probablement même, sommes-nous voués à l'échec. Si tu m'interroges franchement, je te dirai que je ne crois pas être né pour être un jour parfaitement heureux, cela ne correspondrait pas à mon tempérament ; je serai satisfait de l'être un mois, une année, deux ans. Si nous tentons l'aventure, je ne me représente pas une fin idyllique avec cheveux blancs et foyer douillet à la campagne, je pense seulement à quelques semaines, à quelques mois, à quelques années de gagnés sur la balle de revolver qui nous attendait. »

Elle le regarde tranquillement. « Je te remercie, Ferdinand, de ta sincérité. Si tu avais exposé tout cela avec enthousiasme, je me serais méfiée de toi. Je ne crois pas non plus à une réussite. A chaque fois que j'ai voulu progresser, j'ai été rejetée en arrière. Il est probable que notre action sera vaine, et qu'elle est insensée. Mais ne rien entreprendre et continuer à vivre serait encore plus insensé. Je ne vois rien de mieux. Donc, tu peux compter sur moi. »

Il la contemple d'un regard clair, brillant, mais sans chaleur. « C'est définitif ? » « Oui. » « Alors, mercredi 10, à six heures ? » Elle soutient son regard et lui tend la main. « Oui. »

POSTFACE

Œuvre posthume, Ivresse de la métamorphose —
*le titre n'est pas de Stefan Zweig, mais emprunté à une
phrase du roman — a été établi à partir des manuscrits
retrouvés dans les inédits de l'écrivain : un premier
cahier, rédigé à Salzbourg en 1930-1931, relate l'aventure de Christine à Pontresina et s'arrête à son retour
au pays ; le second, écrit en exil à Londres en 1938-
1939, correspond à la deuxième partie du roman. Le
fait que l'œuvre n'ait pas été revue pour l'impression
par son auteur — il la laissa inachevée à la déclaration
de guerre — explique la présence de quelques redites et
imprécisions, et l'écart dans le temps, entre la rédaction des deux parties, provoque une nette différence
d'atmosphère. Autant la satire de l'État autrichien était
souriante dans la première partie — cf. la description
du bureau de poste —, autant elle devient par la suite
féroce par la bouche de Ferdinand. Dans l'intervalle,
Zweig avait lui-même souffert des désordres politiques
en Autriche. Une perquisition dans sa maison de
Salzbourg en 1934 par des éléments nationalistes*

l'avait *profondément affecté*, entraînant un premier départ en Angleterre.

L'œuvre se trouve sous le signe de la guerre. Bien que l'action se déroule en 1926, la Première Guerre mondiale y est présente, constamment évoquée lors du rappel en flash-back de l'enfance de Christine, et par le récit de la captivité de Ferdinand. De plus, le spectre de la Seconde Guerre mondiale, menaçant à l'horizon, a certainement contribué à durcir le ton de la dernière partie dont la rédaction se situe au moment de l'Anschluss (mars 1938).

Sur le plan littéraire, l'influence de Balzac est ici manifeste. On sait que ses romans figuraient parmi les livres de chevet de Zweig qui, dès 1907, lui avait consacré un essai, et avait accumulé, sa vie durant, des matériaux pour un « grand Balzac » qui ne paraîtra qu'en 1946. Une sorte de réalisme balzacien se retrouve dans la description des différents milieux, qu'il s'agisse du palace suisse ou de l'hôtel borgne viennois. Zweig, qui avait écrit que le grand mérite de l'auteur français était d'avoir compris que ce n'était plus l'amour mais l'argent le moteur du monde, a retenu la leçon. Tout le roman semble bâti sur la présence de l'argent dans la première partie, sur son absence dans la seconde.

Lors d'un séjour en Engadine, en 1918, Zweig avait été frappé par le contraste entre la vie luxueuse de quelques privilégiés et la souffrance des peuples en guerre ; il a prêté à Ferdinand son indignation et beaucoup de son propre tempérament impatient, insatisfait. Ajoutons que, dans la dernière partie, Christine doit peut-être un peu de sa fragilité et de son esprit de dévouement à Lotte Altmann, la secrétaire londonienne de Zweig, qui devint la seconde femme de l'écrivain et le suivit dans la mort.

Roman inachevé ? Peut-être seulement en apparence, car la remarque de Ferdinand, peu avant de passer à l'action, soulignant qu'ils n'ont jamais eu de chance, ainsi que les préparatifs d'un double suicide sous-entendent un dénouement tragique. Cette fin suggérée, préfigurant celle, hélas trop réelle, de Pétropolis, le 22 février 1942, rend encore plus émouvant ce roman d'outre-tombe.

Robert Dumont

Composition réalisée par S.C.C.M. – Paris XIVe

IMPRIMÉ EN FRANCE PAR BRODARD ET TAUPIN
Usine de La Flèche (Sarthe).
LIBRAIRIE GÉNÉRALE FRANÇAISE - 43, quai de Grenelle - 75015 Paris.
ISBN : 2 - 253 - 06460 - 2   ✠ 30/9523/9